华北抗日根据地及解放区文艺大系

陈晋 郑恩兵 主编

《晋察冀日报》
文艺文献全编

散文报告文学

第八卷

关小彬 编

河北出版传媒集团
河北教育出版社

图书在版编目（CIP）数据

《晋察冀日报》文艺文献全编．散文报告文学．第八卷／关小彬编．－－石家庄：河北教育出版社，2023.12

（华北抗日根据地及解放区文艺大系／陈晋，郑恩兵主编）

ISBN 978-7-5545-7640-3

Ⅰ．①晋… Ⅱ．①关… Ⅲ．①文艺－作品综合集－世界－现代②散文集－中国－现代③报告文学－作品集－中国－现代 Ⅳ．①I11 ②I266 ③I25

中国国家版本馆CIP数据核字（2023）第064009号

书　　名	《晋察冀日报》文艺文献全编·散文报告文学·第八卷
	JINCHAJI RIBAO WENYI WENXIAN QUANBIAN SANWEN BAOGAO WENXUE DI-BA JUAN
编　者	关小彬
责任编辑	李　琨
装帧设计	郝　旭
出　　版	河北出版传媒集团
	河北教育出版社　http://www.hbep.com
	（石家庄市联盟路705号，050061）
印　　制	石家庄众旺彩印有限公司
开　　本	787毫米×1092毫米　1/16
印　　张	19.5
字　　数	244千字
版　　次	2023年12月第1版
印　　次	2023年12月第1次印刷
书　　号	ISBN 978-7-5545-7640-3
定　　价	115.00元

版权所有，侵权必究

丛书编委会

顾 问

陈平原　刘跃进　王长华　李 扬

编委会主任

吕新斌

编委会副主任

彭建强　孟庆凯　刘 月

主 编

陈 晋　郑恩兵

副主编

董素山　向 回　汪雅瑛

编 委（按姓氏笔画排序）

马春香　王少军　田浩军　包来军　吉 喆　刘书芳　刘贵廷
关小彬　杨 程　杨春生　宋少净　张 辉　张川平　赵 华
高露洋　郭义强　阎晓宏　梁晓晓

编纂说明

在中国共产党百年发展历程中,文艺始终是党领导人民开展进步事业的有机组成部分,是党在各个历史时期的中心工作的实时反映和重要推动力量。"华北抗日根据地及解放区文艺大系",是一部全面展示抗日战争和解放战争时期华北地区党的历史创造、奋斗风采和形象建构的大型革命历史文艺文献丛书,对于深入研究华北地区革命文艺史、红色新闻史,弘扬伟大建党精神、梳理中国共产党人精神谱系,是必不可少的第一手资料,是我们在新时代坚定树立文化自信的重要思想资源。

一、编纂缘起

抗日战争及解放战争时期,华北地处各方政治与文化力量激烈博弈的前沿,这种特殊政治、军事、文化、地理环境中产生的革命文艺,具有鲜明的地域性特征,是五四新文化运动以来的革命文艺发展史上的突出标识。

但一直以来,由于史料文献整理不足,对华北抗日根据地及解放区文艺的研究,始终未能深入,其独特的地域性实践价值和蕴含的文化创新意义被严重遮蔽。这些史料文献主要以党报党刊的形式呈现，梳理汇编这些党报党刊中的革命文艺史料，借之以探索华北革命文艺的发展路径、发展方向、创造机制和创新经验，是深入贯彻习近平总书记关于"把红色资源利用好、把红色传统发扬好、把红色基因传承好"，"用好红色资源、赓续红色血脉"等系列重要讲话精神的有力举措，也是新时代文艺研究者不可推卸的责任。

2017年6月左右，我们去中国社科院文学所拜访时任所长刘跃进先生，协商合作研究事宜，寻求中国社科院文学所的帮助。请教过程中，刘先生建议我们结合地方特色，做好地方红色文艺文献的搜集整理与编纂出版工作。经过一段时间筹备，2017年底，我们以"河北红色经典系列丛书"为名，正式申报"2018年度河北省省级宣传文化发展专项资金"项目并成功立项，旨在通过选定刊行河北红色经典作品、梳理汇编河北红色经典研究资料、系统阐述河北红色经典发展历史等基础性工作，打造一个集大成式的河北红色经典文献资料库。

项目最初设计共二十四卷，包括六大板块：《河北红色经典史》一卷、《河北红色文艺作品选》六卷、《河北红色经典作家作品索引》三卷、《河北红色经典研究资料汇编》四卷、《〈晋察冀日报〉副刊文学作品全编》六卷、《晋冀鲁豫抗日根据地文艺作品及〈新华日报〉太行版文艺作品汇编》四卷。但在项目实施过程中，我们充分吸收专家意见，认为网络时代和大数据背景下的科研活动有了很大变化，《河北红色经典作家作品索引》与《河北红色经典研究资料汇编》的编纂工作，在当前学术生态中价值不大，并予以取消。同时，在项目实施过程中我们发现，《晋察冀日报》《人民日报》等党报除刊发大量文艺作品外，还有大量记录边区文艺工作者行迹，反映边区戏剧、音乐、文学、美术、舞蹈、曲艺活动与报刊书籍出版发行等各方面情况的文艺史料，以及体现我党文艺方向、方针变化的政策文件与重要领导讲话，是华北地域党和人民对敌作战的重要宣传武器，更是飘扬在华北地区军民心中一面旗帜。这些史料是华北地域革命文艺发生、发展与壮大的真实记录，对我们正确认识革命文艺的特点与历史地位有重要的决定性作用。

为此，我们精心整理了《〈晋察冀日报〉文艺文献全编》《晋冀鲁豫〈人民日报〉文艺文献全编》《〈晋察冀画报〉文艺文献全编》《晋察冀日报社人物志》（共五十一卷），同时收入全国抗战时期和解放战争时期与河北地域相关且被广大群众所喜爱并广泛传唱的红色文艺作品，结集为《河北红色文艺作品选》（共六卷），至此形成丛书目前的五大板块，而且将名称由"河北红色经典系列丛书"改为"华北抗日根据地及解放区文艺大系"，方便以后在此基础上做进一步拓展。

二、地域范围及文艺特质

华北抗日根据地包括当时山东、河北、山西、察哈尔、绥远、热河全部及豫北、苏北、皖北部分地区，分晋绥、晋察冀、晋冀豫、冀鲁豫、山东五大块。1941年，冀鲁豫合并到晋冀豫，称晋冀鲁豫。其中晋察冀抗日根据地作为开辟最早、地域最大、人口最众的模范抗日根据地，是华北抗日根据地的坚强堡垒，牵制和抗击了三分之一以上的华北日军和二分之一的伪军。

在河北及其邻省周边地区开辟与创建华北抗日根据地，是红军长征到达陕北之后党中央迅速做出的重大战略决策。这些根据地地处对日武装斗争最前线，不仅打开了抗战的新局面，成为华北敌后抗战的主战场,而且进行了新民主主义社会的实践探索,对解放战争的历史进程产生了巨大影响,成为我党开辟东北解放区的前进基地和逐鹿中原的战略后方。随着抗日根据地的开辟,延安文艺工作团、西北战地服务团、东北促进纵队干部队、八路军总政治部前线记者团等大批文艺工作者,随同党政干部一道陆续抵达华北,东北、平津的青年学生也纷纷冒着生命危险来到边区。他们一手拿枪,一手拿笔,深入农村与抗战前线,切身体会工农兵的生活,深刻了解工农兵的需求,从而根本上克服了艺术至上主义思想倾向。所以,华北抗日根据地及解放区文艺,既响应了伟大的民族抗战对文学艺术提出的时代要求,亦充分兼顾到广大人民群众的接受习惯和欣赏水平,真实地反映了华北人民火热的战斗与生产生活。很多作者本身就是农民、战士或基层工作者,他们把自己的经历和熟悉的人和事,通过小说、戏剧、诗歌、报告文学、歌曲、绘画、舞蹈等文艺样式记录下来,语言通俗平实,富有生活气息。由于产生于特定时代、特定区域而又适应特定需要,故而无论是题材、语言还是风格,在体现革命大众文艺共性的同时,又具有强烈的华北地域特性。

华北抗日根据地及解放区文艺的繁荣发展,是专业文艺工作者与工农兵群众共同创造的结果。人民群众不仅是革命文艺运动的主导主体、推进主体、受益主体,还是一切成败得失的评判主体。华北抗日根据地及解放区文艺,归根结底,是"以人民为中心"的文艺。

三、学术价值

今天的河北在抗日战争、解放战争时期是晋察冀、晋冀鲁豫两大根据地的中心区域,有着悠久的革命历史传统和丰厚的红色文化底蕴。据不完全统计,抗日战争和解放战争期间,仅晋察冀边区专区以

上就办有报刊四百余种，编印图书五百余万册。如果将这种统计扩大到环绕河北的整个华北抗日根据地及解放区，时间扩展至从中国共产党成立到中华人民共和国成立，数据更为可观。这些红色图书、报刊的出版发行，团结了一大批来自全国各地的著名革命文艺家和专业文艺工作者，其中有大量文艺相关信息，是研究近现代中国革命文艺的重要史料。但因受当时物质条件及复杂局势影响，它们传播范围有限，保存困难，如今已普遍出现老化或损毁现象，面临着消失、断层的危险。

长期以来，由于对抢救、整理和利用红色文艺文献的意义认识不足，现行的科研评价、出版机制亦难以有效刺激科研工作者积极从事老旧报刊等红色文艺文献的系统整理，大量有待整理的红色文艺文献尚未进入学界的视野。特别是华北抗日根据地及解放区的文艺文献，有很多甚至还是学术盲区。如《冀中导报》《救国报》《边政导报》《冀南日报》《团结报》《前进报》《新察哈尔报》《冀热察导报》等各类党报，以及《冀热辽画报》《冀中画报》《北方文化》《五十年代》《新长城》《新群众》《诗建设》《诗战线》等期刊，虽有部分学者对其办报（刊）历程、思想以及传播等方面予以研究，但均无系统的文艺文献整理本。"华北抗日根据地及解放区文艺大系"整理的《晋察冀日报》、晋冀鲁豫《人民日报》、《晋察冀画报》，是当时华北抗日根据地及解放区党报党刊的典型代表，是党的理论和实践同文艺结合的主要媒介和载体，是华北革命文艺重要的传播平台。这些报刊，既客观记录了华北革命文艺的传播与发展，也完整展现了华北革命文艺的特殊使命与风格特征，具有极其重要的史料价值。在此基础上，我们还会将视角延伸到《晋绥日报》《新华日报·太行版》《新华日报·太岳版》等党报，不断地充实这套大型文献史料丛书，以此来系统建构华北抗日根据地及解放区的"文艺史料学"。

四、丛书特色

这套丛书的编纂，主要以抗日战争及解放战争期间华北境内各根据地、解放区出版、发行、制作之图书、期刊、报纸等红色文献中的文艺资料为内容。编纂特色主要包括：

（一）抢救珍贵历史文献，弘扬伟大建党精神。

华北抗日根据地及解放区的红色文献发行于条件艰苦的战争年代，数量少，印制质量粗糙，历经岁月的洗礼，留存下来的品相完好者已经很少，有些到今天已成孤本。这些文献作为特定历史时期和区域的产物，见证了中国共产党领导华北人民争取民族独立和人民解放的伟大历程，反映了华北近代社会的巨大变化，蕴含着珍贵的史料价值和鉴往知来的现实意义，是中国共产党领导的文艺事业、新闻出版事业与意识形态建设发展的历史见证。它们诠释了党的初心和使命，蕴含着坚定的理想信念与崇高的革命精神，到今天仍然具有强大的感染力与说服力，是陶冶情操、磨炼意志，走好新时代长征路的有效精神资源。抢救性搜集、整理与研究这些珍贵历史文献，有利于增强党政干部政治信仰，弘扬伟大建党精神和践行社会主义核心价值观。

（二）文艺与党史密切融合，拓展革命文艺与党史研究的新视野。

革命文艺作品的创作、发表和传播，和党的历史任务和奋斗实践是分不开的。在艰苦卓绝的革命岁月，奋斗前行的中国共产党始终强调，既要拿"枪杆子"，也要拿"笔杆子"。革命的文艺工作者，一手拿枪，一手拿笔，深入农村与抗战前线，以人民大众易于接受和欣赏的形式，宣传党的政策，推行党的方针，为中国共产党顺利完成不同历史阶段的中心任务和伟大使命发挥了独特而重要的作用。本套丛书收入的文献史料，主要是抗日战争与解放战争时期党报党刊中的文艺作品与文艺史料，它们鲜明生动地体现了党的历史，党领导人民争取民族独立、人民解放的奋斗历程和精神面貌，从而为学界从文艺角度研究党史和从党史角度研究文艺提供了有力支撑。

（三）作品汇编与史料梳理并行，还原革命文艺的历史场域。

"华北抗日根据地及解放区文艺大系"的编纂，全面辑录华北抗日根据地及解放区党报党刊上刊登的诗歌、小说、戏剧、报告文学、散文、歌曲、版画等文艺作品，并系统梳理当时文艺发生、发展、传播以及社会各界文艺活动的各类消息和报导，同时选编了大量的河北红色文艺作品作为补充。这种文艺史料与文艺作品的配合整理，还原了革命文艺的历史场域，有利于构建对革命文艺的科学认识。

五、丛书内容

（一）《〈晋察冀日报〉文艺文献全编》共三十八卷：

诗歌三卷

戏剧一卷

小说二卷

文艺评论三卷

文艺史料九卷

外国文艺二卷

散文报告文学十七卷

歌曲版画一卷

（二）《晋冀鲁豫〈人民日报〉文艺文献全编》共十一卷：

诗歌一卷

戏剧、小说、文艺评论一卷

散文报告文学五卷

文艺史料四卷

(三)《〈晋察冀画报〉文艺文献全编》一卷

(四)《晋察冀日报社人物志》一卷

(五)《河北红色文艺作品选》共六卷：

诗歌一卷

戏剧一卷

散文一卷

小说三卷

六、编纂体例

(一)整套丛书题材丰富、门类众多，在体裁上不做强行统一。

(二)丛书中所录作品均为当年报刊发表的原文。为确保丛书的文献性、学术性、专业性和资料性，丛书编辑加工的总原则为保持文献原貌，内容上不做改动。

(三)文字的使用

1. 丛书中文字的使用以 2013 年教育部、国家语言文字工作委员会公布的《通用规范汉字表》为准。

2. 丛书中的古体字、通假字、俗体字，以及所涉及姓名字号、职官地理等专用字，均予保留。

3. 丛书原文字迹模糊残损，但仍可辨认或可依上下文校正，以字外加方框"□"表示；原文缺字或无法辨识，且无法校补，每字以一个方框"□"表示；如无法统计所缺字数，则以"☐"表示。

4. 丛书中数字的使用，保持原貌。

（四）标点符号及其他符号的使用

1. 丛书在不改变原文意义的情况下，将旧式标点改作现行标点符号。

2. 丛书原文中出现代表文字的符号，如"×""△""○""▲"等，保持原貌。

3. 丛书原文中的着重号、专名号等不再保留。

（五）其他

1. 丛书原文中的注释，保持原貌；编者亦出部分注释，供读者参考。

2. 因为原始文献本身产生于战争年代，保存不易，漫漶不清处较多，丛书疏误之处在所难免，希望专家读者批评指正。

七、鸣谢

本套丛书得以顺利面世，要特别感谢中共河北省委宣传部、河北省社会科学院、河北教育出版社的资金支持，以及北京大学陈平原教授、中国社科院文学所刘跃进研究员、南开大学文学院李扬教授、河北师范大学文学院王长华教授等，为丛书编纂提供了多方面的学术支撑；晋察冀日报社老报人及报史研究会诸位老师，中国社科院文学所现代室、中国丁玲研究会、中国现代文学馆各位专家，也在丛书编纂过程中提出了许多建设性意见；院内外的数十位年轻科研工作者，在原文录入和校对方面付出了艰辛劳动，确保了项目的顺利进行。在此一并致谢。

把艺术交给大众（代序）
——祝贺"华北抗日根据地及解放区文艺大系"结集问世

中国社会科学院　刘跃进

由河北省社会科学院文学研究所编纂、河北教育出版社出版的"华北抗日根据地及解放区文艺大系"结集问世，值得庆贺。

文艺是时代前进的号角。1937年7月7日，卢沟桥事变爆发，全面抗战由此而起。广大的爱国知识分子和青年学生，表现出同仇敌忾的民族气节，走出书斋，走出校园，用知识，用智慧，用不屈的精神力量唤醒民众，用实际行动担负起抗日救亡的历史重任。在此后的岁月里，延安文艺和华北抗日根据地及解放区文艺，是中国共产党领导下的两大主体，双峰并峙，展示着那个时代的风貌，引领了那个时代的风气。

随着抗日根据地的开辟，延安文艺工作团、西北战地服务团、东北促进纵队干部队、八路军总政治部前线记者团等大批文艺工作者，随同党政干部一道陆续抵达华北，东北、平津的青年学生也纷纷冒着生命危险来到边区。他们一方面积极创作大量街头剧、活报剧、街头诗、墙头小说、木刻版画、歌曲、舞蹈等革命文艺，开展抗日救亡宣传运动；一方面也通过开办文艺干训班，开展各行业、各阶层甚至全民的文艺创作与评选活动，吸引工农兵群众加入文艺队伍，掀起了"晋察冀一周""冀中一日"等具有深化性质的群众写作运动，以及"创造模范村剧团""穷人乐"等群众戏剧运动，为晋察冀文艺史添上了浓墨重彩的一笔。

说到这里，我想起2009年参加《北平学生移动剧团团体日记》捐赠仪式的一段往事。从1937年到1938年，在中国抗战史上唯一以大学生组成的"北平学生移动剧团"在长达一年半的时间里，历尽艰难，转辗于国民党第五战区的各个战场，演出话剧，创办报纸，宣传抗日，鼓舞斗志，谱写出响彻云霄的时代赞歌。移动剧团的成员每人一周轮流记述，用日记形式记录了那段不平凡的岁月，《北平学生移动剧团团体日记》就是这部历史的记录。它不是写给个人看的私密记录，也不是为将来面世扬名。作者完全出于一种历史责任，真实客观地记录了那段鲜为人知的历史，体现出强烈的史家意识。日记封面上有这样一段题记，"北平学生移动剧团·愿我永恒·中华民国二十七年二月二十三日始·璧华"。孤立地看这部日记，也许没有什么轰轰烈烈的战斗业绩，也没有什么感人肺腑的情感纠结。客观、平实是它的本色，正是这种本色，为那个历史年代留下一段真实。"北平学生移动剧团"的抗日活动，是文艺工作者投身抗日洪流中的一个历史缩影。

随着抗战的胜利，察哈尔省会张家口解放，晋察冀文协、晋察冀剧协、晋察冀音协、晋察冀美协、晋察冀通讯社、晋察冀边区剧社、晋察冀日报社、晋察冀画报社等文化团体随中共晋察冀中央局和军区领导先后开赴华北根据地，一大批文艺工作者也随之来到华北，开展丰富多彩的文艺活动。他们坚持毛泽东《在延安文艺座谈会上的讲话》中指出的方向，一手拿枪，一手拿笔，深入农村与抗战前线，既为切身体会工农兵的生活，也为深刻了解工农兵的需求，从而在根本上克服了自身相当普遍和严重的艺术至上主义思想倾向，为工农兵而创作，为工农兵所利用，以人民大众易于接受和欣赏的形式，普遍写人民大众的生产战斗故事。譬如左翼作家邵子南，于1938年10月随西战团到晋察冀，主持战地社日常工作，主编《诗建设》；1943年整风运动后，他到阜平任小学教员，在反"扫荡"中与群众、民兵一起转移、战斗，还直接在五丈湾跟随李勇的游击组对日寇展开地雷战；1944年5月随团回延安，在鲁艺任教，后调陕甘宁文协搞专业创作，开始大量创作反映晋察冀边区生活的小说。他以亲身体验为基础创作的短篇小说《李勇大摆地雷阵》（后改为《地雷阵》），运用阜平农民群众的语言，以口语化方式讲述了爆炸英雄李勇的抗日故事，明显吸取了民间说唱文学的优点，特别是在白话叙述中还插入不少快板式的韵白，更适合群众的喜好，因而在当时广为流传，家喻户晓，起到了很大的宣传鼓动作用。其他作品，如《荷花淀》《太阳照在桑干河上》《漳河水》《赶车传》《王九诉苦》《孟祥英翻身》《新儿女英雄传》《白求恩大夫》《我的两家房东》《穷人乐》《李殿冰》《戎冠秀》《没有共产党就没有中国》《团结就是力量》《没有土地的人们》《白毛女》等，都是成功的文艺典范，在现代中国文学史上占据比较重要的位置。

在华北抗日根据地及解放区的文艺创作成果中，还有数以万计的文艺作品和极具研究价值的文艺史料刊发在根据地及解放区所办的报刊上。很多作者，本身就是农民、战士或基层工作者。他们把自己的经历和熟悉的人和事，通过小说、戏剧、诗歌、报告文学、歌曲、绘画、舞蹈等文艺样式记录下来，语言通俗，富有生活气息。人民既是历史的创造者，也是历史的见证者；既是历史的"剧中人"，也是历史的"剧作者"。让故事中的人物自己编词、自己表演的创作方式，很好地反映出人民的心声，并让人民群众从生动活泼的艺术作品中得到教育，这确实是一个成功的尝试。

配合党的中心工作，"把艺术交给大众"，通过文艺唤醒大众，这已成为华北文艺工作者的自觉意识。他们积极响应伟大的民族抗战对文学艺术提出的时代要求，充分兼顾到广大人民群众的接受习惯和欣赏水平，创作了大量的作品，真实地反映了燕赵儿女火热的战斗与生产生活，起到了良好的宣传教育与鼓动激励效果。刘萧无编排新闻报道剧《李殿冰》，编剧与演员一起住到李殿冰家里，以便于熟悉主人公的生活，搜集真实生动的群众语言，还模仿他们的动作，理解他们的心理，甚至还让主人公李殿冰等直接参与剧本的修改和编排。描写群众的生活，邀请群众参与创作，这是当时文艺工作者走群众路线的生动体现。该剧演出后获得当地老百姓的极大赞赏，鲁中实验剧团还专门学习该剧的创作方法，创编了三幕五场话剧《过关》。艾思奇《前方文艺运动的新范例》更是誉其开创了前方文艺的新范例。抗敌剧社的《王老三减租小唱》、冀中火线剧社的话剧《我们的母亲》，也都具有这种特色。

这些文艺作品，可能略显仓促，有的甚至急就于战火中，所以在素材提炼、人物形象塑造以及语言的使用、细节的刻画等方面还有很多不足。但是，这不是一般意义上的创作，而是燕赵大地为争取民族独立、人民解放的集体记忆和行动号角，是中国革命事业的重要组成部分。华北抗日根据地及解放区的文艺，有很多这样未经沉淀的纪实作品，不管其艺术性如何，但在发动群众、组织群众、铸就抗击日寇和国民党反动派铜墙铁壁方面，发挥了无可替代的作用。20世纪五六十年代，河北地区涌现出大量的红色经典，便是华北抗日根据地及解放区文艺的传承和发展。

2017年6月，河北省社科院文学所郑恩兵所长来京与我们协商合作研究事宜。我根据所了解的信息，建议他们结合地方特色，做好地方红色文艺文献的搜集整理与编纂出版工作。"华北抗日根据地及解放区文艺大系"就是那次商讨的成果。全书由五个部分组成：第一部分为《晋察冀日报》文艺文献全编，第二部分为晋冀鲁豫《人民日报》文艺文献全编，第三部分为《晋察冀画报》文艺文献全编，第四部分为晋察冀日报社人物志，第五部分为河北红色文艺作品选。全书收录各种文体的作品六千余种，包括小说、诗歌、文艺评论、戏剧、报告文学、散文、文艺通讯、美术、书法和音乐、文艺史料，还有文艺信息、文艺广告，基本涵盖了华北抗日根据地及解放区的文艺创作情况，具有很高的研究价值。

时值中华人民共和国成立七十五周年之际，我们有机会阅读这部皇皇五十余册的"华北抗日根据地及解放区文艺大系"，更加深切地感受到新中国的建立真是来之不易，她是无数条战线的可歌可泣的人们不懈奋斗的结果。在这样一个特殊的日子里，我们感念当年那些有名无名的作者，感谢参与整理工作的学者，当然，更要感激我们这个伟大的时代。

目 录

龙关破敌狱	1
应县游击区的故事	4
北平的惨剧和丑剧	8
谁革命？革谁的命？	12
自杀与逃跑	22
紧张快乐的战斗生活	23
李太保转变的故事	25
五颗子弹的胜利	27
肖大队长和黄政委	28
曲阳劳动女儿张彦绪	29
游击组员们	32
淫靡、黑暗、饥饿、苦闷	34
《中国之命运》——极端唯心论的愚民哲学	43
光荣的特等射手们	62
九班的房东老太太	64
"可惜马刀还没有用上！"	66
青年队长刘振禄	68
感言	70
群众领袖、生产能手——刘万诚	78
忠贞壮烈，青年区干部	82
边区女参议员刘仁致国民党当局书	85
袁世凯再版	87

在敌祸饥灾的连结中 … 91
易县劳动英雄连洛常 … 99
从苦难中走出来的周二 … 106
带着光辉的胜利 基游队又回来了 … 108
永定河畔的一支抗日武装 … 110
孩子背回机枪来了 … 113
天堂地狱十里遥 … 116
子弟兵在定唐平原上 … 118
爆炸英雄李勇近况 … 120
白花朵 … 122
战斗小故事 … 124
李勇在反"扫荡"里 … 126
曲阳的群众游击战 … 132
三分区的李勇运动 … 135
夜袭行唐城 … 138
定唐反"扫荡"杂记 … 141
十月战斗在行唐 … 143
勇敢的贾希哲 … 147
康元 … 150
迎接一九四四年——纳粹覆亡的一年 … 152
游击组的夜袭 … 155
在灵寿"治安区" … 159
井陉游击大王许二九 … 163
敌伪"新国民运动"的失败 … 165
边区各界庆祝反"扫荡"胜利控诉复仇大会上爆炸英雄李勇同志的讲话 … 167

坚贞的女性	169
从反"扫荡"里看到胡顺义	170
陕甘宁妇女劳动英雄王老太太的生涯	173
宋天德	177
展开反"清剿"反"封锁"的斗争	179
韩荣义是平山爱护子弟兵的模范	182
戴英雄花的段喜娥	184
一九四三年的陈左团	186
流传在板桂子沟的一个故事	192
模范抗属王国宝	194
劳动英雄胡顺义	195
晋察冀边区子弟兵战斗英雄邓世军	198
戎冠秀——子弟兵的母亲	203
韩凤龄	210
二流子刘生海转变成劳动英雄	218
蟠武线上的游击生产	219
国际班	221
写于群英大会上	224
收复了的神堂堡	228
论集体劳动	233
边区生产展览会是一年来生产斗争的缩影	244
潴龙河两岸的血雨腥风	249
小仓与石渡的更迭	261
运输和伏击	262
围困蟠龙敌人五个月的太行模范连	263
读报组推动了生产	265

平山城的魁星阁堡垒被三个没有带枪的八路军毁灭了 …………… 267

模范村的领导者 ……………………………………………… 269

庆祝日本人民解放联盟晋察冀地区协议会成立 …………… 273

新四军车桥战役中被俘日本官兵发表感想 ………………… 277

三个日本兵想回去　别的日本弟兄一致反对 ……………… 280

中条山被俘友军士兵脱险逃来平北　我政府予以优待设法安置

……………………………………………………………… 283

抱阳堡垒变成了土灰 ………………………………………… 285

龙关破敌狱

武光

一

龙关古城雄踞在我平北抗日根据地的边缘地带，抗战前它是我察南的一县。龙关的城墙虽然比不上万里长城那样雄巍，那样吓人，但是也有三丈多高，就是燕子李三到了那里恐怕也是跳不过飞不脱的。

龙关城是敌人威胁我平北抗日根据地最大的据点之一，在那里有敌人的宪兵队、警察队……各式各样的日军与伪军。龙关城内外经常是刺刀林立，有如那东北原野上割过穗子的高粱秆随风飘来荡去。

在城墙的里脚下还有一座"小城"，这小城是日夜被日军与伪军监视着，它曾被用来吞食过不少的英雄豪杰、抗日的人民。它，这一座罪恶的小城就是龙关县的大狱。

在那罪恶的大狱里囚着我平北不少的抗日干部与抗日人民，我××团高副参谋长、专署李科长等就都在那里饿着肚皮过着没有太阳的日子。

二

如人们所知道的一样，龙关的敌人也是用了一切软的硬的、各种各样毒辣的□□企图来逼降或诱降我们被捕的干部，譬如当他用过一切严刑，不能屈服我们的同志时，便改用最阴险的办法来麻痹和软化，请我们的同志喝酒啊、吃烟啊、打牌啊、看戏啊，用女人来引诱我们的男同志，对我们的女同志则强迫结婚，或甜言诱劝让我们的女同志在龙关城随意去选择对象。但是，我们在狱的男同志与女同志的革命意志都是坚如铁石的，所以敌人的软化政策□到我们同志的身上，与严刑政策同样地粉碎了。

在龙关的敌人监狱，我们的高副参谋长与李科长等算是囚犯中的主要分子了，而高和李等几个同志自己也明白，假若逃不出去的话，最后只有一死。因为敌人是绝不会把他们放出去的。

共产党员在敌人面前是不低头的，在死的面前是不踌躇的。同时，共产党员在死路中会找到活路，在困难中会找到克服的办法。我们的高副参谋长和李科长等几个同志虽然面临着"死"这一大敌，但是他们却仍在那里积极地找寻避开"死"而继续活下去，堂堂地、光荣地活下去的办法。

敌人带我们的高副参谋长到城墙上去看野战演习，他企图以"皇军"的"神威"来慑服我们的同志，而我们的高同志却借此机会看好了地形，记住了监狱通城墙的道路，同时也查看了城墙上哪个地方可以往下跳，从哪个地方跳下去危险性比较小一些。就这样，路线算是看好了，只等一有机会便可以开步跑。

三

给监狱写字的一个囚犯很惊慌而关心地、偷偷地告诉高副参谋长说："□看见敌人给监狱当□来的命令，上面说城内外如果有情况发生，高、李等几个主要共犯就地执行枪决。"于是他们决定必须赶快找机会跑。

三月三十日，龙关城的敌人大部分出发了，这消息传到监狱后，我们的高、李同志心想时机已到，是死是活决定在今夜了，于是他们经过商量后迅速地布置好了今夜越狱的暴动。

黑暗刚刚接替太阳的岗位之后，我们的高、李同志在"狱吏"们的邀请之下又和他们打起牌来了。当"狱吏"们正打得高兴的时候，高副参谋长突然伪称肚子疼要休息，而"狱吏"们则强劝他把这一圈牌打下来再休息，于是高同志顺手把铁火棍拿来支在肚子下。这时，笑声、牌声仍继续交响着。

一刹那，该死的"狱吏"已经有一个躺在血泊中了。那边，李科长因为手里没有武器，只是用力抱住了一个，被抱着的"狱吏"拼命挣扎，企图挣脱逃跑，但是在我们高副参谋长的铁棍挥舞之下，他也就立刻跟着归西了。这时，牌声已息，所有的只是急促的脚步声、微弱的呻吟声、急躁的砸镣声，紧张的空气统治了整个大狱。

其余的"看守"有的跑掉了，有的则被我们的同志捆绑起来，锁在囚室里去填补了位置。

夜半时分，龙关城外出现了六十多个人的一支队伍，他们不仅有男的也还有女的，他们兴奋地掮起刚刚从狱中敌人手里□来的四支大枪，分两路互相扶着、拉着，向着我们的抗日根据地、向着我们祖国的怀抱前进了。

一九四三年七月十日

（《晋察冀日报》1943年8月1日）

应县游击区的故事

曼晴

一、两支"独角牛"吓走了七个"青年团"

我们有两个工作同志,拿着两支"独角牛"(撅枪)到川下一个村子里去。走到村边,突然地从村里出来了一个老乡,把他俩叫住,小声地说:

"同志,别进去咧,'青年团'在村子里!"

"几个人?"

"七个。"

"有几支枪?"

"六支大枪!"

"唔,好了,你去吧!"

那人走了,他们俩便在村边找到一个坟地伏下了,听着村子里大嚷大叫着,知道是那些无耻的家伙,又向老百姓造孽了,于是连打了两枪,喊开:

"第二班,前进!"

"第一班,散开!"

"青年团"听见外面打枪,又听见呼喊,以为八路军来了,便急忙撇开老乡们,从另一个村口窜走了。他们俩瞧着那些家伙们跑远了,就提着"独角牛",进了村子。

二、一位小学教员

我们有一位十八岁的同志,一天,到一个离敌人据点很近的村子里去。他和那位小学教员很熟。

他们在小校里谈起来,谁知有十几个伪警备队,突然闯进来,小学教员急忙把他一推说:

"还不念你的书去,站在这里干什么?"

我们那位同志,果然混进学生群里,朗朗然读起书来了。几个较大的学生,和他高矮差不多。伪警备队们和教员纠缠了一会便滚了。

我们的这位同志,免了被伪军俘去!

三、森林的微语

敌人时常从据点里出来,到山里来搜寻我们的工作同志。我们的同志,就在山上和敌人打圈子,敌人占了这个山头,我们便到那个山头上去,敌人占了那个山头,我们又转回来,几个山头都有了敌人,我们便到柴树林和桦树林里去。

提起柴树和桦树来,真使人高兴,满布在恒山的山坡。一到夏天浓荫蔽天,像无边的绿色的海。到冬天,响起了风,森林微语着真是万顷涛声,间杂着豺狼的嗥叫,虎豹的吼鸣,真是壮观哩!

敌人哪里敢进树林呢?

我们的同志,就在森林里,和外面的敌人开起玩笑来:

"打两枪吧!"

"好。"敌人也答应了。

真的枪响了,一连串好几十发,震得高山回响,连树林也在回应。

"打得好,再来一梭子吧。"

…………

又像风似的,子弹从树梢上叫啸着去了。

"的确不错,再来来!"

"不咧,该你们了!"

我们怎么样呢?早一声不响、秘密地转到别的地方睡觉去了。

四、一支步枪打走了十六个伪警备队

有一个游击小组,时常要求上级发枪,枪果然发下来了,可惜不多,只有一支。一支也够民兵们兴奋的了,这个也要挎,那个也要带,终于轮流着,每一个拿一天。

有一天,十六个伪警备队到山上来抢东西,被我们那一个带枪的人发觉了,在这个山头上打了一枪,又跑到那个山头上打两枪,就这样把那些家伙们打回去了。

那个游击队员,可高兴哩,见了人就说:

"咱们一支步枪打走了十六个警备队!"

五、老乡们愿意和我们在一起

有一次,我们在一个村子里正开群众大会,叫汉奸给敌人报告了。随即有几十个伪军从山后奔袭过来,我们站岗的发觉了,报告了村里,同志和老乡们一齐爬上了南山。

敌人在北山上乱打着枪,并有四五个敌人将要下山到村里来,被我们几枪打回去了。

敌人和老百姓互相鼓噪起来:

"兔子,你们别走。"伪军叫。

"狗汉奸你过来。"老百姓也骂起来。

我们的同志打算掩护着让老乡们先走,但老乡说:

"你们不走,我们也不走。"

老乡们愿意和我们的同志在一起,从半头晌一直支持到过午,敌人没有敢过来,也没有敢到村子里去。我们有口打一两枪,敌人便

"噼里啪啦"响一阵子,等敌人枪不响了,我们又打一两声,敌人又"咕咕咕"地打起来了。

老乡们可高兴了,情绪十分紧张,要求自己打几枪。有一个老乡不知从什么地方拿出一件红衫子,挂在山头上的小树上,摇摆起来,像一只火红的旗子。

"冲呀!"老乡吼着。

敌人以为我们的正规部队增援上来,不敢恋战,仓皇窜逃了。

一九四三年六月雁北

(《晋察冀日报》1943年8月1日)

北平的惨剧和丑剧

丁克辛

今天她脱去城市的女便服，换上一身合适的草绿色的单新军装，显得自然多了，胖胖的圆脸上飞荡着无可形容的愉悦的光辉。但当她在我的近旁坐下来，她仍有些局促，连连说："叫我说什么呢？我不会说……我也不愿意老去记住那些讨厌的事情……"

她还只十八岁，一个北平女中高二的学生，很机灵聪明，有着尖锐正确的观察力。这里记下的不过是她所讲述的最近罪恶的北平的一些剪影而已。

一、没有心肝的"教师"

学校，那是什么鬼地方，大部分学生消极、麻痹，过着糊涂日子，一星期有四五天不到校上课，倒也是鬼混一通，有钱的就专讲究漂亮，赌牌喝酒，看古装、爱情、神鬼片电影，搞女戏子……这些都不说它，单看看那些教员吧，十分之九的教员都是些什么东西啊，有些教员们恬然地评断自己说："要是好货，今天还会留下？一等、二等的早走了，留下的当然是三等、四等渣滓啊。"其实，这还是算好一些的教员呢。

有一个中国男教员，在日本住了多年，日本话说得很好，在学校里作威作福，平时满口日语，很少说中国话，他不教什么课，可是看得出是很重要的一个角色。自从日美开战以后，学校就规定每月八号要举行全校的"默祷"，一天不许喝酒、宴会，"安慰"战死者。每次"默祷"的负责领导者就是这位中国先生，但有一次不知怎的在"默祷"中起了骚动，一个女教员和一部分学生争吵了起来……

事后他训诫学生，当场就没有收到很好的成效，于是临末他拍着桌子愤然说：

"哼，我不干了，我要求回国去……"他是说回日本去，把祖宗都忘记了。

学生伙食集体自办的多，教员亦可以参加，但应照交饭费，有一个训育主任，是压迫学生的女魔王，她接连吃了两个月，却不交一文钱。伙食团经济非常困难，于是拒绝她继续吃饭。那天午饭，恰好又是开了什么"庆祝会"回来，她替日本奔走了一天，又代理主席又当司仪，回来得迟，很饿了，但伙房不给她开饭，她吵骂了一阵，见迟回的两个学生却有了饭，于是她走进去抢着就吃。

"你要吃你得先付清饭钱，你接到了我们的通知没有？"伙食团负责的学生责问她。

"嘿，饭钱，饭钱，真笑话，我教了你们书，你们供我吃饭，乃是应尽的义务！"她继续吞咽着大饭块。

"协力参加对英美作战"喊出后，因为学生的暗中反对和骚动，无耻的教员压迫凌辱学生更厉害了。对"有钱有势"的学生如此，穷人家子弟更是吃不尽的苦！

绰号"老妖精"的一个三十多岁的女教员又来讲"中国"为什么要协力"皇军"对英美作战的大道理，一个女学生在后面看《呐喊》（鲁迅的小说），给她发觉了。

"××，站出来，你不听！……你在看什么？"

"我什么也不看。"书早隐藏了。

"哼！……"查不到小说没有把柄，然而更恼了，"坐到前面来！"那个女学生昂然走到前面坐下。

"看你不害臊！""老妖精"斥骂她。

"我为什么要害臊？我又没有做丢脸的事情！"

"你说谁做了丢脸的事情?"

"谁做谁自己心里明白!"

啪!清脆的一个巴掌落在女学生脸上。

女学生愤然地还击有力的一拳。

"哎,你这个……竟敢打我?……"

在教室里扭作一团,灰尘飞扬,又打又骂……

这个三十多岁的"老妖精",据说还没有结婚呢。嘿,什么老处女,顶无耻了,跟日本人……

二、掏去"居住证"

城里要饭的太多,伪警察局有一时期要想用威吓来镇压,捕去把他们关起来。可是捉不胜捉,除非所有的房子都成了监狱,而且没有这么多饭给他们吃,结果又都放出来。最后到底想出"巧妙"的办法来了:把将死未死的饥民、乞丐一批批捕起来,掏去他们的"居住证",一批批用汽车运到城外荒郊野地去,没有居住证不许再进城。

于是城外的死尸一天天堆积起来……

三、顾此失彼

抢食物摊、剥大衣、打乘客、绑票……不论白天黑夜,抢劫案到处发生,而且很多是合伙打劫,组织有大有小。

所以现在卖吃食的都在摊上装置了坚固的木匣或铁丝网罩,可是依然无用。比如,你看一个卖白薯的摊子旁边站着一个人,好久不走。

只要看那眼睛,你就知道他是饿得怎样了。

也只要看那眼睛,你就知道他想干什么。

摊主人很明白,递给他一个白薯。

一下子吃完了，还是不走，两眼反而张得更大更可怕。

主人抖颤着手，又递给他一个。

又立刻完了，还是站着不动，两眼盯着。

警察被叫来了，但是他劝卖白薯的说："再给他一个吧，不然更难办……"

可是卖白薯的也穷啊，他坚执再不能给了。

终于那个人当警察的面抢了两块白薯就走。

被抢的老人气愤万倍地追上去。

没有追着，等到回到摊头旁，车篷里面的白薯给另一批人乘机抢得一个也不剩了。

四、皮囊中的血手指

电车里，拥挤得厉害，一个中年商人左手握紧车顶板上的皮圈站在中间。当他还没有发觉手痛时，旁边的一个人告诉他，他的左手小手指没有了，血在开始滴下来……

跟着剧痛非常。

于是他高声叫喊他的金戒指被盗了。

车到站停下，全体检查后才许下车。

此时一个漂亮的女人申言道，先检查她，她有急事要先走。

她只有一个手皮囊。然而，打开皮囊，戴着金戒指的血淋淋的手指赫然躺在里面。

(《晋察冀日报》1943年8月3日)

谁革命？革谁的命？

范文澜

蒋介石先生作了一本《中国之命运》，闻已通令全国各党政军民学机关诵读，并提出批评意见。我颇有所感，未敢缄默，略述所怀。

一、应该学些革命建国的基本知识

"盲人骑瞎马，夜半临深池"，那是最危险不过的事情。企图"决定"中国的命运，首先应该学习毛泽东同志的《新民主主义论》，至少应该从《新民主主义论》学得几条基本原理，才不至闹太大的乱子。如果有人自以为是，目空一切，硬想对中国的命运也来一下"独裁"，那么准备着自己连人带马滚到深池里去。

从《新民主主义论》至少该学些什么基本原理呢？

鸦片战争以后，中国已经进入民主主义革命时代。满清政府不懂得这个道理，誓死反抗潮流，保持封建专制，结果被主张民权共和的同盟会推倒了。一九一四至一九一八年第一次世界大战及一九一七年俄国十月革命以后，中国已经进入新民主主义革命时代，"中国革命成为世界革命的一部分"，坚持大地主、大资产阶级专政的国民党，怕懂得或存心忘记这个道理，誓死反抗潮流，积极输入"舶来品"法西斯主义与所谓"固有文化"的封建专制主义，化合而成新专制主义，结果大背国情，民怨沸腾，暴日乘机侵入，造成中华民族空前的危机。

国民党反动派听着！现在是新民主主义革命时代呀！

现在的中国，在沦陷区，是殖民地社会，在非沦陷区，除几块抗日民主根据地之外，基本上也还是一个半殖民地社会，而不论在沦陷区与非沦陷区，都是半封建关系占优势的社会。这就是现时中国社会的性质，这就是现时中国的国情。针对着这样的国情，中国共产党首先发起了并坚持了抗日民族统一战线，他是抗日的，又是几个革命阶级民主联合的。在今日谁能领导人民驱逐日本帝国主义，并实施民主政治，谁就是人民的救星。中国资产阶级如能尽此责任，那是谁也不能不佩服他的，而如果不能，这个责任主要的就不得不落在无产阶级的肩上了。

国民党反动派听着！谁能领导抗日并实施民主政治，谁就是人民的救星呀！

统治殖民地、半殖民地半封建社会的政治、经济、文化，就是我们革命的对象。我们要革除的就是这种殖民地、半殖民地半封建的旧政治、旧经济与旧文化形态。而我们要建立起来的则是与此相反的东西，乃是中华民族的新政治、新经济与新文化。

国民党反动派听着！睁开眼睛看看什么是革命的对象呀！

中国无产阶级、农民阶级、知识分子与其他小资产阶级，乃是决定国家命运的基本势力，他们必然要成为中华民主共和国的国家构成与政权构成的基本部分。现在所要建立的中华民主共和国，只能是一切反帝反封建的人们联合专政的民主共和国，这就是新民主主义的共和国，也就是真正革命的三大政策的新三民主义共和国。

国民党反动派听着！决定中国命运的广大人民是要建立这样的一个民主共和国呀！

蒋介石先生既说要决定中国的命运，而且也知道"破坏国家，就是破坏你本身以及你世代子孙永久的生命，这个关系太大了"，那么就得实践"忠言逆耳，良药苦口"的格言，虚心一读《新民主主义论》，免得"著作"一部"祸国殃民，最后结果非至害人自害不可"的"圣谕广训"出来。千言万语，画龙点睛处，旨在反对人民的内战。

二、国民党的革命性

中国广大的工人、农民、知识分子与其他小资产阶级，是革命的基本势力。而工人、农民又是基本势力的骨干，没有他们，就没有革命，也就没有中国。所谓"中国的命运完全寄托于中国国民党"，所谓"没有中国国民党，那就没有了中国"，真有那么一回事吗？谁都知道，政党只有领导的作用，它所领导的阶级及其联系的群众才是真实力量的所在。试看国民党领导了哪些阶级和群众！

国民党是中国资产阶级的政党，其中占绝对统治地位的是大地主、大资产阶级。它的"广大""可靠"的群众是军阀、官僚、政客、土霸、劣绅、闻人、文丐、投机商人、托匪、特务、汉奸、法西斯分子、落后的受欺骗的教员和学生等等，一部分进步的有正义感的党员被压迫歧视，甚至被监视，早成党内的寓公，他只在一定时期中与一定程度上有些革命性，而妥协性与反革命性却占了很大的比重。三四年前，大资产阶级的一部分，以汪逆精卫为代表，率领大批党国要人及"广大"群众投奔日寇，在南京开张新店，翻印了一个"国民党"，一个"国民政府"，一个"领袖"，担任敌后方"剿共"的"天职"，恰恰说明有了这种从反共发展到叛国的"国民党"，"那就没有了中国"。因之，有了从反共发展到内战的国民党，其去"没有了中国"也就不远。足见反共是亡国的道路，理极明显。现在还在抗战的国民党，在反共反人民一点上，也同样恪尽"天职"，积极进行全党特务化的工作。特务汉奸与汪记"国民党"交流合作，情同一家。在近时，汉奸吴开先乘飞机"逃归祖国"，大受欢迎；汉奸陶希圣"著书立说"，俨成"思想界"的泰斗；汉奸庞炳勋、孙殿英等三十三高级将领前后率部投敌，不受惩处，反蒙辟谣奖饰（七月二十三日中央社还宣传"庞总司令"被俘前数分钟，慷慨含情，告部属说"要以国家民族为重，应本以往精神，继续奋斗"，以降敌反共为"继续奋斗"，太丢国家民族的脸了！）。这些事实，已使全国人民感到国民党敌我混淆，面目模糊，形迹甚为可疑。在最近，中央社公开广播"解散共产党""取消边区"的反动要求，并撤黄河防军，集合精锐十六师，企图闪击边区，完成"统一"。更使全国人民惊骇呼号，怒目切齿，绝对反对亡国灭种、大背民意的反共内战，按照"国民不包括反革命分子，不包括汉奸"的原则，以国民为号的国民党，似乎有考虑名义的必要。

孙中山先生的革命精神是值得钦佩的，他的三民主义曾经三变，有同盟会时代，以排满为主题的三民主义；有中华革命党时代，收起民族主义的二民主义；有国民党改组至大革命时代，接受共产党提出的反帝反封建两大基本任务，联俄容共扶助工农三大政策而重新解释的新三民主义。中国共产党认为在资产阶级民主革命阶段上，共产党政纲与三民主义基本上有相同的部分，就是指的这个真正革命的三大政策的新三民主义。自从一九二七年大地主、大资产阶级背叛大革命以来，新三民主义久已高高挂起，无人问津。汪逆精卫于是另制卖国"三民主义"，替日寇服务。而新专制主义的"三民主义"，则借暴力推行于国内，蒋介石先生竟敢借三民主义之名，公然抬出孔子"民可使由之，不可使知之"那样荒谬的鬼话来侮弄人民。保皇党巨魁梁启超还知道改装门面，来一套"民可，使由之；不可，使知之"的新花样，这里自称"三民主义"者，却提倡愚民政策，肆无忌惮，其思想比梁启超更倒退一个历史时代。要把这种变质冒牌的"三民主义"作为"国家的灵魂"，实在是对国家大不敬。幸而中国广大革命民众并无如此丑恶的"灵魂"，因之还能保存国格，坚持抗战，列在四大强国之一，如果"外国人讥笑我们是落后国家，是劣等民族"，应由"我们"变质冒牌的"三民主义"去承受这个侮辱。

在如此国民党、如此"三民主义"的统治之下，军事则练兵宗旨侧重反共，所谓军纪军令，不施于降将叛军，却乱施于忠勇抗日的八路军、新四军；党务则收罗大批特务汉奸，当作党的灵魂，阴风惨惨，专以破坏革命、屠杀青年为能事；政治则贪风大炽，敲骨剔髓，人民逃死无路，民变到处发生；经济则农村普遍破产，百业凋敝，全国经济命脉垄断在少数金融巨头之手（其中主要巨头是蒋介石）；教育则戕贼青年，威胁利诱，强迫接受特务训练、汉奸思想，充当反共的鹰犬。这样做下去，抗日的中国能否存在，已成疑问，何颜吹嘘"三民主义与国民革命的成绩，亦已经昭著于国民的面前"？！更何颜吹嘘"中国国民党是国家的动脉，而三民主义青年团是动脉里面的新血轮"？！如果国民党不放弃反共的宗旨，不改变"革命等于反共"的谬见，即使党和团扩张到异常大，无非增编几千个几万个特务大队，祸国殃民，造更大的孽，中国何辜？人民何罪？要供养这一群反动蝗虫来加深自己的灾害？"权利""义务"那一套话头，本意就在劝人反共，真正国民是拒绝这种所谓"权利""义务"的，只有丧失国民资格的"国民"才会享反共的"权利"，尽反共的"义务"。

现在事情很显然，抗日、民主是革命，反共内战、专制独裁是反革命。测量国民党的革命性究竟有多少，重要看他做出来的是些什么事情。

三、谁是真正革命建国者

中国革命建国的基本势力，也就是决定中国命运的基本势力，决不依靠大地主、大资产阶级及其豢养的鹰犬们，而是依靠工人、农民以及小资产阶级。抗战六年来，已经极明确地证实了这个真理，而中国共产党正是领导工人、农民、小资产阶级来完成革命建国，决定中国命运的伟大政党。

中国共产党一次又一次地从危境中挽救中国，并昭示全国人民从抗战中建设新中国的实例，试举几件人所共知的大事，足够证明中国共产党在领导抗战建国的事业上起了什么作用和处在什么地位。九一八事变以后，"攘外必先安内"正"安"得格外起劲，中国共产党发表《八一宣言》，呼吁团结救亡，倡导了民族抗战的先声。中国统治者有其一贯的历史传统，故意造成离心离德、"一盘散沙"的局面，以便从中操纵，即大呼"一个党"的国民党本身，也不过是几十个、几百个党的一个联合形式而已。中国共产党发起抗日民族统一战线，耐心组织国内各民族、各阶级、各党派在抗日旗帜之下，确立了抗日必胜的基础。西安事变突然发生，汪精卫勾结亲日派准备出卖中华民族，中国共产党当机立断，力主和平解决，释放蒋介石先生，因而粉碎了卖国阴谋，结束了十年内战，铺平了抗战的道路。七七以后，中日间正式进行大战，全国朝野缺乏理论的指导，议论庞杂，信心动摇，甚至有人留恋汉奸的诱惑，不能忘情于妥协的死路。中国共产党领袖毛泽东同志及时发表《论持久战》《论新阶段》《新民主主义论》等名著，并随时发表拯危砭顽的重要论文，指示了抗战的正确路程、建国的具体方针，使沦陷区与非沦陷区人民认识中国命运的归宿地，勇气百倍地向远大目标迈进。国民党顽固反动派掀起皖南事变，企图变解放战争为亡国内战，中国共产党揭破反动黑幕，恰当处理事变，使抗日战争仍复继续进行。抗战初期，国民党将领弃地覆军，节节败退，广大领土相继沦陷，日寇进攻，势如破竹，腹地都市，岌岌可危。中国共产党领导下的八路军、新四军独独深入敌后，收复失地，建立许多抗日民主根据地，牵制在华敌军一半，对抗伪军全部，从此日寇后顾有忧，不敢长驱前进。至今衮衮诸公，得安居重庆、西安，穷奢极欲，腰缠累累，可谓得意极矣。过河未半，就动手拆桥，人之无良，以至于此。中国共产党与广大民众密切结合，自力更生，在各根据地一面抗击敌伪，一面积极进行新民主主义建设。三三制的民主政治，丰衣足食的经济发展，思想自由的文化培养，虽在极端艰苦的条件下，无不欣欣向荣，一齐上进，新中国的基础确已奠定。试与大后方政治腐败、经济凋敝、文化衰萎、军无战意、民不聊生诸现象对照，老朽的旧中国与发皇的新中国，俨如两幅不同的图画，从此可知革命建国的基本势力，不是工农和小资产阶级吗？领导革命建国成为人民救星的，不是中国共产党吗？抗日与民主、革命与建国是一件事的两面，不是颠扑不破的真理吗？

只有不敢正视客观实在的人，才敢闭门自造两套孤立的计划，一套叫作以反共为中心的"革命"计划，一套叫作以饭碗为香饵的"建国"计划。谁都知道反共反民主，国将不国，还有什么建？即使有所谓"国"者存在，仍不外殖民地、半殖民地半封建的国。而所谓建国，无非建一个汪逆精卫式的奴化国，或一个百年来老牌的半奴化国，那时候自然会有太上皇制出榨取计划来，十年实业计划"命定"了束置高阁。

所以事情很显然，只有共产党已经实践的团结抗战民主建设才是革命建国的正确道路，也只有共产党才是领导真正革命建国的伟大政党。企图以反共反人民当作革命，以空谈当作建国的野心家，当心被人民抛弃，变为向隅而泣的可怜虫。

四、请问究竟想革谁的命

抗战已进入第七年了，竟还有人不认识革命的对象，拿着屠刀想革革命人民之命！其理由是"中国从前的命运在外交，就是操在外国的帝国主义之手，而今后的命运则全在内政，就是操在我们全国国民自己的掌上"，这里所说"今后"，当然指本年一月十一日（中英、中美签订新约日）以后而言。如此说来，一月十一日以前，操持中国命运的是一般帝国主义，把近年来英美对华的友好援助与日寇的暴力侵略等量齐观，毫无区别。甚至借中英、中美签订新约作口实，宣传中国已得完全解放，似乎日寇侵占中国大部分领土，连同"从前"《淞沪停战协定》《何梅协定》《塘沽协定》等等卖国"外交"，一律挂在英美外交账上，随新约的签订一笔勾销，从此中国外交大胜利，万事大吉祥，可以"全在内政"了！我们曾学习过"特别字典"，"革命"的意义就是反共，"内政"就是反共内战。"从前"中国还有"外交"的束缚，所以"安内"不够淋漓痛快，"今后"中国完全独立自由，"内政"大有可为，时哉！时哉！机不可失！"操在全国国民的掌上"，这是骗人的话，其意是说，操在中国独裁者蒋介石的掌上。

从这个荒谬思想出发，产生另一个荒谬思想，就是"中国命运，其决定即在此抗战时期，而不出于这二年之中"，这等于对中国人民、中国共产党公开宣战说：在这"二年"抗战时期内，企图发动反共反人民的内战。

这也算是先礼后兵，"政治家"的"宽大态度"吧！指桑骂槐地大叫"那还能算是一个中国的国民，更如何说得上是'政党'，世界上哪一个国家的政党，有从事武力、倡割据的方式来妨碍他本国的国家统一，而阻碍他本国的政治，这样还不是反革命？还不是革命的障碍？这样革命的障碍，如果不自动地放弃和撤销，怎样能不祸国殃民？不只是祸国殃民，而且最后结果非至害人自害不可……那就找不出有什么合理的解决方法了"。骂得好痛快，大概肝火冲昏大脑了吧，其实指骂的那个"政党"，何必老远到"世界上"去找呢？只要不是数典忘"父"，甚至连本人历史也忘了的话，同盟会推倒满清，国民党反对北洋军阀，不就是这样的政党吗？！这一大串训斥，好像重逢西太后、宣统皇上、袁大总统、段总理、吴上将军之流的"盛世"，恭读解散国民党、讨伐孙中山的严谕，又好像寄居在"王道乐土"满口诅咒共产党、八路军、新四军的咆哮。满清政府、北洋军阀、日寇汪逆都曾说找不出什么合理解决的方法了，甘心在反革命的死路上挣扎拼命，结果呢？失败灭亡。

中国共产党是领导中国人民争取民族独立、民主自由、民生幸福的伟大政党,他和人民大众是血肉一体的,他和中华民族是利害一致的,他不怕任何反革命的威胁,也不怕任何反革命的诬蔑。如果有人拿出所谓"合理方法"以外的"方法"来,人民就会把他踢得粉碎;如果拿出"封建割据""变相军阀""障碍革命""破坏统一""妨碍建设"等等缺乏政治常识的谰言来,人民就会嗤之以鼻!

请问国民党反动派,到底想革谁的命?想革中国人民之命?想革中华民族之命?如果不是,为什么诚心发动内战?难道中国全部沦陷才快意吗?难道十年内战还不够惨苦吗?

五、几个忠告

组织一个庞大无比的特务党,幻想在全国实行一个新专制主义,发动内战,二年中消灭共产党及一切进步的势力和地区。这种"朕即国家"的荒谬思想,应该放弃!因为现在是反法西斯主义战争和新民主主义革命胜利的时代了!

"军政时期就不能终结""宪政无法开始,训政亦无从推行"这一类反革命话头,应该收起。因为人民早已拜读过《五五宪法》,也亲炙过保甲训政,并不再存些什么幻想了!军政还是"终结"为妙,人民厌苦到"时日曷丧,予及汝偕亡",岂不应了"佳兵不祥"的定论吗?

"……须知这并不是中国国民党有什么特殊的力量,而是时代与历史的使命所造成的",这种"我生不有命在天"的落伍思想应该放弃!"须知在新民主主义革命时代,历史使命绝不会落到专制独裁方面""殷鉴不远,在夏后之世",满清和北洋军阀可以借鉴。

总之,凡是中国人,万万不可存反共、反人民、反革命的思想。从这种思想发生的言论,一定引起日本法西斯通讯机关同盟社发出这样的声明:"蒋介石所著《中国之命运》一书,其论述之方向,那是没有错误的，但由日本人观之，它只是重复了已为帝国声明说尽了的大东亚新秩序论，迎合大亚细亚主义，抄袭汪精卫之和平建国论。"天乎冤哉！一个堂堂中国国民党总裁、抗日六年的领袖、反法西斯同盟四大强国的领袖之一所著的一本自认为"革命"到了顶点的书，却被我们的敌人誉为"方向没有错"，不过是"重复帝国声明"与"抄袭汪精卫"，即使作者不害羞，国民党人不知耻，中国人民也是不能饶恕日本帝国主义这种侮辱的，中国人民有责任纠正自己队伍中个别人与个别集团的思想错误及行动错误，彻底打倒日本帝国主义！我们共产党人告诉日本帝国主义者，我们的"方向"就是打倒你们，解放我们的民族，同时也解放日本人民，纠正我们民族中的一切缺陷、错误、污秽，同时纠正日本帝国主义的"方向"。中日两国同时解放万岁！（新华社延安八月一日广播）

（《晋察冀日报》1943年8月4日）

自杀与逃跑

漫 骆骥 流河 耐涵 戈华 于山

【本报集讯】北岳区周围敌伪军，近来不断发生反战厌战事件，现零志如下：行唐圪塔头敌军一班长，在接到家中一长信及两张照片的第二天，就被升为班长。但该敌兵读信后，凄然不欢，升为班长反愈加苦恼，生气说："大太君坏了坏了的，升了班长回不了家的有，死了死了的！"说完，就举枪自杀。五月间，崞县宏道敌兵三名失踪，一名已证明投井。宏道伪军朱连寿，在五月二日晚上，乘同房的五个人正睡着的时候，就携枪四支反正。同房五人因敌宪兵队长马金殿的诬告，不久即被扣押崞县，闻已被杀。代县岩头新到敌小队长大家叫"活阎王"的，三天就抢去村女十三个，并乱打伪军取乐，整日不叫他们吃饱饭。伪军不堪虐待，六月四日晚，伪班长与一士兵即携枪二支逃去。第二天，"活阎王"把所有伪军毒打一顿，七号晚就又跑了两个。最后，十一个人只留下五个。"活阎王"认为这与伪区公所有关，即把伪区长张守宽扣押地窖。敌伪矛盾更烈。该县母家村敌人，出外扰乱时，总逼使伪军走在前头踏地雷，伪军不满，六月十七日出扰李家庄时，就有两个伪军携枪逃去。五月，我在完县大出击，□冈敌班长一名，原来□思乡厌战，现复受此威胁，遂于六月十二日上午投井自杀。灵邱东河南伪军张万财等五名因不堪日寇鞭笞，亦于上月相继逃跑。（敌伪零讯）

（《晋察冀日报》1943 年 8 月 8 日）

紧张快乐的战斗生活

高良玉

我们一大队,体育运动和娱乐工作很好地开展,每天大家都过着紧张快乐的战斗生活。

起床号一吹,我们立刻就起床,做十分钟的举枪瞄准,拿大顶的课目就来了。拿大顶,这是连队首长的号召。起初,大家信心不高,恐怕学不会,但当练过十几天以后,每个人都拿上去了。现在,杠子下面总是涌着一群人,"该我了,该我了"地争个不休。

我们是爱唱歌的,不管谁起个头儿,大家就跟着唱起来。我们班排间经常举行唱歌比赛,就是一个班,有时也唱二部合唱或轮唱的歌。一有新歌,不出三天我们保准学会了,有时还教会村里的妇女儿童。

收了操,我们就高兴地到俱乐部去活动。在那里,大家可以自由地看报、识字,或者下棋、做别的游戏。再不,那就去看看我们自己的墙报吧!说起那墙报来,外人也许不爱看、说不好,但我们是很喜欢它的!它上面有画、有组字画、有作文、有模范例子、有小故事、有笑话、有谜语和智力测验。总之,没有一件不是我们战士自己的作品。

我们很喜欢课外活动,但课外活动总是很快就溜过去了。

文化课,我们排坐在树阴下面,文化教育员耐心地教给我们每个字怎么念、怎么讲、怎么写和怎么用。我们亲身体验过睁眼瞎子的痛苦,所以学识字很努力;课余时间,很多同志都跑到队部去找文化教员:"报告,敬礼,这个字念什么?……"

吃了晚饭到操场游戏,那是大家最高兴的时候!打过二十分钟的手榴弹,大家就可随便玩,有的打篮球,有的跳高跳远,有的跳木马,有的攀单杠,有的玩双杠。排与排比赛,班与班比赛,个人与个人比赛,玩得越热闹越好,只要不小老头似的呆坐着不动,谁也不来干涉你。

太阳一下山,点名号就该响了。点名以前,副指导员和三排长,总要领着一些"洋相"的同志们活跃一阵,有时候,他们竟扭起秧歌舞来,把大家逗得肚子都要笑痛了。

晚上,在院子里,我们开讨论会,每个同志都得把指导员上的政治课弄清楚,记在心里。

每天,我们都是这样紧张快乐地过着战斗生活。十天内,我们还要开一次故事座谈会,半月开一次娱乐晚会,每逢这样的日子,我们的生活也就越紧张越快乐。

(《晋察冀日报》1943 年 8 月 8 日,《子弟兵》副刊第 81 期)

李太保转变的故事

杨养正

谁要不相信八路军是个大学校，就请看一下新战士李太保转变的故事：

今年三月，李太保因为在家中赌博，不干正事，被区上送到部队里来，培养他走上正路，为国家民族出点儿力量。李太保刚来时非常苦闷，觉得军队生活紧张，过不惯，自己就像野鸟被囚在笼子里。

但在几个月的教育中，李太保同志转变了，他现在是飞速地进步着。他很后悔地说："我为什么不早参加部队呢？早参加几天不早进步了吗？"他来的时候一个大字不识，现在已认识五十多字了，而且还当了另一个新同志的小先生，他说："我帮助他学几个生字，我就觉得非常痛快！"有的同志在工作情绪不高的时候，他就说："咱们当个挑夫，也不是一样为革命吗？将来革命成功不也是一样光荣有功吗？"（他是挑夫班的战士）在饭不够吃的时候，他常向人家说："咱们还差多少？老百姓现在连山谷（一种草籽）还吃不饱呢！……"

最近在读《子弟兵》报中，他听别的同志读了一篇名叫《指导员怎样答复我》的通讯后，更使他的情绪激动起来，读报以后他对教育干事说："教育干事！有空儿我和你说几句话！"他脸上稍有些红，态度也有点儿不自然。

后来他们俩谈话了，他羞羞答答地说："我很乐意参加共产党，我想在组织中多求些进步，我一定要为革命奋斗到底，我家还有廿多亩地，我情愿献给革命，我感觉参加共产党，当个党员是最光荣的！……可是我想了大半天一整夜，不知道我够不够资格，如果不够，问出去又有些丢脸。不过最后我又想，八路军的首长，就是我问错了，他也不会给我什么难看，所以我最后拿定了主意还是要问你。如果看我有资格，希望最好让我参加，如果看我没有资格，希望也指示个努力方向，将来够了资格再让我参加，我也高兴……"

谈话结束时，他说："希望早点儿告诉我！"他微笑着，表现出无限的愉快，他不断地回顾着和他谈话的人。

(《晋察冀日报》1943年8月8日，《子弟兵》副刊第81期)

五颗子弹的胜利

刘玉泉

武家庄堡垒时常下来三三两两的鬼子，到满城赶集去。在一路经过的村庄里，他们肆意地敲诈勒索，无理地调笑追赶青年妇女，把当地群众气得牙根咬断，但也无可奈何。

子弟兵三连探清了这些情报，抱着为民除害的决心，悄悄地给鬼子撒下了天罗地网。

七月十八日，满城又该着大集了。侦察班长董保才带着三个侦察员埋伏在吴庄村东汽车路旁。正巧，三个鬼子赶着抢来的毛驴，唱着日本歌，得意扬扬地顺着汽路走来。一到我们枪口瞄准了的那条十来米长的小沟里，董保才的枪弹立刻就射出去，而且正打中一个鬼子的脑袋，这个鬼子没顾得把那句歌儿唱完就摔下来不动了。那两个鬼子见势不好，撒腿就跑，又被李树森同志打死了一个。史有子同志动作慢，但没等鬼子跑到王八窝跟前，也早把他放倒了。

这一次，我们消耗了五发子弹，三个鬼子打死两个，打伤一个，缴获三八枪一支、子弹八十余发、战刀一把、刺刀一把、皮包一个、文件一部，外加三匹毛驴，三驮大米和甜瓜。等回到驻地一检查，从文件里才知道了：打死的两个鬼子，一个是小队长吉田银尚，一个是上等兵片山考雄。

(《晋察冀日报》1943年8月8日，《子弟兵》副刊第81期)

肖大队长和黄政委

哈炯

健壮的肖大队长和瘦削的黄政委都是中等身材，平常穿着褪色了的旧军衣，显得格外整洁朴素。在日常生活中，他们总是活泼紧张、和蔼可亲的。我们二大队的全体教职学员都衷心地敬爱着他们。

分区五月运动大会上，我们的篮球队成为分区直属队的劲敌，这个篮球队的主力就是我们的肖大队长。黄政委在篮球方面虽然较弱，却有跳高跳远的专长。每天游戏时间的运动，他们都是优秀的领导者和积极的参加者。

环境艰苦，物质条件困难了，但我们的肖大队长和黄政委就正是艰苦奋斗、克服困难的模范。每次背柴，来回五六十里山路，他们都毫无例外地每次必到，而且比一般同志背得还多。有几次，下着大雨，路泥泞得几乎没法走，他们都毫不犹豫地一直向前。

对于我们的生活，他们是最关心不过了。夏初落过几场雨后，我们的住室格外潮湿，跳蚤很多，以致夜晚睡不好觉，他们知道了这件事，马上就想办法解决：利用一个总结日，全大队去背柴，用背来的柴换了很多席子。这一来，把跳蚤从老窝里清除掉，我们晚上睡得很好了。

论生产，我们的肖大队长和黄政委比谁的成绩都好。在他们自种的小菜园里，北瓜和青菜长得又大又肥，除去按规定的数目交公家一部分外，剩下的他们还吃不清。这些成绩的获得，不是因为别的，而是他们努力开荒、努力浇水、努力施肥、努力锄草的结果。

（《晋察冀日报》1943年8月8日，《子弟兵》副刊第81期）

曲阳劳动女儿张彦绪

玉君

张彦绪是曲阳东石门村的人。这个村子,有一百三十多户人家,都是农民,现在麦子已经收割了,秋苗子有的已经长起来,因为天旱,人们正忙着浇灌。除了男人忙碌外,有些妇女儿童也卷进生产的热潮中来——她们手把着锄头,搅着水车,在赤日炎炎的田地里,不停地工作着。你一走到他们的村边,除了听见斑鸠、布谷、黄莺在互相争鸣外,便是辘轳不停地刮啦了。

她便是在这个村子里长大的,八岁上死了父亲,又无哥哥和弟弟,只有一个姐姐,已经出嫁了。家里只剩她母女俩,孤儿寡妇的。死去了的父亲,虽然给她们遗留下三亩水地、七八亩山坡地,但因为没有人种,雇人又雇不起,所以家境很不好过,终年吃糠咽菜地打发着穷日子。

正因为穷,她十五岁上(正是七七事变的那年)便不得不离开自己的家,嫁给野北一家姓刘的。她丈夫比她大七岁,为人很老实,他两口还算说得着,婆媳间也算和睦。但痛苦的日子并没有改善,却因日寇的侵入弄得更加难过了。

但她在八路军来了之后,便很快地参加了妇救会,她的丈夫也加入村里的青抗先了。自从敌人占据了灵山,在野北一带修起炮楼以后,他们再不能在那里过下去了。于是商量好,他们俩一同跑到她娘家来。那时正是一九四〇年,边区的青年们为着响应军区聂司令的号召,踊跃参加子弟兵,她便劝自己的丈夫从军,她说:

"咱们也没有家了,你去当兵抗日吧!剩下我帮助妈妈种地。"

"好吧!"她丈夫想了想便答应了。

从此,她丈夫便参加了子弟兵,她为实行自己的诺言,便拼命地种起地来。她每天都是东方亮便起来,不到太阳落不休息,除了吃饭,很少在屋里待着,一天到晚"放下耙子是扫帚"地忙碌着,什么浇园呀、锄地呀、担粪呀、打枣"步曲"呀,凡男人所能干的活,她都干了,并且"起五更,睡半夜"地拾粪、搂柴、割草、上树捋树叶子,真像一个半大小伙子那样又有劲又"泼皮"!她母亲常对人说:

"我这闺女不像个女人了!"

她们每季在那三亩水浇地里,上三百多筐粪,都是用她的双肩和双手搬运的;她们的枣树,都是她打的"步曲",打几十布袋枣,都用她的双肩扛回来,每布袋至少有九十斤重;拾的粪、积蓄的粪怕不够肥,就动手割草来造肥,所以地也格外肥沃了。今年的麦子比全村谁家的麦子都好,三亩地就打了五石(市斗)多,现在又种上玉蜀黍和稻子了。另外有个菜园,什么黄瓜、茄子、葱、辣子、韭菜、豆角等应有尽有,花样可多着呢。这些活不但不雇人种,而她一有了空闲,就给人家打"短工",去年给人家打枣,就挣了二十多块钱的工钱。另外她还会脱坯、盘炕,一担子能挑十二个坯。

去年她们交了四十七斤米的公粮,今年参议会通过的新的统一累进税章程公布了,特别照顾到孤儿寡妇,所以她们过得更起劲,对抗日工作更加积极了。

几年来,她都担任着妇女工作。在婆家时,她是妇女自卫队的指导员,回到娘家是村妇救的主任,去年改为村抗联会的妇女部长,今年被选为村合作社的生产委员了。前年,她领导十七个妇女开过七亩荒地,今年除了自己纺棉花外还帮助本村七十多个妇女从事纺织,自己常常为大家到区里去送线子、背棉花,又积极,又负责,受苦受累丝毫没有一句怨言。

在今年反"扫荡"的时候,她把自家的粮食预先坚壁了,一个人能背五斗玉蜀黍到一二里外的山沟里去。这样影响了全村的人,都以她为例，秘密地去挖洞，坚壁东西。

她在新年文化娱乐工作中，也是个活泼的角色，每一次扭秧歌她都乐意参加。在民校里，她是个模范学员，当民校不开课的时候，她常自己拿着识字课本温习，有时便去问比自己程度高的完小学生，现在她已经认识三百多生字了。

因为她为人忠厚，很老实，所以她在群众中的威信很好，没有人道她的"不是"的。过去，她的母亲的脾气不大好，好和人吵架，现在也被自己的闺女感化得良善了。

可是，她的丈夫于去年八月间英勇牺牲了。她听到消息后，并没有和一般妇女一样"哭天抹泪"的，也没有另嫁人，有人问过她：

"改嫁不？"

"不！"她坚决地摇摇头，把脸沉下来了。

"年纪轻轻的怎么不嫁人？"

"女人非嫁人不能过吗？"她会反过来问你。

现在她二十岁了，身体怪结实的，个子不高，头发剪得很短，脸因为长期的风吹日晒，微微地有些发黑了，但那是康健的，脚板儿很大，像没有缠过足，浇起园来就把裤管卷得高高的，赤着足，辘轳在她怀里像一个轻松的孩子在跳着、在笑着。

在曲阳，一个新型的劳动女儿的姿影，从人民生产的热潮中，很真实、很鲜明地显现出来了。

一九四三年六月二十五日

（《晋察冀日报》1943年8月10日）

游击组员们

——战斗与生产结合的模范

崔涛

大沙河的北岸，鹁子河的西边，有一个百十来户的村庄——××口。如果你在街上一走，就可以看到全村的残墙破壁，还留着一片片的焦黑和赭红色。在这幅残景上，记载着敌人历次残害群众的累累血债，但也时刻刺激着群众对敌仇恨的怒火。

这里的群众，尤其是青年小伙子们，由于敌人对这一带加倍的摧残，他们也就锻炼得无比的坚强、能干，平时带了镰刀锄头一刻不息地在河边田野忙碌着，但也从没有放松过战斗准备，时刻保持着坚强的组织，练习着战斗爆炸技术。

五月十一日半夜里，忽然来了情报，说敌人已到王快村里，马上起了大的骚动，游击组很快集合起来，气呼呼地擦着快枪，一面派探子到西庄去。

天明后，人们在街上打听消息。"轰隆！"沉重的炮声响了，接着探子也撤回来说敌人已到王林口，村里人们拥拥挤挤地涌向山头那边去，一会儿都转移得没影没踪了。

村庄和田野马上变成了惊人的寂静，笼罩在恐怖的大网里，除了"哗哗"的树叶与比平时更响的河水声外，再也没有别的一点响动。

突然，十八个青年游击组员围绕着中队长在村东出现了，中队长巍然不动地立在村东碾台上，炯炯的眼光怒视着东方说："张玉亭，你和××到东山放哨，不是敌人不许响枪。"他俩毫没犹豫地扑向东山头隐没不见了。接着爆炸组员分散开来，沉着熟练地挖坑埋雷。游击组长带着组员，弯着腰轻捷迅速地穿过沙滩，去盘查那边两个形迹可疑的人去了。

过午了,还没有什么动静,他们布置停当后,好像替敌人掘下了墓坑,焦急地等候把敌人埋葬。他们伏在山头,俯视着沿河的金黄色的麦浪,不由更烧起了内心的怒火。

天黑了,大家又集合起来,一个个肚里"咕噜噜"地直叫,才想起从半夜里还未吃饭。中队长向大家说:"家里的人们都往×山沟去了,咱们可不能泄劲,要是回去吃饭怕误了事……""不!咱们可不能回去,就在村边煮菜吃吧,晚上还得浇地呢。"组员们一齐这样回答。

晚上,在黄乎乎的月光下,从村边树林阴影里传出了潺潺的渠水声与游击组员的低唱。

天还没亮,他们又分成了两组,一组在前梁监视敌人,另一组在后山掩护群众。炮声响后,大队的"兽群"出现了,鬼鬼祟祟,老鼠过街一样向西窜进。当敌人踏进了我们的地雷界,地雷不见怒吼时,他们的额上堆满了大粒的汗珠,眼里要迸出火星子来。中队长实在忍不住了,掏出独撅来向敌人□了两枪。

他们勉强等到敌人过去,就急忙下来检查,连人带马踏了三个,都没有响,造地雷的技术不好,中队长气愤地说:"他妈的,汉奸地雷!"他们丧气地刨出锅来又煮了一锅菜吃,就又到河边去浇地了。

这次阜平召开北非胜利庆祝大会,他们因为吃苦耐劳的精神,与李勇同时受了奖励。但是他们不满足,总觉得地雷没炸是一个大的损失。回来时他们兴奋而自信地说:"这回算泄气了,白费了三粒子弹,老太太看洋片——往后瞧吧!"

(《晋察冀日报》1943 年 8 月 10 日)

淫靡、黑暗、饥饿、苦闷

——大后方的生活相

没有人能否认抗战的重担,是载负在全国广大劳苦人民的肩上。六年抗战,完全是由他们勇敢艰苦地坚持下来的。他们担负一切战争的需要,出钱出力,贡献自己宝贵的生命;他们也承受一切战争的灾难,挨饥受冻,流离失所。中国人民是这样的坚韧不拔,这样的急公无私。为了祖国的胜利,为了民族的解放,他们忍受一切,牺牲一切。可是另一方面,一些民族的败类却居然在国家民族的灾难中趁火打劫,贪官污吏横征暴敛,在广大劳苦人民的苦难上,安排着他们的穷奢极侈、荒淫无度的生活。他们的所作所为,只有一个结果:就是实际上帮助日本军阀,摧残中国的抗战力量,毁灭中国的人民。他们的所谓"国家至上、民族至上",原来就是这么一回事。

对于大后方这种不应有的怪现象(这完全是由于恶劣的政治制度所造成的),我们实在不能缄默,不忍缄默,我们万分同情大后方广大人民的痛苦生活,而对于那些荒淫无耻的"陈叔宝"们,则不能不表示最大的抗议。那些"大人先生"们,喜欢颠倒黑白,妄谈"中国之命运",可是照他们这样倒行逆施下去,"中国之命运"是会被他们断送的,我们决不容许,全中国的人民也决不容许。

但是这些话不说也罢,我们还是来看看事实吧!

先来看看:

穷奢极欲的大后方都市生活

"有人估计昆明市生活程度和美国对比,若以国币照官价折合美金计算,则约高于纽约四倍。"(五月十一日南平《东南日报》)

六月六日洪江《西南日报》载："四月三十日昆明各报载有三千元寻狗启事一则，五月一日重庆各报载有三百元寻人广告。"

据新近从昆明来洪的一位朋友说："昆明街头小烟摊架上，都满置着美国的骆驼、吉士、幸运，英国的黄锡包、白锡包、茄力克，五十支装，售价八十元，吸者颇众。至于老刀、红锡包、白金龙等，售价四十五元，属于甲等货。来自桂林、柳州、贵阳的土烟，售价虽廉，但吸者寥寥。还有大飞日，据说是加尔各答的烟，十支装每包售价二百三十五元。所以一个摊的资本额，达二三十万元并不稀奇。"

四月五日《新蜀报》载《昆明散步》一文，内称："昆明市上各商店所陈列的奢侈品，完全是财部明令禁止进口售卖的东西，有一家商行竟然公开陈列一副橡皮制牌九，标价一万元。

"某拍卖行陈列貂皮大衣一件，标价十二万元，美国烟斗一只三千元，真叫人咋舌。

"某人以二万元'义购'狼犬一头，又某人以二千元购得'小中头'一头，这就叫作'人不如狗'。又该商的另一头狼犬，'生活'很阔绰，出入皆坐汽车，每日消耗牛乳一磅、生牛肉二斤、鸡蛋数枚，每月伙食费达二三千元（约与本市大学十个月的伙食费相等）。又协商最近纳一姨太太，聘金十万元，其他首饰价值达数十万元，这叫作'人犬升天'。

"电影院黑市，以映上海国产片《孟姜女》时为最猖獗，这张片子连映十八天，造成昆明映期最长的纪录。有人替做黑市买卖者做了一个统计，每天开映五场，每场黑票五张（电影院规定每人购票最多以五张为限），每张平均可以赚十五元，即十八天九十场四百五十张黑票的结果，每人竟可以净赚六千一百五十元之巨。

"《孟姜女》连映十八天，观众达八万人。全市二十余万市民中，平均每三个人有一个去看过，以致到处都听见市民们在哼：'春季里来百花开……',而《木兰从军》重映的结果,'月亮在哪里……'的靡靡之音又在街头巷尾到处都响起来了。

"现代歌舞团表演《大腿战·七情》一剧,竟然有赤臂露腿婀娜妖冶的蜘蛛精出现了。

"最近检察机关破获大规模走私案件一起,货物是各种高等外国化妆品,价值约值一百万元。"

五月八日桂林《扫荡报》载:"远征军司令长官××将军,四月二十五日曾召集西南联合大学鄂籍师生谈话,谈及昆明物价时说:'我在××请一次客才花二百块钱,现在到这里,普通一客餐就得二百多,在昆明请客实在请不起……'"

五六月间,桂林《力报》连载《桂林偶语》,内称:"市上有《翠堤春晓》影片歌唱片,每张出售索价千元。

"天旱水枯,自来水每担三十元,冰淇淋、'雪糕'有每杯八十元者。

"此处高等咖啡馆、豆腐店,杨梅出售而以粒计……小狼犬出售每只七千元,当今之世人不如狗。

"Lang膏、容唇膏每支七百元整,涂口红的女人的地位无形中被抬高了不少。

"白兰地每瓶三千元,天少下些雨,下些白兰地吧。

"十二封裸体画片,《世界人体摄影选集》上剪下者集成,稀世珍物,每幅二百元,群相争购,购得者喜形于色,追亦变态心理乎?"

据《中山日报》五月三十日载《桂林五月》,内称:"不管农村传来是干旱、歉收、饥饿的呼声,处处有死亡、流浪的消息,但都市却充满歌声醉影,新开的扬子餐厅,房租每月二十石米。此外还有人花数万元买一件玩具,花五千元买一瓶香水,这就是五月大地上显示给我们的种种图画。"

四月廿六日韶关《大光报》载《桂林寓公》，内称："'桂林寓公'这名词，用起来恐怕有点生硬，其实，实质上与所谓'海外寓公'是无大差别。我们试看桂林郊外一带，一幢一幢的洋房排列着，无论英美式、荷兰式、宫殿式，式式齐备。桂林市内，文物衣冠，五光十色，备极繁华，俨然像从前的上海模样。原来各地的巨商富户为了解决享受问题，大多移居到这里来。桂林山水甲天下，而且现在深处内地，交通便利，除敌机外，未受若何威胁，又哪能不令人们羡煞？"

五月五日《东南日报》载重庆通讯："重庆有三难、三挤、三多、三少、三好、三不平。三难即购肉难、购糖难、购黑人牙膏难。三挤即买戏票挤、买车票挤、买平价布挤。三多即老鼠多、钞票多、女人多；另一三多：画展多、募捐戏多、春天来结婚多。三少即公共厕所少、房屋招赁少、旷夫怨女少。三好即话剧好、防空洞好、一般说来'眼福好'。三不平即路不平、贫富悬殊不平、猪与鸡的待遇不平。"

六月十日，长沙《国民日报》载："时近立夏，气候转炎，日来渝市穿着'夏威夷'衬衫及'香港风衣装'之男女，马路上已时有所见。"

五月九日桂林《扫荡报》载沈明燧著《石崇与阿Q》一文，内称："……但是我们且慢批评石崇与阿Q，因今日中国官与官之间、官与民之间、民与民之间、妇女与妇女之间，不也是有形或无形之间有一种竞争的心理吗？譬如钻营则无孔不入，装饰则标新立异，贪财则头头是道，花钱则愈多愈妙。总之，官需要比人高，以便颐指气使；官位要比人稳，以便步步高升；装饰要想比人堂皇，以便获得乡人的敬仰；花钱要比人多，以便显出自己的特殊身份。表面上和和平平，骨子里竞争甚烈。竞争，竞争，竞争，比石崇、王恺之辈还要厉害得多呢。

"最使人发□的，石崇对于家里的茅厕也非常讲究，不仅时以上香薰之，且经常派定十余美女轮流看守。尚书刘实做客于石家，一日前往入厕，见里面明窗净几，锦被纱帐，而且香郁郁的，就急急地退出来，向石崇道歉说：'对不住，适才错跑到你的内室去了。'石崇笑着回答说：'那是茅厕，不是内室。'弄得刘实瞠目结舌不知所对。

"今之达官显贵巨商大贾，也不少有这样慷慨豪放一掷万金者。他们的茅厕，虽没有石崇的那样讲究，可是在许多小事上，他们也不惜以全副精神去应付。如报纸上不是载着某太太每天用很多的肉去喂她的爱犬吗？某太太爱猫的颈上不是悬着一个金链圈吗？某权贵不是以飞机运送嫁奁吗？这种事实与石崇之铺张茅厕有什么两样？……"

五月十四日《东南日报》载《生圹》短文内称："……离此乡村不远有一座著名的'生圹'，游人的目的，便于在此。

"石柱的浮雕、草藤的盘龙、精美的别墅，到处象征钱的堆积。花木自然是很多的，有覆荫半亩的古梅，有圆大如伞的黄杨，有各色鲜艳的玫瑰，还有高参入云的合欢树，行列也够清幽、静美和伟大了。

"配合这静美、清幽、伟大的场面，是专门的三只恶犬。这三只恶犬，象征着'钱'，也象征着'权威'，告诉你、告诉游人，这是一个私家的'坟'，一个巍峨的'生圹'，是自私、自享、自有的园地。

"享乐主义到了建筑'生圹'，总算是到了极点，人要享乐，鬼也要享乐，在人鬼之间的一个阶段更要享乐，于是乎'生圹'出现。"

五月十六日《前线日报》载张老著《贺粮政科长造屋》，称：

"物价飞似涨，米要千元石，莫道大家苦，却有不同样。

"兴起土木工，落成广厦间，美轮又美奂，花钱二十万。祖非殷富户，身未经大商，轻易成此举，全仗才干强。"

五月十六日《前线日报》载彭文著短文《各界薪给谈》，内称："有人说在政界一个主官的生活，仅三成靠薪水，其他七成是靠外快来维持的，这确是一针见血之谈。试想一个荐任的县长，每月薪水连津贴不到一千元，而其每月的开支至少也在薪金三倍以上，若不是另有'生财之道'，那必是具有'点石成金'特殊之技能，这个'谜'是不待思索便可拆穿的。"

再来看看——

饥饿、黑暗的大后方农村

《云南日报》六月六日载曲靖县青龙乡全乡民众代表晏□锡、恭家权、恭学渊、史家华、吴朝聘等控告乡长卢文造空前舞弊劣迹，内称："……查晋乡乡长卢文造，出身马房，赋性狠毒，自贿任乡长迄今，冈上虐下，苛敛跛扈，所有违法渎职作奸犯科之事，实罄竹难书，谨举其荦荦诸大端：

"一、买卖兵役。查该乡长舞弊兵役之事，各村皆有，数不胜数。兹举一二以为例证：（甲）吃钱卖放，如恭家圩晏占斗（民国二十六年）出银币三百五十元，有全乡保长当场。有裴家名、孙万王出毫洋五百元，有叶桂华交付之恭家圩×占芝出一万二千四百元。（乙）借假□索，如叶家圩张金海两次被□四千九百元，有叶保长作证。又董老三出洋七千元，一年之后，又缉其兄当兵，有董保长可证。

"二、舞弊田赋。（甲）浮收征实，每公石加收二斗，全□□四千公石，则浮收八百公石，以上全乡人民尽悉。（乙）鲸吞征购，全乡征购实物二千公石，领款十一万元，被该恶全数鲸吞。（丙）中饱空额，乡长兼征收主任，照章系义务职，该恶仍按月取米一公石，征收处之催丁斗技等工役，实以乡丁兼代，该乡长月领十二人之米计十二公石,为日既久,其数不少,可调征收处之职员及簿记查询。

"三、纵赌抽头。(甲)摆赌抽头,上年正月,其弟卢文才,于余家圩地方摆赌抽头,至三月底止,抽得洋二万三千元,且因赌发生种种刑案,如赌钱杀死董老三于新发村,又于赌场旁河中发现尸首。(乙)纵赌收税,全乡市场以鸡街最大,该乡长暗使施□中、叶□基等集赌市而每月收税五千元,迄已数载。

"四、迫卖假烟。上年该乡长假上峰之命,压迫各村受售洋烟,获利不下百万,人民破产多家。

"五、残害人民。例如过去有恭家圩住民恭家志,因凤有小嫌,该乡长诬以匪名,非刑酷害,当即毙命,旋该乡长贿买县府,苦主反吃大亏。又如目前有川龙村甲长××因过去出名保过他人充当乡长,该恶不遂意,今年三月,甲内欠送军米一升,该乡长派兵捆来,撞打几死,乃甲长之妻,气急之下,当夜毙命。该恶心犹不甘,又罚洋五百元,始才放人了事。

"六、破坏森林。曲邑东山之曹家营、张关营及恭家松树地之森林,经千百年之培植,为曲邑最盛之林场。该乡长逞其兽威,压迫人民出卖,借资任意砍伐,每株大树发给票洋三元或五元。如有山主不要价值者,即被栽诬,于是名卖十株者,则伐数十株,名卖数十株者,即伐数百株。总计所伐之树千株以上,照市估价,不下十万,而人民所有仅百分之一。该恶用以建造私舍,宏美宫殿,工程之大,乡隅独有。

"七、酷刑虐民。该乡长(即曲靖县青龙乡长)逞鲁莽之蠢性,做残酷之兽行,人民偶有怨言,即假护路队名义,酷刑□害。该恶所用刑法,均系被绑伏地,双枪并下,受刑之人,务使三死三活,至出钱为止。叶家圩董如高被搕十五万元,董春标以不受假烟被搕二万余,董春华被清去洋烟二百八十余两,又出洋九千元。恭家圩之丁占连,以卖烟不受,搕十八万元……似此种种,不胜枚举。

"八、滥派款项及粮米。该乡长自任职以来，所收各种款项，多不出粮条收据，凭空滥派。又查中队部军米，每名月派三升，两乡合为一个队，共二十五保，每保负担二名，共合五十名额，实际兵数常常不上三十名，而将兵逐日派出各保催款。每日膳食只有数人，余米甚多，除青龙乡十二保之米按月共七斗二升送交该乡长家内吞食外，其中部队所食之米，仅朝阳县十三保之米尚有剩余，其剩余之米均连夜运回。又每保月派乡丁米六升，全体每月七斗五升，然乡丁即系乡队兵也，何得双派？（下略）"

桂林《大公报》六月十二日载桂林读者谢寿康投函《为穷人呼□》，内称："现在我将最近回家（八步）时所看到的高利贷的情形，约略报告于下：我的邻居某地主，他借着经济地位的优势，进行着这样的高利贷：

"一、以桂钞六百元，就是说法币三百元买新谷子一百斤（老秤），新谷登场时，就要还他一百二十五斤市秤的谷子，时间只有两个月。当时市价每百斤（老秤）就可得法币九百元，新谷登场时，最少亦值得法币千元左右；而被剥削者所得到的只有法币三百元，当时只可买谷子（市秤）三十三斤。

"二、以乳猪赊给农民，一斤（市秤）的猪仔，交换四斤半（老秤）的谷子，时间也只有两个月。当时猪仔市价约为二十五元桂钞一斤，谷价为桂钞十八元一斤（老秤）。那么也就是以二十五元桂钞的代价，交换到八十一元桂钞的本利和。若是新谷登场时的物价膨胀，还没有计算在内。

"三、借谷子一百斤，干脆要还一百八十斤。此外还有一些村长而兼地主，他们固然自己有谷借出，同时村子仓谷二三百石也由他们经管，他们把自己所有的谷子高利贷借出后，方将出巢仓谷的命令发表，而他自己又借来一些牟利，这事人人晓得，可没有一个人敢出声。因为经验告诉农民们，谁反对村长者，次年抽签就有他们兄弟叔侄的名字（即指抽签去当兵——编者）。

"天旱米贵,高利贷重重压在贫农的背上,但劳动力却绝对廉价。平时雇人做工,一天大约最低待遇是包吃饭、二十元法币的工钱,现时一天的劳动力,就只值得桂钞七元,随后甚至劳动力过剩(事实是无人雇用,并不是不需劳动)。贫农为人做工,光要求吃食而不可得,更有一些砍柴割草的无产者,每天深入山林,去用劳力,而所获的代价,买米煮粥也养不活一家。"

据《东南日报》五月二十六日载《莆田苦旱杂写》,内称:"莆田目前旱灾的严重,冠于全省(指福建省——编者)。全县三分之二的田地已经无法插秧,其他三分之一的禾苗要是数天之内得不到雨水的供应,结果也必为酷毒的骄阳晒成一片枯焦。莆田本来就是缺粮的县份,旱象既成,今年的民食显见就会遭遇严重的危机了。

"那些肇事的,总说亢旱完全是'天灾',是全省普遍性的,但现在连三尺孩提也都知道,满□满的河水,所以不出二十天便突然点滴不剩,是因为水力机的老板私开了通海的涵洞,利用水力来推动机轮,碾了白米,走私营利,把河水全部排泄入海。谁都明白,假如河水不是被偷漏了,至少尚可维持一月以上。"

据江西《正气日报》四月十一日载《星期闲话》,内称:"广东方面,近来又有大批灾民因为米粮太贵,仍向本省移民。有人说广东米顶贵的地方,一块钱只能买二十四粒,还有说这批难民到了泰和,因为没有饭吃,就将自己的儿女出卖,作六块钱一斤计算。"

桂林《扫荡报》六月二十二日载《曲江杂缀》,内称:"余汉谋在联合纪念周上曾很沉痛地说:'抗战以来,广大民众遭敌杀害者,约计不过二十万人,但目前灾祸之来,其死亡额几乎相等,若不急速救济,恐怕不待敌人之来,我们已无可战之士,无可动员之民众了!'这是从军事上、国防上为出发点的一句非常沉痛的话。"(新华社)

(《晋察冀日报》1943年8月14日、15日、18日、19日连载)

《中国之命运》——极端唯心论的愚民哲学

艾思奇

以蒋介石先生的名义出版的《中国之命运》里，论到了几个哲学问题。这些问题，蒋先生是当作"革命建国的根本问题"来提出的，这就是说，蒋介石先生对这些问题的答复，是全书里所表白的一套政治思想的方法基础。这一套政治见解和哲学思想，是以"国父"主义的名义为标榜的。这就是说，作者自认为是继承了孙中山先生真正的三民主义和"知难行易"的思想。但事实上是怎样呢？事实上是很可惜，在《中国之命运》里并没有真正的三民主义和"知难行易"的思想，而只有关于这些思想的一些空洞的名词，以及在这些名词装饰下的中国式的、买办封建性的、法西斯主义的政治学和反对科学唯物主义，提倡迷信盲从的、法西斯主义的唯心论哲学。

《中国之命运》里的哲学思想是一种极端不合理的唯心论。由于它的不合理，它和中山先生的"知难行易"思想里任何一点进步因素都是绝缘的。从马克思列宁主义的立场上来看，孙中山先生的哲学思想和科学的辩证法唯物论哲学是有很大距离的，它有着保守的唯心论的方面，但同时不能否认，它也有进步的唯物论方面。但在《中国之命运》里，却完全抛弃了它的进步的唯物论的方面，并用种种附加的引申，扩大了它的保守的唯心论的方面。下面就要说明，《中国之命运》里有着怎样一种极端不合理的唯心论，它是怎样和中山先生"知难行易"思想中的进步因素"风马牛不相及"的。

一、关于"诚"的思想

在"国民今后努力之方向及建国工作之重点"一节里，蒋介石先生开头就引用了孙中山先生的一段话："国者人之积。人者心之器。而国事者，一人群心理之现象也。……吾心信其可行，则移山填海之难，终有成功之日。吾心信其不可行，则反掌折枝之易，亦无收效之期也。……夫心也者，万事之根源也。"从这一唯心论的说教里，《中国之命运》的作者蒋介石先生进一步引申出自己的许多论点，因此我们不妨从这里谈起。

任何事情、任何主张计划只要"吾心信其可行"，就一定行得通吗？拿事实来证明，恰恰就有无数相反的例子。秦始皇自以为皇位可以传到万世，因此自己叫作始皇，那信心可够大了，但结果是第二世就归于灭亡。墨索里尼要在意大利实行法西斯主义一千年，信心虽比秦始皇小一点，但看来也似容易些，结果只维持了二十一年，还算一切法西斯国家中寿命最长的。纳粹的军队曾自称是世界无敌的，的确有足够的信心，但现在在苏联也算碰得头破血流了。大后方的限价政策在开始实行之前，据说是"成功之券，决可计日而得"的，但差不多在开始实行就失败得一塌糊涂了。推而言之，就是《中国之命运》里所宣传的一套反民主的政治主张，反"自由主义和共产主义"的企图，以及辽远渺茫的"实业计划"的诸言等等，虽然说得津津有味，好像眼前差不多实现了的样子，但实际上也必终归是梦想。谓予不信，请看将来的事实吧。

事实证明，信心并不能决定一切，同样抱着信心去做的事，有的可以成功，有的必归失败。问题在于我们的主张和计划的本身，在于信心的本身，有没有可以成功的客观条件。没有一定的客观条件，即使抱着天大的信心去做，也不过是堂吉诃德对风车的斗争，无结果的盲目冒险。什么是那一定的客观条件呢？一般地说，就是广大民众（尤其是工农劳动人民）的物质生活发展的要求，就是社会生产力发展的要求。合乎这些发展要求的事情、主张、计划，加上人的主观的努力，是可以成功的。违反了这些要求的行为，无论主观上如何有信心，终归是要失败的。

马克思列宁主义者并不否认"心"的重大作用。马克思自己就说："理论只要一掌握群众，就立刻成为物质的力量。"一年多来，我们在整风中间，学到了一个规律："一切问题要从思想上来解决。"我们不否认思想对于工作的重大意义，但首先的问题是：我们的思想必须是正确的思想，必须是合乎广大民众的物质生活发展要求的思想，必须合乎社会生产力发展要求的思想。这种思想在实质上本来就是民众自己的思想，不过被领导机关、领导者集中起来，将民众分散的无系统的思想，变为集中的有系统的思想。因此再把这种思想宣传出去，就能够为广大民众乐意接受，通过他们的行动发生伟大的实际力量，使工作能够有很好的成效。马克思主义就是这样一种思想，中国共产党的思想、毛泽东同志的思想就是这样一种思想。这种思想的正确性，为中共二十二年来所实行的伟大革命事业所证明，为抗战以来的成果所证明，为两年以来实行三三制、生产运动、整顿三风、精兵简政、统一领导、拥军拥政、爱民运动与审查干部的成功所证明。所谓从思想上解决问题，并不是说任何思想都可以解决问题，而是要掌握正确的、合乎中国具体情况的、合乎中国广大民众的要求的、中国的马克思主义思想，毛泽东的思想。这种思想之所以能够有解决问题、保证斗争胜利的力量，并不是单纯由于思想本身的缘故，而是由于这种思想在中国社会上有坚强深厚的物质基础，是中国实际斗争的反映。

我们唯物论者们对于任何一种思想，必须根据广大民众的物质生活发展要求来检查它的好坏。有些不合实际的思想，虽曾被夸张为"如日月经天样明白"，但如果把它拿到地上的民众的行动中间来考验，它就会失败得一塌糊涂。如果一个人在他的政治主张里给民众提出了很多好听的空洞的诺言与计划，而在他的实际行动上却给民众带来了穷困灾难，那么，不管他的信心怎样高，这种思想、这种主张和计划之必然要破产，也正是"如日月经天样明白"的。

如果说"心为万事之源"，在孙中山先生的思想里，有时还有某些接近合理的因素——当他把这"心"解释为"万众的心"，解释为"人群之需要"的时候，那里面就有着某些可以接近唯物论的桥梁。那么，经过了《中国之命运》的作者蒋介石先生的引申，附加上中国旧封建时代的"诚"的思想，那合理的因素就完全没有了。蒋介石先生向"国民"要求说："国民只需遵循主义，按照方略，顺着成功的路线，穷理致知，实践力行……所谓力行与致知，皆须出于至诚。"什么是"诚"？干脆地说，这里之所谓"诚"也者，不外就是迷信的代名词。庙宇的菩萨，都要向善男信女要求诚心诚意地去敬它。蒋介石先生说"诚者成也""不诚无物"，又说"不诚则天下无能成的事，至诚则天下无不成之事"。这是说，信仰可以决定一切。不管什么思想、什么主张，只要你诚心诚意，不问是非，硬干下去，蒋先生都可以为你写一张包票："一定成功！"这样一种见解的错误，这种包票之不可靠，只要根据前面所说的一切，就很容易明白。

唯心论的"不诚无物"是完全不对的。在事实上，在唯物论者看来，第一个命题是"无物不诚"，第二个命题方可提出"不诚无物"。任何精神、思想、志愿、信心，如果没有客观物质基础，就一切都是空谈，因为物质是本源的、第一位的，精神"诚"，是派生的、第二位的。只有具备了充分物质基础的精神"诚"，才有成功的希望。我们唯物论者的思想日程与工作日程是：一是"无物不诚"，必须使自己的一切思想意识，都符合于客观实际，都符合于广大民众的政治经济要求；二是"不诚无物"，将我们的正确的思想意识坚持下去，决不动摇，决不灰心丧志，一定要达到民族解放与社会解放的完全成功。我们的唯物论哲学是与蒋介石先生的唯心论哲学完全相反的。

对于一切唯心论的东西，我们还可以提出和蒋介石先生完全相反的证明。"不诚有物""诚则无物"——对于法西斯主义就是这样。法西斯主义者以"国家""民族"的名义来欺骗青年，没有经验的青年们都万分真诚地为他们牺牲了，有什么"物"可得呢？以德国的例子来说，成百万成千万的青年变成了炮灰，德国"民族""国家"所得到的除了巨大的灾难又有什么？倘若德国的青年不受纳粹党的欺骗，对希特勒没有那样大的诚心，无数青年的生命又何至于变为无物，德国民族的灾难又何至于如此深重呢？在这样的意义上说，"不诚"反而可以"有物"。问题的关键是在于：法西斯主义者自己的"诚"是没有物质基础的，是违背客观要求的错误思想；法西斯的欺骗宣传，本来是违背社会经济发展潮流的。法西斯主义者的目的，只是要把极少数最大最大的地主资产阶级喂得更肥，而对于大多数民众，对于国家民族并不打算真正贡献任何一点东西。相反，只是下决心压迫民众、剥削民众。他们口口声声讲"至诚"，并不是他们自己真正有什么为国家、为民族的诚意，而只是为着要求民众和青年们诚心诚意得像羊一样受他们愚弄，只是为着要得到受骗者的"至诚"。对于这样一些骗子表示诚意，自然要一切落空。在这种情形下，"诚则无物"是必然的。因此，站在广大民众的立场上，站在青年的前途和幸福的立场上，对于任何人的任何一种思想主张，都要看一看它在实际上做的结果怎样，而不要只听他说得怎样。我们的哲学首先是"无物不诚"，如果你对于国家民族的任何意见没有科学的客观物质条件，对于广大劳苦人民（他们是国家民族的真正代表者）以及青年（他们是国家民族将来的主人）的现状与前途没有真正"物"的贡献，那我们就说：这证明你的所谓"诚意"是空的、是假的、是骗人的，而我们也就不能那么便宜地对你抛出自己的一片诚心了。

唯心论和宗教是相通的，"诚"字在中国的运用，本来就是一个迷信的符号。我们的许多寺庙里，许多测字摊上，常常挂着"诚则灵"的招牌，求神问卦的人，必须恭恭敬敬，把纸烛贡品和自己血汗换来的金钱送给和尚道士，以表自己的诚心。至于这样表示之后，是福是祸，仍要靠你自己的运气，和尚道士是管不着的。如果有祸，只算你自己倒霉，不必问为什么。若一定要问为什么，那反而要给你加上一个罪名——"不诚"。在"诚则灵"的号召之下，实际的结果只是要无数善男信女节衣缩食，把少数寄生的和尚道士养得更肥更肥。蒋介石先生也有一块"诚则灵"的招牌，其作用正和和尚道士的招牌一样，不过是勒索贡品的幌子罢了。

法西斯主义者的唯心论的哲学，原来是一张空头支票。它所以要对"国民"发出这张"诚"字号的空洞精神说教的支票，就因为它没有任何物质的准备金付给广大民众，尤其是工农劳动人民。试就《中国之命运》里对"国民"所允许的"三民主义"来看，实际上究竟是什么一回事？就民族主义来说，谁不知道当前的大问题是日本帝国主义强盗还在我们的国土上横行着，而蒋介石先生对这事却倒好像满不在乎，反而对"国民"说："今后的命运，则全在内政。"就民权主义来说，蒋介石先生没有一个字提到要给全国人民以民主权利，却公然主张"民可使由之，不可使知之"的愚民政策。就民生主义来说，孙中山先生所常常关心的中国民生的最大问题："耕者有其田"，以及大后方眼前迫切要解决的（或者说早就应该解决的）改善工农劳动人民生活的问题。蒋介石先生也一字不提，却长篇大论地侈谈着三十年、五十年以后的"实业计划"，也不怕有人要问：眼前的民生问题尚且解决不了，三五十年后的遥远计划又有什么途径能够实现呢？如果眼前的人民都饿死了，如果抗战不幸失败了，三五十年以后还有谁来建国,还来建谁的国呢?

蒋介石先生主张建国工作必须从心理建设开始。在他所举的五个要目——心理建设、伦理建设、社会建设、政治建设、经济建设中,他认为"心理建设与伦理建设,实为各项建设的起点",而把政治与经济建设放在程序的最后一步。这一个唯心史观的颠倒程序的意义,就是要把物质的诺言推到渺茫的将来,同时又梦想用这空洞诺言来换取国民今天的愚忠。"必须改变国民过去消极和被动的心理,与提高国民对国家和民族的道德。"这种说法,完全是似是而非的。如果所谓"国民",是指全中国广大的民众(以工农占最多数)而言,那么,他们对于国家民族的心理,倒并不是那样消极和被动的,他们的道德比起少数达官巨富来,是高尚得不可比拟的。现在的问题并不是国民的心理需要达官巨富们来改变,国民的道德需要达官巨富们来提高。现在的问题是大后方的腐败政治和经济剥削打击了广大民众的抗战积极性,压抑了广大民众对国家民族的高尚道德的发挥。所以现在首先要解决的问题,恰恰不在于"心理建设""伦理建设",而在于怎样打破大后方那种大地主、大资产阶级垄断下的破产经济和腐败政治,建立新民主主义的经济和政治。只有这样来解决问题,民众对"抗战建国"的积极性才会发挥出来,人民对于国家民族的高尚道德才能充分表现出来。这并不是空论,而是事实。共产党领导的陕甘宁边区及敌后各抗日根据地就是活的例子。

所以,从广大人民的阶级立场看来,大地主、大资产阶级的专制主义者以唯心观点来责备"国民"的心理"消极""被动",责备他们对国家和民族道德不够,说需要"改变""提高",完全是无的放矢。但就大地主、大资产阶级专制主义者的阶级立场来说,提出这样的问题来,是有其深刻用意的。从统治的大地主、大资产阶级看来,国家民族就是他们自己,不是百分之九十九以上的人民利益代表国家民族利益，而是他们百分之一以下的人的利益代表国家民族利益。他们责备"国民"，是因为大多数人民为他们少数人利益的牺牲，拥护始终是消极和被动的，而不是因为"国民"对抗战建国事业被动和消极。他们所要提高的道德，乃是大多数人"诚心诚意"给少数人欺骗愚弄的道德，而不是因为民众真正缺少对国家民族的道德。蒋介石先生关于心理建设的问题的提法，在事实上就只有这样一个解释，而蒋介石先生自己对于大后方的政治经济统治的实际情况，又证明的确只有这样一个解释。

总之，大地主、大资产阶级之所以要宣传唯心论的哲学，就因为他们需要把一切道理加以颠倒，而唯心论正符合了他们的这个需要。唯心论可以把白的看作黑的、好的看作坏的。不过为要普遍宣传唯心论，压制唯物论，首先还得要一个物质基础，就是用一切手段剥夺人民的思想言论出版自由。在物质上垄断了政权，在思想上也就垄断了真理，仗着权力，把道理都霸占到自己一方面。一个声明，投敌叛国的军官就被渲染成抗日英雄；一纸"军令"，就可以把坚决抗战的军队诬作"叛军"。明明是腐败政治摧毁了民众的抗战积极性，却说"国民"对国家民族的道德不够高尚。嘴上说"公"，实际上是借此为私；嘴上说要"不知有私"，要打破个人利己主义，而反对的锋芒却是向着真正公忠体国的抗日党派和广大民众。"国家""民族"是少数人垄断的，所以"公"也是少数人垄断的。不适合于这统治的少数达官巨富的利益的事，就被认为"私"。这些颠倒是非、混淆黑白的道理，我们领教得太多了，中国的人民受蒙蔽也不会太久了。中国人民的思想、言论、出版自由也有了自己的一部分物质保障，这就是共产党、八路军、新四军和各抗日根据地的存在。所以唯心论的垄断，在中国境内已不能绝对横行，若论唯心论的将来结果，那也只能是唯心的幻想罢了。

二、关于知与行的思想

《中国之命运》里宣传着反理性的唯心论哲学。在"诚"的名义下，蒋介石先生提高了信仰和迷信，贬低了科学的客观知识。蒋介石先生对于知识来源的见解，就是明显的证明。依蒋介石先生的意见，知识不是来自客观事物规律的反映，而是来自人类生来的本性（知的本源在于人类的本性，不必外求）。"就表面说，我们求知要接受民族的经验和教训，要学习外国的科学和技术。然而就实质上说，知识如果'无得于己'，便不能算是真知。"

何等荒谬，何等腐朽的唯心论！居然可以把民族斗争经验教训所证明的知识和科学技术知识都叫作"表面"的知识，而把人的所谓"本性"里的一种莫名其妙的什么东西（究竟是什么东西，蒋介石先生没有说清楚），当作所谓"真知"。在二十世纪的四十年代，竟来宣传这种反科学的思想，除了法西斯主义的狂言呓语之外，是找不到它的任何比拟的。请看已经滚蛋了的法西斯老祖宗墨索里尼怎样说：

"法西斯主义是宗教的概念，人们把握它不是用内在的知觉的报告的观点，而是依据至高无上的信条的观点，用客观意志的观点。它引导个人提高，使它自觉自己是精神界的一员。"

试问这里所说的一切，和《中国之命运》里的见解有什么本质上的分别？法西斯主义的知识论就是要破坏科学的合理的知识，对人民灌输一种神秘的宗教信仰。汉奸周佛海还未公开投敌的时候说："相信主义要做到迷信的程度，服从领袖要做到盲从的程度。"《中国之命运》里所谓出自"人类的本性"的"真知"，除了把它看作这种盲目的信仰与盲目的服从之外，是找不到别的解释的，因为它把经验的科学的知识都降低到"表面"知识的地位。试问世界上除了实际经验所证明的知识，除了科学知识之外，还有什么真正合理的知识？

轻视这种知识就是轻视理性，反对真理。所以，《中国之命运》里所说的"真知"，实际上是等于"无知"，而蒋介石先生在"真知"的名义下向"国民"要求的，只是糊里糊涂地盲目信仰与盲目服从，浑浑噩噩地跟着腐朽到顶点的大地主、大资产阶级去进行反共反人民的冒险，借以维持大地主、大资产阶级一党专政的中国式法西斯主义的统治，中国境内蒋介石辈一切反动的唯心论宣传，其真正的目的全在于此。

举例来说，蒋介石先生对于有些革命先烈的英勇牺牲精神所给予的赞扬和解释，就包含着这样的意义：

"为什么清末手创革命的先烈，能够'赴汤蹈火，视死如归'呢？他们笃信只有革命才可以救国救民，他们就力行革命工作，死生荣辱，置于度外。他们的'知'本于天性，他们的'行'发于真知，才造成推翻三千多年君主政体与二百多年满清专制的伟大事业。"

这里包含着以下的见解：第一，所谓"本于天性"的"真知"，就不外是能"笃信"；第二，革命先烈之所以能"赴汤蹈火，视死如归"，就是由于有了这种"真知"；第三，只凭着这种"真知"，就能够完成伟大的事业。这些见解，是对于革命先烈的牺牲精神作片面的赞扬，而对于他们的思想和事业，不给予任何忠实的客观的估计。不错，对于每一个时代的真正革命者的英勇牺牲的精神，我们是应该赞扬，应该学习的。但作为一个现在的革命者的我们，作为历史上一切革命事业的真正继承者的我们，对以往的革命者首先应该关心和研究的，是他们的具体的思想和事业，是他们的正确和错误，成功和失败的经验教训。先烈们的牺牲精神是一回事，他们对革命的认识是否能达到了绝对的"真知"又是一回事。除非人类的思想永远不会进步，否则我们就要忠实地承认，过去的革命者由于时代的限制，他们对于革命的认识是有限制的。尤其是在马克思主义以前的革命者，由于没有完全的科学方法，只凭形式逻辑或经验主义看问题，他们对于革命的认识是常常不够或错误的。以孙中山先生自己的例子来说，在国民党改组时他就承认过去革命方法的不对，如果说他的"知难"学说有进步意义，那意义就在这里。真正有革命良心的人，应该学习孙中山先生的榜样。所以，对革命事业能够"笃信"，并不等于所"笃信"的就全是"真知"，而能够"笃信"，能够"赴汤蹈火，视死如归"，也并不就能保证事业一定成功。要保证事业成功，不是空洞的"笃信"可以奏效的：第一，要有正确、完全的认识作为指南；第二，在这正确、完全的认识上建立我们坚强的信心或所谓"笃信"，这就是说，我们的信心或"笃信"是和正确、完全的认识一致的，是分不开的；第三，必须要有群众的力量——物质的力量作基础，必须通过群众的革命斗争去推行我们的事业，才能保证成功——这些就是我们唯物论者的了解。辛亥革命推翻了三千多年的君主政体与二百多年满清专制，这自然是一大成绩，但民主革命并没有成功，中国的半殖民地制度与半封建制度并没有被推翻。这一方面固然也由于客观条件的限制，另一方面也由于先烈们对革命的认识不够，而这认识不够是包括当时孙中山先生自己在内的。中山先生始终以为辛亥革命已经是"破坏的革命"的成功，而没有看到，就中国半殖民地半封建社会来说，辛亥革命的破坏革命的破坏是根本没有成功的。这一个不正确的认识，不正是使中山先生的活动始终束缚在军人、政客的圈子里，不能与真正革命的群众相结合，而一直到十三年国民党改组以前，总是在自己阵营里碰钉子的原因吗？

把"笃信"当作"真知"，用信仰代替知识，以先烈的牺牲精神作为神圣的崇拜的偶像，不学习他们成功与失败的经验教训，这不是尊重先烈，而是想利用先烈的白骨，来骗取青年的热血和头颅，好使青年们跟着买办封建性的法西斯主义者去进行反共反人民的冒险，借以维持国人皆曰可废，天下人皆曰可废的中国国民党一党专政的腐败统治，这难道不是事实吗？

这里已转到了"行"的问题。蒋介石先生（对行是非）（括弧内系按意补——编者）常看重的，蒋介石先生自己并认为是在倡导着"力行哲学"。有时甚至于把孙中山先生的"知难行易"学说省去一半，简单地称作"国父的'行易'"。什么是"行"？如果只满足于字面上的解释，那么，蒋介石先生的答复自然也是"革命工作"的"行"。但就实际上来看，蒋介石先生所谓的"力行"，和真正的革命的实践是根本不同的。第一，蒋介石先生所要求的"力行"，如前面说过的，是凭借"诚"，凭借着所谓出于"本性"的"真知"，凭借着对于"主义"、对于"领袖"、对于先烈、对于"国父"的偶像化的信仰，那就是宗教式的崇神行为。这是反动的行为，而不是真正革命的行为。真正革命的行为，必须有科学的客观规律知识为指导，必须具体而深刻地了解周围的实际情况，必须正确地认识民众，尤其是工农劳苦民众的希望和要求，必须和广大人民在一起，依照着地上的现实的人民所要求的方向，而不是依照着任何偶像化了的个别人物要求和他们所谓"如日月经天"一样的什么"主义"去行动。其次，与上面相关联。蒋介石先生所要求的"力行"，是盲从的行为，是要求"不识不知，顺帝之则"，是想把封建时代愚民政策的统治施行到今天。所不同的，是曲解和利用了"科学方法"的名义。蒋介石先生说："依照科学方法，每一个人的工作必遵循分工专职的原理，知者与行者虽有合作的必要，然仍须分工。"这就是说，知者不一定要力行，而行者也不必要有知。这也叫作科学方法吗？真是冤枉了科学方法！实际上正是按照科学方法，每一个人的工作虽然有分工专职，而每一个人对于他自己所专的一部分职务必须具有正确或完全的知识，同时对于整个工作也要具有一般的正确知识，否则就无从完满地担负起自己的分工专职。真正的革命工作,也绝不能让一些无知无识的人,例如达官巨富们来干。革命工作里领导者与被领导者固然是一种分工,然而这种分工绝不是知者与不知者的分工,领导者指示总的斗争方向,被领导者也必须善于领会这个方向,并把它正确地应用到自己所处的具体情况里。在这一方面说,被领导者的"知"常常比领导者还需要更加具体,否则是不能完成任务的。再次,蒋介石先生所要求于"国民"的"力行"不是破坏旧社会、建立新世界真正进步革命的行为,而是保守旧社会、遵循既有秩序的行为,这只要看蒋介石先生反复称赞孔子的"六艺教育""要学者从六艺的实行得到真知",要学习孔子一流的"礼、乐、射、御、书、数"就可以明白。在革命的时代来宣传孔子一流的"六艺教育",要国民学习封建时代统治者所崇尚的行为,试问这有一丝一毫的革命气味没有呢?

总而言之,《中国之命运》的哲学是愚民哲学,在"真知"的名义下要求人民无知,在"力行"的名义下要求人民盲从。我们应反对这种欺骗人民的极端有害的哲学,我们应该揭破它的反共、反人民、反革命的封建买办性的法西斯主义的真面目!

三、关于孙中山的"知难行易"思想

孙中山先生的"知难行易"思想,和蒋介石先生的所谓"力行哲学",是有根本不同之点的。"力行哲学"是反革命的、反理性的愚民哲学,而中山先生的思想则有进步的方面,有合乎科学和理性的方面。在某一方面说,中山先生的"知难行易"思想是反映着中国革命过程中的一些真实情况的。

中国革命,由于它的特殊条件,经过了一个复杂的、长期的过程。这种客观过程,反映在人的认识上,反映在中国革命者对于革命规律知识的掌握上,也就表现为一个长期的摸索和试验的过程。为着这摸索和试验，中华民族曾付出了它的千万优秀儿女的头颅和鲜血。毛泽东同志说："灾难深重的中华民族，一百年来，其优秀人物奋斗牺牲，前仆后继，摸索救国救民的真理，是可歌可泣的。"这是中国革命认识上的最真实的情形。

中国的革命是在帝国主义国家侵略刺激之下发展起来的。中国的被侵略，是由于中国本身的落后。封建社会的万里长城，抵挡不了资本主义的洋枪大炮。旧封建社会统治者的思想文化，不仅便利于满清的异族统治，更便利于帝国主义对中国的支配。为着挽救中国的危亡，中国必须进步，中国革命中的志士仁人必须从先进国家学取进步的革命思想学说，并善于应用之于自己国家的具体情况中。因此，在认识过程上，一方面要依据自己民族的斗争经验和具体国情的认识，另一方面又要吸收先进国家的革命思想学说，这就是表现为外国的先进革命理论与中国的革命实践相结合的过程。从太平天国采用基督教的"自由、平等、博爱"的思想起，到五四以后，中国共产党把马克思主义的普遍真理与中国革命的具体实际相结合为止，思想上的摸索过程和革命的发展过程，是互相照应的。

"直到第一次世界大战与俄国十月革命之后，才找到马克思主义与列宁主义这一个最好的真理，作为解放我们民族的最好武器……马列主义的普遍真理一经与中国革命的具体实践相结合，就使中国革命的面目为之一新。"（毛泽东）

这一个思想上的摸索过程，也曾是长期的、艰难的，但这种艰难现在已经过去了，我们已经在马克思列宁主义的旗帜下，找到新民主主义的道路了。虽然在找到这条道路以前，中国民族曾经过了不知多少的失败和痛苦。

孙中山先生亲身经历了这艰难苦痛的过程。他比他以前和同时的革命者都伟大的地方，就在于能够自觉到摸索的艰难，因此也就能够不断地向前进步，能够"以俄为师"，采求新的革命方法，抛弃旧的方法，不停止在固定的一点。他在实际行动中，几次和旧资产阶级革命队伍中的妥协保守的偏向斗争：辛亥以前反对立宪派，辛亥以后反对和袁世凯北洋军阀妥协，十三年改组国民党又反对西山会议派。在思想上，能够和旧资产阶级民主主义的已经腐朽、已经过时了的公式作斗争。在屡次试验失败之后，在共产国际和中国共产党的帮助之下，毅然采取了新三民主义即新民主主义的方法。

中山先生之提出"知难"的思想，是表明他能够自觉地认识到把握中国革命规律知识之艰难。就在这一点上，他的思想是有着进步的唯物论的因素的，是合乎中国的客观实际、合乎科学和理性的。就在这一点上，有着孙中山先生对于新事物、新知识不断追求向往的精神，有着在行动上不妥协、不灰心丧气的坚毅的精神，这是他以前和同时的一切中国资产阶级革命家都不能相比的。

孙中山先生说："吾人之在世界，其智识要随事物之增加，而同时进步，否则渐即易老朽颓唐，灵明日锢，是以智之反面则为蠢，为愚。"（《军人精神教育》）这是一种素朴的唯物论思想，这种思想说明人的"智识"是客观"事物"的反映，而不是如蒋介石先生所说，出之什么神秘的"人的本性"。这种思想，说明人类的认识要跟着事物的发展而不断发展，不能停止于任何一个旧的立脚点。《孙文学说》关于"十事"的论证里，也流露着这一种发展的思想。这是中山先生的思想的精华，是使中山先生能够在政治上从旧三民主义走向新三民主义的方法基础。既然蒋介石先生口口声声说要"遵奉国父遗教，继承遗志"，那就要首先懂得这一个最重要的遗教和遗志，否则就是口头上的信徒，实际上的叛逆！

这是"知难行易"学说里的进步精神。但我们应该看到，这一个学说是五四运动以前中山先生对于自己革命斗争经验的总结。在时代上,它是中国的旧资产阶级民主革命思想的一个构成部分,它本身基本上没有超出旧资产阶级启蒙哲学的范围。它具备着启蒙哲学的进步方面,那就是对于世界的一般的唯物论的理解,对于科学的、客观的合理知识的重视。但它同时也有启蒙哲学的弱点,那就是对于社会和革命的认识,不能贯彻唯物论的观点,而依然是唯心论观点。

中山先生不能从物质的经济的基础上去看社会的变化,不能依据社会阶级关系的分析来解决中国革命的问题。因此,他对于自己的革命经验的总结是错误的。第一,说辛亥革命在破坏方面已经成功,却不知道,辛亥以后半殖民地半封建的社会经济基础既然根本没有破坏,所以革命对旧社会的破坏也并没有成功;第二,说辛亥革命的成功与失败,其原因单纯地在于人的"心"中,单纯地在于"'知'与'不知'之故"。却不知道,辛亥以后革命之所以仍然不成功的基本原因,是由于没有找到坚强的革命阶级作为基本的动力,是由于革命营垒的活动依靠了一些反动阶级的军人政客和这些家伙之背叛革命,是由于没有找到反映广大人民要求的反帝反封建的明确的革命纲领,是由于旧民主主义的方法与纲领已经过时,已经无力,并不是由于人们"不知"这一套旧方法、旧纲领。这一点,在一九二四至二七年的大革命中完全证明了。

"知难"的思想也有消极的一面,过分夸大这困难,于是得出结论,认为广大群众与知识无缘,只有少数贵族能获得正确知识。其实,本质地说来,正是与此相反。孙中山先生摸索到中国革命"必须唤起民众"的道路的确是很困难的,甚至直到国民党改组以后,孙先生也还是常常动摇。这正是孙先生本人在历史上长久地自居先知先觉,而视民众为不知不觉,与他们自觉地相脱离、相隔绝的缘故。中国的广大农民,不但在知道中国需要土地革命、需要民主政权、需要抗日战争的问题上,并没有像许多大人先生们所经历的那样困难,即在学会分田、查田，学会自己办事，学会放枪打游击的问题上，也没有像许多大人先生所断定的那样困难。应该公平地说，只有群众才是真正的先知先觉者，联系群众的领导者，集中了群众的经验，在这一点上说来，实在是后知后觉者，而脱离群众的所谓领导者，则是不折不扣的不知不觉者。孙先生在这一方面的错误见解，就是把领导者看成脱离群众的天生的圣贤才智，而把群众看成盲目无知、平庸愚劣，只能闭着眼睛跟领导者走的"阿斗"。因为这一些基本观点的错误，就产生了孙先生所谓的"真平等""假平等""权能分开""军政、训政、宪政三时期"等一连串的错误观点。三民主义之所以能被法西斯主义者和汉奸汪精卫辈所利用，这正是主要原因之一。孙中山先生不知道这样的唯物辩证法：革命领导者既是群众的学生，又是他们的先生。领导者只有从人民学习，才能体会人民的思想、感情、要求，这就是给人民当学生，领导者将人民的分散的、无系统的思想、感情、要求结合起来，化为集中的有系统的理论、纲领、方针、政策、办法，再拿了去向人民作宣传，并使之见于行动，这就是向人民当先生。孙中山先生强调当先生的一面，不知当学生的一面，所以变成了唯心论的见解。

"知难行易"学说的这一弱点，就使孙中山先生对于"知""行"问题解决得不正确。"知"首先是"行"的反映，其次是"行"的指导，同时又须受"行"的考验，这是孙先生所不曾了解的。孙先生把感性的"知"与理性的"知"混成一谈，又不知道感性的"知"正是理性的"知"之基础，于是把"知"与"行"完全对立、完全隔离起来，讲了一大堆"不知亦能行""能知必能行"等不符合于事实的玄学。孙先生这种二元论的和唯心论的解释，不仅使后来蒋介石先生的法西斯化的愚民哲学得到了一个根据，并且使一切食言而肥的诺言专家们得到了一个护符。

这些就是孙中山先生的"知难行易"学说的弱点。这些弱点当中山先生与共产党人合作，并且采取了革命行动的新方法以后，是在许多具体的问题上都克服了。例如在改组国民党的时候，中山先生检讨过去的失败（原因，不认）（括弧内系按意补——编者）为是革命党人"不知"的缘故，而是依照了"俄国有个革命同志"的说法，认为是国民党内有反革命分子"能乘隙以入""卒至破坏革命事业"的缘故。又在他临终不久以前的"唤起民众"的主张，以及希望"在最短期间促其实现"的"开国民会议"的主张，则是把划分建国为军政、训政、宪政三时期的"阿斗"主义的思想取消了。

蒋介石先生的《中国之命运》里，完全抹杀了中山先生思想上的这一个进步，尽量利用和扩大了他的旧的弱点。这样，借着中山先生"行易"哲学的名义，来制作一套极不合理的唯心论的、鼓励盲从的、反共反人民反革命的中国式法西斯主义的愚民哲学。

只有当中国共产党人把马克思列宁主义的辩证法唯物论和历史唯物论应用到中国来之后，中山先生的旧民主主义启蒙哲学对中国社会、中国革命的认识上的唯心论的弱点，才完全克服了。根据历史唯物论的科学方法，中国共产党指出革命不成功的原因是与帝国主义相结合的封建制度仍然存在，因此提出了反对帝国主义、反对军阀、推翻中国封建剥削制度的主张纲领。中山先生领导下改组后的国民党也接受了这纲领，使中山先生的三民主义充实了新的内容。又根据中国革命所处的时代条件，中国共产党指出，中国的资产阶级已不能成为单独领导中国民主革命的坚强力量，要解决中国革命问题，必须首先依靠工农、小资产阶级群众的力量，尤其是依靠工人阶级和它的政党——中国共产党的领导。中山先生接受了这一个思想的某些要点，在改组国民党后规定了联俄、联共、扶助工农三大政策，使中国的民主革命，使三民主义的实现，获得了真正坚强有力的基础。

中国共产党人把马克思列宁主义的普遍真理与中国革命的具体实践相结合，这结合的过程是根据中国社会的具体情况和中国工农群众、广大人民的斗争经验的。中国共产党人始终和广大的人民在一起，发动人民积极斗争的精神，并以"甘当小学生"的态度，从群众中学取领导革命的知识。中国共产党的革命领导者决不以唯心主义的"先知先觉"自居，决不把人民简单地看作不知不觉的"阿斗"。相反，共产党人知道广大人民群众的伟大的积极性与创造力，只有他们、只有人民才是一切革命的真正主人翁。同时共产党人又知道，人民由于长期处在反动统治下面，造成了文化落后，而人民的意见与力量又是分散的、不集中的，所以人民迫切需要自己的政党、自己的领袖、自己的先锋队。这种政党、领袖、先锋队不是高居人民之上，而是处在人民之中，与人民的生活息息相关，向人民学习，又教育人民。这样的政党、领袖、先锋队就是中国共产党。因此，只有中国共产党才能掌握真正适合中国国情的理论知识，才能自觉地来领导中国人民连续不断地进行了三次惊天动地的革命事业，才能坚持抗战到今天，并在各根据地建立了真正新的三民主义的中国。

这一切事业和思想都和中国共产党的领袖——毛泽东同志的名字分不开。到了今天，铁的事实已经证明，只有毛泽东同志根据中国的实际情况发展了和具体化了辩证法唯物论，才是能够把中国之命运引到光明前途去的科学的哲学，才是人民的革命的哲学。（新华社延安广播《解放日报》论文）

（《晋察冀日报》1943年8月17日）

光荣的特等射手们
——他们的名字和胜利永远连在一起

远方

"八一"纪念大会，三分区总结一年来优秀的特等射手，并且准备了许多东西给他们发奖。特等射手们，平时一刻不忘地练习瞄准，战斗时勇敢沉着地使用自己的枪，在太平庄、青虚山、西赤战斗中都表现了他们神妙的射击技术，打得敌人心惊肉跳，好比：

太平庄战斗的时候，××团的特等射手刘生发同志，他在战场上机警沉着，又加上平时的多练习，在当敌人和我们抢夺一支枪的时候，他事先找了个发扬火力的地方，一口气打死了五个敌人，后来又打死三个，大家都看得清清楚楚一共是八个，共消耗子弹三十二发。还有×连特等射手李贵子也和他不相上下，用三十二发子弹打倒了七个敌人。边长德二十一发打倒了五个敌人。在滑子山活动的时候，邵东兴同志一枪就打倒了一个敌人的小队长，王大秋同志一枪把敌人正在发射的机枪打坏。

在青虚山战斗中，××团机枪班长陈惠儒和陈福增在坚持阵地中，巧妙地利用山脚击倒敌人三十名以上，只消耗子弹百四十发。

在西赤战斗中，一连机枪一班长钟金海同志在向店头南山冲锋时，距敌人五百米达五发子弹打倒了三个鬼子。特等射手李金波把冲上来的敌人打散，还打死敌人五名，徐子友五发炮弹打死敌人有一个小队，侦察连机枪班长高建华在敌人进攻中，三百米达五发子弹毙伤敌二名，又在敌增援上来的时候，十发子弹击伤敌一名，又在敌人撤退时，一千米二十粒子弹击毙敌二名、击伤敌一名，在敌运动时四百米达伤敌一名。

这些光荣的特等射手们,他们的名字和胜利已经永远连在一起了。

(《晋察冀日报》1943年8月18日,《子弟兵》副刊第82期)

九班的房东老太太

冯善祥

九班全是青年,一天价总是活蹦乱跳的,我们那房东老太太是怎样地爱我们呀!当她没有事情了,坐在院子里蒲团上,两只昏花的眼睛,注视着在屋子里写字的、看报的、下棋的、紧张工作着的年轻子弟兵们!她看得高兴了,自己在一边就说起来:"你们这一班人真棒!年轻轻的在一起,又打又闹的,跟亲哥儿们一样。"

我们吃饭的当儿,老太太就拿着一捆莴苣,那嫩绿的叶子上当啷着水点,就送来了。

"同志们,给你们点水菜吃吧,咱们园子出的。"

上午,我们出军事操去啦,老太太把门拉上,恐怕有外人进去。当我们一回来的时候,老太太忙了,一只手拿一根冒烟的火绳,一只手抓着一把大叶烟来了。

"天气挺热的,累了吧,快抽烟,咱们家里种的!"

"老太太别费心了,咱们青年不吸烟!待待吧!"

"来,上这儿坐吧,老太太!"

大伙儿乱招呼她,她就坐下看着,谁不抽她的烟,她马上会显出特别不高兴的脸色。日子久了,大家都知道她的脾气,所以有的同志来了就先抽烟。

一天,田沛云同志在院子里坐着缝衣服,老太太看见了,马上把他的衣服夺过去:"同志们住在咱们家里,缝么洗么的勾当还要你们下手吗?以后有什么该缝的就拿出来!"

待了一会儿,她把那缝好的衣服送来了。

下午,我们有的到操场去游戏,也有的帮助房东老太太去浇园、

担粪，赶晚上我们回来的时候，屋里地下早弄好麦糠，而且已经冒着白色的烟了。老太太是这样关心我们，恐怕蚊子把我们咬坏了啊！

（《晋察冀日报》1943年8月18日，《子弟兵》副刊第82期）

"可惜马刀还没有用上!"
——记十八岁的奋勇队员李春林

李英凯

强袭王陈庄据点的动员大会上,指导员对大家说:"哪个勇敢、不怕牺牲,自动站出来参加奋勇队!"指导员的话刚刚讲完,队伍里早跳出一个青年小伙子来,他用响亮的声音说:"指导员,咱算一个!"大家一看,这个小伙子原来是李春林,他今年才十八岁,矮矮的个子,细细的胳膊,看样子不很带劲儿。

指导员问:"你这小鬼也敢参加奋勇队吗?"他说:"指导员,你别看咱小,咱人小爱办大事,金刚钻小净钻大缸,上课咱心笨,记不住,打仗咱可不怕!"

同志们惊喜地看着他,一阵热烈的掌声,随着又有很多同志报名参加奋勇队了。

奋勇队每人五个手榴弹,都准备好了。李春林又找来一把马刀,出发以前磨了个锋快,嘴里还不断地咕哝着:"妈的,今晚非干他两个不行!"

傍晚,队伍出发了,李春林快活地走在最前面。当奋勇队摸到敌人房脚下时,敌人发觉了,拼命地向他们射击,但灵巧的李春林早爬上敌人房顶的工事里去了,他一连扔下三个手榴弹,都爆炸了。在他正准备扔第四个手榴弹的时候,他的右腿中了一枪,别人要背他下来,他拒绝了,说:"你们打吧!我自己爬下去,外边有咱们队伍,没关系!"

到外边,指导员知道了,赶快就来慰问他:"小英雄你怎么啦,挂花了吗?"

李春林微笑着回答指导员说:"不要紧,我虽然挂花但也够本了!指导员,我扔到堡垒里三个手榴弹,顶少也干掉狗日的们两个,可惜的就是我的马刀还没有用上……"

指导员马上奖励了他,我们也衷心地向他表示钦敬。

(《晋察冀日报》1943年8月18日,《子弟兵》副刊第82期)

青年队长刘振禄

朱曦

青年队长刘振禄，黝黑的肌肤，中等身材，有着一副健康而朴素的农民性格。

在他说话的时候，不整齐的牙缝里经常透出"刺刺"的杂音，从这里，我们可以知道他是唐县人。别人总觉得他不爱说话，但我觉得不是这样，与其说他不爱说话，倒不如说他不爱说空话恰当些。每当他说起话来，一字一字比板上钉钉子还实在，从没有过说了话不算数的事。也许正因为这样，他博得了全连同志的敬仰，特别是青年们，谁不承认他是我们可爱的青年领袖呢。

这还是去年冬天的事情了！那时，西北风刮得正紧，冰雪三天两头下，他们副班长带着他和另外两个战士，到一座高山上去打柴。可以说除了他以外，三个人都有点儿害怕艰苦，抱怨饭不够吃。他怎么办呢？他没有"墙头草随风倒"，他用最大的耐心解释说服，说明工作任务的重要，说明天气冷可以克服，说明粮食吃过就破坏了整个的供给制度，而他自己首先就做了积极工作、不怕冻饿的模范。这样，三个同志都被他说服和感动了，圆满地完成了打柴任务。

每逢行军，他总是走在大家后面当收容队，也总是背着两支枪或两个背包，身体弱、力气小的同志，也总是被他感动得说不出话来。

说到他对革命负责来，那不仅表现在谁也比不了的埋头苦干上，而且也表现在铁面无私的斗争精神上。对于别人的缺点和错误，他从来没有采取过自由主义，相反，有时倒因批评得过于尖锐和深刻而引起对方的不满。但是，他不计较这些，仍然坚持着原则，当这个同志完全醒悟，心悦诚服地接受了他诚挚的批评后，莫不对他表示最大的感激。

论学习，不光政治方面强，文化上也不坏。去年他还是文盲，在丙组，今春已经在甲组，已经是甲组的优等生，已经学会写顺畅的生活日记了。

只一年，他变成了优秀的小炮射手，而且正在当着本连小炮组的教员呢。

(《晋察冀日报》1943年8月18日，《子弟兵》副刊第82期)

感　言

续范亭

　　中国国民党总裁蒋介石先生最近发表了一篇《中国之命运》，我想凡是一个中国人，都必然很关心很注意这篇东西。因为中国之命运，就是我们四万万同胞大家的命运，就是或生或死、或存或亡、或荣或辱的前途，如何能不关心、不研究、不批评呢？就是不识字的同胞们，也应该问一问蒋介石先生说的些什么话，办的些什么事。如果你们认为这是蒋委员长写的，不用研究，不用批评，绝对没有错误，盲目地接受，那你就不是革命者，不是国民党员，更不是共产党员，不是进步人士，不是中国的国民。那你就会是没有脑筋的、只知顺从的奴才走狗。因此，我也要谈谈中国之命运。

　　当我看到蒋介石先生《中国之命运》的预告时，也是恨不得以先睹为快。及我既看到《中国之命运》时，觉得抗战六年，不但毫无进步，而且变本加厉，使我对蒋先生的一点幻想也完全打消了。呜呼！此亡国之论，胡为乎来哉？其中细节，已由范文澜、吕振羽、齐燕铭、何思敬、艾思奇诸先生批评甚详，可谓真矣！可谓诚矣！我的话比较粗鲁些，但也是赤条条的。我所看到感到的，就是这本书彻头彻尾都是反革命、反三民主义的言论，总合起来就是"法西斯主义中国化"。蒋先生决心要把中国拉到黑暗的深渊里去，而法西斯奴才们，正以此灌输我们的青年、毒害我们的青年。全国同胞，你们看可怕不可怕？

　　看了《中国之命运》之主要内容，一方面主张完全保留中国封建制度、政治、经济、文化，用不着再来革命；一方面反对共产主义、反对民主，与同盟国政策路线完全相反。前者是反对孙中山的三民主义，后者是助长法西斯的独裁主义。试问旧的中国如果是好的，为什么百年来挨打挨得落花流水，几至亡国？孙中山先生又何必革命？如果说法西斯独裁是好的，同盟国为什么决心要消灭他？共产党如果是不好的，同盟国为什么又努力地帮助他、赞成他？

蒋先生最标榜的是一个"诚"字，但诚是一个抽象的名词，希魔、墨魔、日魔，他们对于法西斯主义有决心、有恒心，可谓有诚心。中国有句旧话说："假君子斗不了真小人。"以十分的精力做坏事，就是真小人，真小人有了组织也颇厉害。但是今天他们所遇到的不是假君子，是以苏联为基干的同盟国统一战线。真小人遇上真君子，他就非失败不可。中国的事也是如此，不能例外的。

他这一篇东西，完全是反革命的中国式的法西斯主义，法西斯主义中国化。国人试想：世界大战结束后，尚能容许法西斯主义存在吗？这完全是违反中国人民意志、违反世界潮流，蒋介石自己主观的命运，而不是中国之命运！

中国之命运究竟何在呢？中国之命运就在于抗战胜利，协同盟国消灭法西斯，建立三民主义的新中国。毛泽东先生的《论持久战》《论新阶段》《新民主主义论》诸种论文，那就是中国的真正命运，再不能有其他命运。因为这些论文都是合乎客观真理的、唯物的、革命的，而不是个人幻想的、唯心的、反革命的《中国之命运》。

当袁世凯想做皇帝的时候，是以他个人的命运来决定中国之命运，说他的八字好，正合乎做皇帝的资格。皇帝算做了，可惜没有算准时间，两个月后就吐血而亡。

吴佩孚也常常扶乩算卦批八字，说他可以统一中国，想使个人命运来决定中国命运，可惜也在民国十四年，让国民军打得落花流水。民国十七年北伐，摧毁了他的全部基础，现在他也死了。

今日蒋先生提出《中国之命运》，名词上似乎比他们高一招了，然而观其内容，也完全是以唯心论、主观主义、自私自利、独裁、梦想的个人英雄主义来决定中国之命运的，而其中也有许多话都是和日本法西斯军阀的目的相同的。全国同胞们！我们要万分警惕呀！这是制造内战的准备工作！

中国的推命家都是从个人命运出发来决定国家大事，这是完全唯心的，真要推断国家命运，必须先推断世界命运，中国是世界一部分，不能遗世而独立。毛泽东先生说："大道理管小道理。"这是非常正确的。没有世界眼光，妄自尊大，以个人野心、梦想来推断中国之命运，那都是梦话、胡说、妄想，必然走上死路。

我们推断现在的世界命运是走红运的，向光明一方面发展，而不是走黑运的，向黑暗一方面发展。法西斯主义就要死亡，革命的力量正在发展。中国是盟国的一员，中国命运也必然是向着光明的方面发展。而蒋先生偏偏押到黑的一方面，现在宝盒子已经揭开了，明明白白是红的，你怎么硬说是黑的，非独裁不可呢？除了法西斯第五纵队这样讲，还有谁肯这样讲？由此证明中国国民党法西斯化不止一日了，今天才完全揭露出来。法西斯奴才们用抽梁换柱的方法，把国民党盗窃去了。古人有窃国窃钩之喻，今日竟有窃党而兼窃国者，当得何罪？！

一九三五年我在陵园剖腹后，答各友人信中就说："中国如果法西斯实行了，我们不但有杀头之罪，而且有阉割之虞。"那时候只是站在人道主义的立场上来反对法西斯。一九四〇年我答友人信中也给法西斯命运推算了一卦，得到三十四个字的结论："日暮穷途，倒行逆施，没落阶级，势必至此。勉强挣扎，不足救死，前途如何，一段丑史而已。"

今天国民党的反动派，如果还不觉悟，遵照蒋介石之《中国之命运》发展下去，那么他们的前途也必然是如此，是自找死路的，而真正中国之命运,却是胜利的、光明的、民主的、自由独立平等的。为什么?因为有了共产党的保障,有了全国劳动群众先进人士的保障,毛泽东政策路线之保障。

就以蒋介石本身说,国民党本身说,也并不是日暮穷途,并且不应倒行逆施,只要他们肯向前进,不要倒退,所谓"山穷水尽疑无路,柳暗花明又一村"。但因他们自私自利的近视眼,看得既不远,走的又是黑道,所以总觉得前途没路了,于是乎倒行逆施:提倡旧礼教、仰慕旧制度、传法西斯衣钵、集封建之大成。北洋军阀余孽、气死孙中山的段祺瑞老狗,上海大流氓、屠杀工农革命群众的黄金荣等,蒋介石都早拜为老师。对段祺瑞死后主张国葬;对黄金荣则推崇为当代圣人,为他建立德政碑,创修花园马路;又复任用官僚政客杨永泰,卖国外交家黄郛等一班坏人;总合中国军阀、官僚、流氓、大地主、大资产阶级,还有那托派余孽,一炉而冶之,变成了中国式法西斯的庞大组织。这些走狗们散布全国,尤其是八路军、新四军范围内,挑拨离间、造谣污蔑、反对进步、破坏团结、叛国通敌,无所不为,携带了毒药、手枪、短刀,实行暗害、刺杀、活埋、盗窃等等无耻手段,诡诈残刻,无以复加。就在我自己的周围,已经发现了五六个特务,差不多都是和日本特务、汪逆特务有联系的,他们简直快成了一家了。但是他们都是中国人,都是中华儿女,都还有些良心。他们看见边区的一切都是为国为民的、坚决抗日的,于是他们良心发现了,自己说出来,不忍完全遵照特务们的指示害人害国,有的说把手枪交了公家了,有的说把毒药、短刀扔掉了。我虽没有被他们害死,但是前一月把我保存的整风文件十八个,被他们盗走了,最初我非常生气,后来想盗去了亦好,送到他们指挥机关去让他们好好看一看,把他们占的歪风、坏风、恶风、妖风也捎带着整一整,或者也有点好处。现在国民党区域,真乃是特务横行,民不聊生;抗日军队,消极怠工；文武官吏，上下其心；人民认识，模糊不清；敌人离间，引诱投诚；进退维谷，摇摆不定。你看他们把国家弄成个什么世界了！他们的行为下流无耻到什么程度了！还正在那儿执迷不悟哩！

当我在民国二十四年总理陵前自杀的前几月，国民党开代表大会，我虽没有参加会议，但是会议的内容我也知道许多，选举委员时，指定、圈定、包办、贿买比曹锟贿选总统时代花样更多。彼时黑暗形态的反映，我还记得有四句诗，是其中一个代表写的，传遍了全会场及南京、上海等地。那四句诗是：

"一身猪狗熊，两眼官势钱，三诀吹拍骗，四维礼义廉。"

这四句诗是了解具体情况的人把他们的典型人物描画出来了。"猪、狗、熊"是不像人样子，"官、势、钱"是官僚、军阀、资本家，"吹、拍、骗"是吹牛、拍马、骗人，"礼、义、廉"是无耻。提倡新生活多少年，依然还是如此无耻，这又怨着谁，难道是共产党迫你们干的吗？一切罪恶行为，都是由于独裁梦想演成的呀！当时我真悲观、失望、愤慨极了，感到偌大中国，四万万人民，被这些无耻的东西断送了，真太冤枉，于是有陵园剖腹之事。鼓起我的大无畏精神，流了我的满腔热血，才把你们骂了一顿，但是你们的特务分子们，说我是"失恋了"。不错，我诚然是失恋了，我热爱的国民党，当她十三岁的时候，交了共产党做朋友，替她打扮了打扮，也觉得相当漂亮很有出息，但是她到了十六七岁，就变了节了，被人引诱改嫁了。现在她已三十二岁，应该是徐娘半老风韵犹存，然而因为她的十余年的自残形体，已经不成样子，我也早不爱她了。又说我像是"得了神经病了"。不错，是有神经病，但我的病是被你们丧心病迫成的。当时全国爱国人士、全国青年奔走呼号、开会、请愿、挨打、杀头、囚禁、活埋，举国若狂，那都是神经病。不过他们的病和你们的丧心病不同，主要他们都是爱国病！呜呼！自从你们掌握政权以来，除了你们少数奴才、走狗享乐舒服以外，试问哪一个中国人神经不受刺激、不伤脑筋？你们的独裁政治、特务政策，把中国人民欺负坏了，摧残极了。六七年来，蒋委员长走入抗战，虽然是勉强的，我们对于这一点却是确实拥护，并且以忠厚之心不念旧恶，相忍为国，希望你们在抗日过程中，由于事实的教训，或者能有所改进，谁能想到我们这一点点最后的希望，竟然落空！《中国之命运》竟公然宣布封建独裁，实行法西斯的勾当了，对于抗战消极怠工、对于边区枪口照准、对于人民不顾死生妄谈什么"诚"、什么"公"。我们都早知道了你们对于开倒车是早已有决心、有恒心了，这就是所谓"诚"！对于共产党、八路军、新四军不给一枪一弹一钱，要他们抗战挨饿、受苦、牺牲，最后还要他们的命、杀他们的头，这就是你们所谓之"公"！我曾说："大资产要占大便宜，小资产要占小便宜，封建阶级要占老便宜，无产阶级只求不吃亏，决不向人要便宜。"你们把便宜占尽了，还不甘心满意吗？八路军参谋长叶剑英曾向重庆来的联络参谋说过："请告重庆当局，古人说'有奶便是娘'，今日无奶也是娘，不给吃，不给穿，不给枪弹，也是要服从抗战到底的！"这还不够便宜吗？为什么还要一定把人置之死地？实在告诉你们吧，现在大奸卖国的秦桧虽有，再不会有多少愚忠误国的岳武穆了。

你们的特务政策并没有成功：一方面只是无法无天得罪了人民，一方面是自私自利又被日寇汪逆利用了。前月邓宝珊将军过延，相随了一位驻榆林的《大公报》记者杨令德，他问我："续先生既是国民党员，为什么住在延安？"我说："我孤立多年了，因为不愿加入一个小圈做奴才，所以宁愿孤立，古人说'宁为鸡口，勿为牛后'，我今天是宁为牛后，不做狗头，请你把这话告诉重庆的朋友们吧！"实际上他们为法西斯当奴才，也做不了个狗头，也不过是狗腿、狗尾、狗毛而已。法西斯制度一定死亡，他们不过落一个死狗腿、死狗尾、死狗毛而已。历史也就够丑了。

我这篇感言，在奴才们看来，一定说我是大逆不道；在动摇分子看来，一定说我言之过甚；然而在革命的人看来，还须说我是忠实无比呢。我觉得世界上除真理以外，再没有任何威权可以使我屈服。一九三五年我在西湖养伤时，曾作过一首抗日的诗："不怕死，不怕疼，不怕辛苦不怕穷，养成一片大无畏，誓与倭寇决雌雄！"在西安事变蒋先生被释放回南京后，我曾写了几篇文章，其中有："我是一个国民党员，但我没有受过南京政府的洗礼，吾人生当共和民主之世，而受专制流毒之苦，推其原因，皆因蒋先生独裁一念有以致之。"不当奴才，须是任何人的奴才也不肯当。如果这些特务分子奴才们说"我是愿意当蒋先生的奴才，而决不当日本奴才"，这都是骗人的话，因为基本上奴才的本质是相同的，主要他们是又怕死、又怕疼、又怕辛苦又怕穷。不管国内国外的统治者，不外两个法宝：一个是威胁，一个是利诱。这就使这些奴才们一方面做国民党特务，一方面又做日本汪逆特务，这还有什么奇怪呢？

如果没有奴才们为基础，就无法实现其独裁，在时势造英雄一方面说来，实在也不能把一切罪过都推在蒋先生身上。但是在英雄造时势的一方面说来，蒋先生要完全负责的。因为没有独裁，就没有这么多的奴才，如果蒋先生没有独裁的迷梦，走上了三民主义的民主道路，这些奴才们也会因人民的民主力量，一步一步教育好了。但是蒋先生不知道民主力量的伟大，所以始终认为"个人权威可以决定一切"，才走上今日之道路，才有《中国之命运》之发表。这也是思想方法之错误养成的，所以我觉得整风要把全国整一下，才有办法。今天我们批评、纠正、反对蒋介石之《中国之命运》，就是用民主力量来整风的工作。

全中国的同胞们！孙中山的真正信徒！大家起来吧！根据三民主

义，批评、纠正、反对这个《中国之命运》的错误思想是必要的。挽救蒋先生、挽救那些奴才们、挽救中国、挽救世界是何等急切伟大的事呀！日寇是洪水，凡是中国人都是同舟共济的，船到中流，风大浪高，我们在船上的人，同时都是篙手，紧急时一篙也缓不得；危险了，失掉了重心了，大家都要脱鞋下水、脱裤子下水、脱得赤条条下水，来挽救这只危船。有三民主义的指南，有新民主主义舵手毛泽东先生，我们一定能战胜日寇，建立新中国，到达彼岸。中华民国是亡不了的，胜利全在我们的努力。（新华社延安十六日电）

（《晋察冀日报》1943 年 8 月 21 日）

群众领袖、生产能手——刘万诚

石水

万诚是盂平××村人,四十二岁了,事变前分家以后,他种着四亩多旱地,没有山货,也没有别的副业。老娘、女人、两个小孩,生活过得很紧,有时还不够吃,那时村里人看来,万诚和别的农民一样,没有什么了不起。

抗战后,民国二十六年冬天,村里成立农会,万诚首先自动加入,不久当选了农会主任,后来又当选了工会主任。团体统一领导后,被选为联席会主任。

在他当农会主任的时候,村里工作刚开始,一切都未就绪,老百姓认识也不像现在这样好,减租减息,不光地主有的不乐意,连有的佃户也不明白。可是万诚一点不着急,黑夜白日想法把工作搞起来,开大会宣传,开小会解释,个别动员,一次不沾,两次,两次不沾,三次,白天没工夫,黑夜不睡……就这样,把减租减息实行了。他对地主说:"这年头先为了打日本,都得这样办,一家不实行就会影响大伙儿。再说,东家从来就挺开明,何差这点事?"对佃户说:"减了租,咱可保证交租,大家都能过得去,才有办法打日本。"

民国二十九年大水灾,村里好多人生活没办法,成立了借贷所,万诚当时就参加领导借贷所的工作。灾民吃不上饭,万诚心里就难过,比饿着自己的老婆孩子还心痛。可是有些比较落后的老财有着大量粮食,轻易不肯借一点出来,万诚就费尽心血,不吃饭、不睡觉,召集财主开会,给说好的,花了半月工夫,动员了二十来石粮食,把灾民组织起来,有计划地借贷。不管是会员或群众,只要生活实在没办法,万诚都一视同仁。不久,麦秋到了,粮食也还完了,灾民没有一家挨饿的。

当时村里的团结不大好，断不了发生争执，弟兄们因为争家业，也常闹纠纷，这些问题万诚都给帮助解决。无论大小问题，他一说，大家没有不服的，从来不把问题推到区里，总是先尽自己力量办，有时想不出好办法，就到区里讨论讨论，回来后还是自己解决。

万诚就从这些工作中一天天被人们注意，被群众信仰起来了。

有一次，村工会开会，讨论半实物工资制怎样才能实行，工会干部费尽了苦心，想不出好办法，就请万诚来出主意。万诚把他实行减租减息的经验拿了来，先给雇主开会，讲明道理；又给雇工开会，教育工人好好生产，并且还开了雇主和工人的联席会，结果大家都明白了，谁也说半实物工资制真正好，很快就实行开了。这么一来，工会会员说："咱们非让万诚当主任不可，你看人家多会办事！"不久，真的选他当了工会主任，可是农会会员又不干，非把万诚要回去不可。当时因为工会工作薄弱，万诚就拿了主意："反正都是民主选的，我就做工会工作吧！"

万诚当了工会主任，工人们非常高兴，生产热情大大提高。雇主们见了万诚，也笑嘻嘻地说："好主任，办法真高明。"工会工作一天一天健全，超过农会了。

由农民领袖变为工人领袖，现在是全村群众的领袖了。

随便问一个老乡："你们联席会主任工作怎么样？"

"联席会主任可是个好干部，工作经过锻炼，办事很有把握。"那人会这样回答，并且因为提到的是万诚，他的话就不断了，"这年头实行民主，老百姓的眼可看得准，五六年了经过好多次选举，万诚都没落选。你想想，要是不好的话，谁□这次选了，下次还选？"

他还会接着说下去："要按老百姓的反映，万诚真考第一。全村穷富、男女老少没一个说万诚不是的。因为人家统一战线掌握得正确，办事公平合理，又挺耐心，说服精神好，大小问题他非说得叫你心眼儿里服了才拉倒。你说这功夫有几个干部下得起？"

不但如此，万诚还是个劳动英雄。

自从当了干部，四五年来，万诚的生活和他在群众中的威信一样，都是一天天上升的，而且因为他积极生产，不误农时，更加提高了他在群众中的信仰。

万诚的母亲上了年纪，不能劳动；老婆是小脚，身体很弱，顶多农忙时帮助锄几天小苗；女孩子十三岁，男孩子十岁，都不能干重活，一家子生产的重担都放在万诚身上。

四五亩旱坡地，土质很坏，比起别人的地，耕种起来格外费劲，可是打粮食比别人家都多，生产量年年提高。万诚说起来，满面笑容，他说："别看我的地土坏，可是打粮食谁也比不上。"

四五年来，这情形差不多是万诚工作和生产的规律：白天开会，解决问题；日落以后，日出以前下地生产。无论什么工作，无论开什么会，万诚都最积极、最出力；地里活，无论干部或群众，谁也没有他抓得紧、干得有劲。四五年来，省吃俭用，每年平均剩余三四斗粮食，积蓄到去年腊月，买了二亩多旱地，今年又买了四五间房子。他说："这些全是我干出来的，前几年我生活很苦，合理负担够不上分，我自动拿了五十多斤公粮，借出去三斗多米。去年统累税还不够一分，我自动拿了一分六厘。我要是自私一点，恐怕还能多买些地，可是自私的事咱不能干，除了工作和生产，心里不想别的。"现在，他的生活确实很好，五月节时，包粽子、煮饺子，大小四五口人，都是满面红光。一个九十多岁的老头说："同样是干部，有的不用说改善生活，连地也荒了，多少有点工作就不愿再下地，像万诚可真是好样的。"

特别在今年春天，万诚更表现了积极工作、努力生产的精神。

刚要做中心工作，正好下了雨，春耕也摆在跟前，工作离了万诚做不好，春耕离了万诚更不沾。于是万诚就又沿着过去的规律，白天工作，黑夜和早晨春耕。

中心工作从开始到结束，差不多有一个月的工夫，万诚天天都在家，每一个工作他都亲自参加。中心工作完了，村里人都说："要是没有万诚参加领导，今年中心工作不会做得这样好。"

和中心工作同时完成的，他的地也耕种完了，每天做完工作以后，不管多么远，总要到地里干点活。清早鸡不叫即起，赶别人起来下地时，他已经背了十三四筐粪（离地一里多路），至少也背七八回。起五更，就把一天的活都干了，而且粪土比别人上的都多，别人每亩地上三四十担粪，他每亩地上六十多担，小苗也比别人锄得多，至少也锄过三次。

万诚没耕畜，也没家畜，天天工作又很忙，哪来那么多粪呢？他说："什么也是人干的，有人肯动弹就好办，五六百担粪有用草叶、树叶压的，有一部分是羊粪，大部分是扫土堆粪和冬天拾的粪。我每次到外边开会，或者出去工作，总要背着粪筐，有空儿就拾粪，从不空着回来，所以年年的粪土都很足，一样的庄稼比别人都壮。"

有人说："万诚，你工作忙，人手少，动员村里给你代耕吧！"万诚说什么也不，抽工□夫，抢着把地耕种完了。好几年以来，只有去年，万诚病得很重，动弹不了，工会会员没得万诚同意，硬把地给他种上了。

开春以来，万诚睡觉的时间很少，会员们担心他会病，他却说："越动弹越好，一不动弹就不好了，病也是人抗的。"

他的两个孩子，也多少能干点活，可是他很少叫孩子们下地。他说："我没有文化，痛苦了一辈子，孩子们可不能再受痛苦了，趁小，赶快念书，将来多给国家出力。"

（《晋察冀日报》1943年8月22日）

忠贞壮烈,青年区干部

范源

郭义昌同志是涞源县一个二十四岁的青年,六年来,无时不和全区的群众亲密地结合在一起,为坚持与开展×区的工作,与敌人搏斗着。全区的老百姓都亲切地热爱着他,"小郭"是全区老百姓对他亲热的称呼。

一九三八年敌人占据了他的家乡的时候,他就立即领导了全村大部青年逃到外村,并动员了二十几个青年参加了部队和地方工作。他从此便领导起全区人民,敌人曾经"悬赏"捉拿他。

今年五月十二日,敌人从金家井一带,强征了六十多名青年要送到涞源城去受训。郭同志为了解放这些年轻兄弟,便决定到半道上去截击敌人。

一个晴朗的上午,在山里还刮着峭厉的风,郭同志带着一支驳壳枪,在到金家井敌据点去的道路上等着敌人。这时有一个伪军押着六十多个青年正从金家井据点出来,等到临近,郭同志便抽枪向伪军射击,但是第一枪没打中,第二枪又哑火了。狡狯的伪军便乘机向郭义昌同志还击,偏偏这天金家井的敌人做野外演习,他们听到枪声,三十几个敌伪便狗一样地围上来了。郭同志为了掩护青年逃跑,便只身抵抗敌人,等到六十多个青年完全跑远,四面敌人已完全把他包围起来了。

三十多个全副武装的敌伪,一挺机枪,这是一个怎样力量悬殊的战斗呵,然而竟对峙了一个多钟头,当敌人的机枪靠近了郭同志,一个翻译官无耻地喊:"交枪就不杀!""好!交枪。"随着声音交过去的却是一颗火热的子弹,敌人和机枪一块滚到沟里去了。

敌人的火力更密集了，而郭同志的子弹却快完了，同时他身上已受了三处重伤，宁死不当俘虏是一个中华优秀战士的高尚品质，但当他将枪对准自己的头时，却发现最后一颗子弹已射向了敌人。在极短促的瞬间他砸坏了枪，拆散了零件，抛散在周围，他就晕过去了。

当敌伪将他摇得略清醒时，敌人问他是干什么的，他说："我是八路军，边区的子弟兵，我们的人在西边山上，多得很，今天我虽死了，他们会给我报仇！"

翻译官问他年轻的为什么干这个。"为什么？为了中国的人民！可是你们呢，鬼子败了，你们将要怎么办，真正的汉奸在中国人民的面前永远是不会得到饶恕的！"话像电击，几个伪军低了头，一个伪军落了泪！

当从金家井往城里送他的时候，沿途郭同志骂不绝口。经过村庄，老百姓用无数眼睛向这位可敬的青年表示着无限的同情与关怀。郭同志在这时候也没有放松利用一切机会，向群众做生动地宣传。于是女人们和老年人偷偷地擦着眼泪，青年人沉默着，而拳头握得更紧了。

到城里后，敌人一连审问了他几次，仍然没有得到他们所希望的回答。郭同志一向对人是和蔼谦敬的，然而在这些龌龊可耻的恶棍面前，却用最刻毒的言语诅咒了他们的罪恶的灵魂。

敌人想诱惑他离开他所走的道路，但是他用极端贱视他们的态度回答了汉奸们，他不仅拒绝了敌人给他预备的饭食和打碎敌人的饭碗，而且连敌人的一滴水都拒绝下咽，当给他上药的敌人问他是不是感觉痛苦的时候，他的眼睛凝望着空间，带着充分的自信严肃地自言自语着："不痛！抗日的创伤是光荣的！"敌人把他押起来，他便用自己的头往墙上撞，但是被敌人阻止了。

半夜，当敌人的守卫者已再听不见郭义昌同志的叫骂，等他到屋里看时，这位顽强而年轻的斗士，已经用涂满血斑的绷带把自己勒死了……

　　这件事情发生以后，立刻像旋风似的传遍到全涞源城和×区的人民，所有知道这件故事的人们，都在以一种尊贵的感情赞叹着这位伟大的、悲壮的英雄，就是连敌人和他们下贱的刽子手，也不能不因为看见这种英勇的死而感觉畏惧。

（《晋察冀日报》1943 年 8 月 24 日）

边区女参议员刘仁致国民党当局书

——痛斥反动派包围陕甘宁罪行

边区参议员刘仁老太太,为一九二七年前之老国民党员,卒业于北大,执教于北平。七七抗战后,留住沦陷区,虽在敌寇血腥恐怖下,仍坚决不挫,努力于抗日工作。以后辗转来边区,仍从事教育工作,复被聘为边区参议员。日前闻国民党反动派调动河防大军,准备进攻陕甘宁的消息后,刘仁老太太惊异不止,忧心如焚,愤慨之余,致函国民党,请其为抗战前途及其自身计,应迅速改悟,重新回师抗日,语语剀切,感人实深,兹节录如下:

"陕甘宁边区没有剥削压迫、没有发国难财、抽鸦片、娶姨太太的臭官僚、恶军阀、贼民自肥的坏蛋,没有醉纸迷金、文恬武嬉、'不知国计民生、国家民族为何事'的亡国气象。总之,边区是凡有利于国家民族的事全都切实去做。……过去东北四省、华北、华中、华南都是中华民国的锦绣山河,都是国民党一党专政统治下的国土。曾几何时,东北四省沦为"满洲国",华北、华中等各省,除八路军、新四军拼命由敌人手中夺回来的土地外,到处遭受着烧杀摧残。……你们不知羞愧,还口口声声要交还边区,是不是你们看着边区人民的生活太舒服,要我们也尝尝东北四省人民生活的滋味吗?!

"亲爱的国民党先生们,'得人者昌,失人者亡'。你们要切记这一颠扑不破的古训,不要再冒全国人之大不韪来发动内战吧!这是全国不愿做亡国奴的人所誓死反对的!也是全世界正义人士所不齿的!在这举世反法西斯国家结成强固阵容的今天,你们竟妄想破坏反法西斯阵线,做造成中国法西斯的迷梦吗?那真是自绝于国人、自绝于世界人类!结果是一定要身败名裂的。……你们要放聪明一些,只要你们肯实行民主,实行团结,共产党人是一贯的宽宏大量,处处以民族、国家为重,他们是一定可以实行自己的诺言的。'放下屠刀,立地成佛''流芳千古''遗臭万年',要在一转念间耳。黄台之瓜,不可再摘。萁豆相煎,徒资敌快。临书怆哽。不尽欲言。"

(《晋察冀日报》1943 年 8 月 25 日)

袁世凯再版

范文澜

所谓中国"固有文化"的嫡系继承者国民党反动派，从固有文化的黑暗方面看来，确是集大成的"至圣"。这位"至圣"及其"复圣""亚圣"等等徒儿们，于古代大捧其专制魔王秦始皇帝，于近代大捧其超等汉奸曾"文正公"。试详谱其圣系：始祖姓嬴讳政，号始皇帝，一说，姓武讳曌的那位则天皇帝；姓魏讳忠贤的那位司礼监秉笔太监；姓秦讳桧，字会之，谥忠献，改谥缪丑的那位太师公，都有些血统关系。高祖姓曾讳国藩，号涤生，赐谥文正；曾祖姓李讳鸿章，字少荃，赐谥文忠；显祖姓袁讳世凯，字慰庭，号洪宪皇帝；显考姓段讳祺瑞，字芝泉，号中华民国执政；伯叔辈有姓吴讳佩孚的，字子玉，号孚威上将军。这些先圣们有三种共同的圣德：第一，彻底铲除异己的学术思想；第二，对内凶比虎狼；第三，对外柔如羔羊（始祖嬴政没有这一德）。所有上述"圣德"，都被这位当今"至圣"继承并发扬了。他还认了两位外国圣亲，一位姓墨索里尼讳贝尼多，一位姓希特勒讳阿多夫。二位各有秘法传授，获益甚大。真是学贯古今，术通中外，呜呼圣哉！自生民以来，未有如国民党者也。

我们的这位"至圣"，学习孔子的"述而不作""圣之时"，大有心得，随时势之需要，翻印"先圣"们的杰作，无不适合机宜。若夫中西合璧的特务政治，固已腥闻于九天，人间叹观止，集古今中外大成之杰作也，予小子何敢擅赞一词。至于一九二七年之背信弃义屠杀共产党，则翻印民二袁世凯通缉孙中山、解散国民党之杰作也；十年内战，赤地千里，杀人如麻，则翻印曾国藩剿灭太平天国之杰作也；对日寇拱让东北四省，签订《淞沪协定》《何梅协定》《塘沽协定》，则翻印李鸿章《马关条约》割弃台湾、辽东半岛之杰作也；纠合一群匪人，仇视进步人民和地区，高呼一个领袖、一个党、一个主义，天天"剿共""灭共""限共""溶共"，则翻印袁、段、吴讨伐孙中山革命势力之杰作也。其他翻印本亦均是满目琳琅、美不胜收，这里恕不一一罗列。

近来又翻印一本《民四袁世凯》，因是最新出版的大杰作，不可不加以比较，介绍于读者。

原本：袁世凯想做皇帝，决心消灭以孙中山为首的进步党派和人士。

翻印本：蒋介石想做买办封建的法西斯主义的独裁者，决心消灭中国共产党及其他赞成民主的党派和人士。

原本：袁世凯改造临时约法，准备做皇帝。

翻印本：蒋介石准备召开国民大会，伪造宪法，准备做希特勒后代袁世凯式的大总统。

原本：袁世凯说"共和不适于国情"。

翻印本：蒋介石说"马列主义不适于国情"。徒儿们说"马列主义已经破产"。

原本：袁世凯大权在握，满清遗老宋育仁看得眼红，要求宣统复辟，袁下令驱逐，但自己却与清室保持亲善关系。

翻印本：蒋介石大权在握，副总裁汪精卫看得眼红，投奔日寇，组织南京伪政府。蒋表示斥责，但自己却并不打断，而且暗中欢迎日寇屡次伸来的和平（诱降）触角。

原本：袁世凯请美国人发表一篇《共和与君主》的论文。

翻印本：蒋介石请日本奴才陶希圣校阅《中国之命运》。

原本：袁世凯派卖国特使周自齐坐轮船往日本，被日本挡驾。

翻印本：日汪派中国国民党中央委员吴开先坐飞机来重庆，受到人们欢迎（这是青出于蓝的）。

原本：袁世凯承认"二十一条"。

翻印本：蒋介石部下抗日军有五十八个将领投敌，另有几个军竟奉命与日寇订立"共同反共协定"。

原本：杨度等六君子组织"筹安会"、梁士诒组织"请愿联合会"，伪造民意，一致主张君主立宪。

翻印本：国民政府军事委员会调查统计局及中国国民党中央执行委员会调查统计局嗾使所谓全国各文化团体，伪造民意，一致狂吠"解散共产党""取消边区"。另息：林森已死，蒋介石想做大总统，准备于不久召开的国民党十一中全会或国民参政会上提议召开所谓"国民大会"，以便颁布所谓"宪法"，实行进一步的强奸民意，唯我独尊，剿灭异己，称王称霸。

原本：帝制巨妖朱启钤密电各省文武长官："可用国民代表名义，委托代行立法院为总代表，恭呈国民推戴书。推戴书内必需叙入'谨以国民公意恭戴今大总统袁世凯为中华帝国皇帝，并以国家最上完全主权奉之于皇帝，承天建极，传之万世'。此四十五字，万勿落去。"因之推戴书千篇一律，笑掉人们的牙齿。

翻印本：国民党反动派奉旨共吠"第三国际适应世界潮流，自动宣布解散，中共亦应外审时势，内察国情，克日解散组织，交出军权政权"，百口同声，可丑已极。如果所谓宪法与大总统问题一来，那么朱启钤的妙文可以完全用得着了（大概会稍改几个字）。

原本：袁世凯善于用两面手段，一面积极进行帝制，一面怕外国人宣传秘密，宣称"余若为皇帝，是自祸其子孙，而无益于国家，人虽至愚，亦不至此"。

翻印本：蒋介石善于用两面手段，一面派大兵包围边区，企图闪击，一面怕盟国指摘内战错误，来一套"重庆权威方面声明称'中国政府确实并无强迫解散共产党之意'（路透社伦敦八月十二日电）"。几个月后，又可能看见这样的两面手法，一面强奸民意，制造出完全反共反人民的所谓宪法与大总统，一面又怕外国人骂中国封建与独裁，来一套"重庆权威方面声明称：'中国之宪法与大总统确实有很多民主，货真价实，外国人不懂中国，都是中共收买史诺与史沫特莱制造谣言的结果。'"云云。

翻印本已印的，的确印得不坏，有几处竟胜原本十倍；待印的，可以断言，更会花样翻新、装潢美丽。不过袁世凯最后的那一章，最好不要翻印，因为那一章的代价太贵了，不知要支付几十百万人生命，连翻印者本人生命在内。还是改变营业方针，重印革命的三民主义吧！（新华社延安二十三日广播）

（《晋察冀日报》1943 年 8 月 26 日）

在敌祸饥灾的连结中

季雨

已整整一年两个月了，敌人对冀中人民实行了枯竭的抢劫破坏，使人民骤然从历代的丰满生活而投进极度的饥荒。饥荒像吞灭万物的海水呀，八百万人民痛苦地在海水中挣扎着生命。

你还记得一九四一年的六月吧？敌人首先突进我大清河北的地区，只经六个月的时间，那一带的人民即开始在饥饿中坚持着对敌斗争的阵地。今天，全冀中每个村庄都进入同样状态，南自滏阳河，北到永定河流域，西自平汉，东到津浦路之间，所有居民百分之八十以上都嚼着干涩的糠皮和树叶。小米涨到每斗一百八十元以上，共不到二十斤，但回忆一九四二年春市价却只需二十元左右。

你是不会忘却的，从前我们每次夜行军到达目的地后，我们还在酣梦中，就有房东老太太或是那年轻的房东姑娘或媳妇，走进房来唤醒我们："同志！醒醒，吃点便饭吧。吃点东西再睡会更舒服些！"

你是见惯的，那似黄金铸成的窝窝头，或是白银锭般的热馒头。现在呢，她们的心仍是没丝毫改变，但送到你眼前的东西变了，那是切碎的树叶或野菜，拌着糠面熬成的青色的稀粥一碗！

糠皮、树叶都成了贵物，三月间，米糠涨到八元九角一小斗，糠是那样轻松的东西呀！最坏的树叶湿淋淋的每六斤价一元，干的每元只买到一斤。

滹沱河北岸的××村，那年咱们一起住过三个月的那家拥有二百亩地全村首富的房东，现在他家已衰落不堪了。春天我去到那一带检查村财政工作，三个人在他家又住过六天，那种天大的变化使你很难想象到的。刚交五十二岁的那个当家老人，现在已是须发苍白了。一年前,他那童颜黑发的相貌,随了他那被敌人拆毁大半的宅院、随了他那已被变卖大半的家产而消失了。你是见过他家宽大仓房里的富满丰盈,现在只剩空空的房舍,门也破碎了。你也见过从前那老人每饭都有肉食,现在却两三天才能见到一次谷面饼子,他也每天咽着贫寒人家吃的野菜。他在居家老小七八口人的眼泪中,被冲洗得骨瘦如柴,颧骨□凸了……不过,他的精神倒很健旺,今年二月他打发儿子参加了子弟兵,他自己参加了村中对敌斗争的艰苦工作。

在普遍的饥荒下,敌人深怕饥饿将会毁灭他们暂时的军事统治。于是敌人就来一套"新国民运动""动员物心""一体实现决战之体制",成立物资对策委员会、经济调查班,深入特务化的经济活动,实行大量强征屯粮。定县敌决定两万四千吨的暴征,安国敌以全县人口计算,不论老小每人每月须交粮十斤,第一批先交五个月。这大负担人民死也承当不起。各伪大乡向敌人提出质问,敌人妙词解答。

"……八路的吕正操大大的有,他带兵来抢粮的,赶快的,把粮交来,皇军大大的替你们保存的……"

敌人这种鬼话不但在人民中暴露了阴谋企图,并且鼓励了人民把仅剩的一把粮食都更严密地收藏起来。好多老年人也都说着:

"剩下的粮食不能再给敌人一粒!吕司令来了,不能叫子弟兵也跟咱们一样地啃青草哇!他们南征北战够辛苦……"

说起饥饿和斗争中的人民,怎样地爱戴和拥护他们的领袖,我想到另一个故事。

去年旧年底我曾去到×塚村。一九四二年五一前,军区指挥机关经常住这一带。那时,这村里的人民好多就认识了黄敬同志,尤其儿童们和他最亲热。他也特别喜爱那些孩子,常一个人跑到那个小学校去。无论在什么地方,孩子们只要望见黄敬同志一个影子就大声地喊:

"老黄!"

"敬礼!"

…………

他们亲热地高举小手。黄敬同志笑着向他们招呼,孩子们就像天空的一群小鸽子,直飞落在黄敬同志的身上和周围。有一回,队伍从很远的地方转移回来,黄敬同志骑着马先到村口,忽然一群孩子拥上来,他们像重见了久别的母亲,吵着跳着,有的直扯着马尾巴往上爬。弄得黄敬同志下马都来不及了。

可是,这次我再来到这村,情景完全不同了。街上冷落无一人影。村西和村南躺着死蛇似的两条公路,距村一里之遥,坐着白色的岗楼。第二天晚上,我正在一间秘密房子里计划工作,那个十四岁的房东家的男孩子,带着一个面熟的同样年岁的女孩子来找我。

"老丁,我们有个事儿来问你。"男孩子把门关得紧紧的,两眼盯住我,他那青黄的瘦脸皮上很严肃。

"哼,这个是谁?"我心里怪罪这孩子不知保守秘密。

"你不认得她了?是彩霞,早先是我们跳舞队长,歌咏队的指挥……那年老黄同志奖过她一枝花自来水笔……"

"唔——"

天哪,我大吃一惊!我想起一年前她在学校里的天真和用功,我想起她在舞台上的风采和活泼,我想起她唱歌和指挥的天才……但是,现在站在我眼前灯光中的是谁呀?荒草蓬蓬的头发,泥污的小脸,一身露肉的烂棉衣……

"你知道老黄同志在哪?"女孩开口了。

"什么——"我用怀疑的眼审查着她。

"我不是特务……我有事儿要告诉老黄……"

"又是啼哭!哭有什么用?……"

女孩子哭了，男孩子怒了，我心里极度的酸痛！

女孩子的哭是应该的，男孩子的怒也是对的。你听我说明这事的根由：

女孩子和男孩子是邻家。她家原有十七八亩地，秋天敌人修岗楼和公路，她家的庄稼都被割了，地都被占了。她父亲向敌人去讲理而被杀死，母亲愁得上了吊，只留下一个老奶奶。冬来，家里的一点存粮都被敌人征净，老小就饿起了肚子。

男孩子虽然才十四岁，性格却像他父亲一样的刚强。他父亲就把那两个无依靠的老小看作一家人。这男孩子就和那女孩子商量着出村讨饭了，每天把要得的东西都带回家来。

现在他们来打听黄敬同志，是要把那幼小心灵中的仇恨和冤屈，向他们爱戴的领袖来控诉！男孩子曾告诉我，他们是死也不能服从敌人的！

但是，我离他们又快半年了，我无论走到什么地方，我看到那三五成群的讨饭者，我就想起那两个孩子，我悬念他们是否还在人间，不知他们是否能讨得上半碗树叶糠屑来育养那黄金似的童年！

这样不幸的事实，已像野草一样的普遍！

哪里有敌人，哪里就会有饥荒！

现在请你看一看人民的负担吧。

定县××村，七十二户，五百七十口人，土地十四顷四十五亩，今年二月底村中结账，对敌负担共合六十八万四千三百七十五元之巨款，平均每人一千二百元！

定南×庄，只十个月时间，每亩地负担小米五十斤、麦子二十斤，现款一百元。一般说来，这是中等的负担额。

安国××底村，每分负担小米五十三斤、麦子三十斤、大麦十三斤、高粱十七斤半，现款九十四元七角。

你到过定南，你知道那里大部分是水浇地，去年收成在冀中是最好的地区。按那个中等负担额来计算,春初粮价小米每斤五元六角,麦子每斤五元九角,这样定南每亩地须负担小米折款二百七十三元,麦子折款一百一十八元,加上百元之现款,即共合四百九十一元。但照去年最好收成每亩地平均小米五斗,折合共值四百五十元。这样,人民将全部收入都交付敌人,他们每亩地还亏欠四十一元!

你想人民生活怎样来维持?其他地区的人民怎不更苦?

如你能仔细回想,一九四二年以前,全冀中最高负担额全年每分只合小米二十斤,那时的物价又是怎样的平低呀,但今天每人每月出米二十斤都不够!

上述的统计,一看就知道只是所谓"正税"的一部分,格外的苛捐杂税要多到三十种。敌伪任意敲诈勒索更是花样无穷。例如,敌伪走到一家,张口就说这家有枪有炮,主人实说没有,敌伪即大发脾气:

"混蛋,你那钱柜里就有,限三天送到!……"

这样情形下不少人民荡家卖产,有的敌伪头子到各村走一趟,就可弄到数十万的财富!

因此,南部的石德路与沧石路的两旁及中间,北部的大清河北、永定河流域及白洋淀一带,都造成了人间罕见的悲惨灾情。深南、深束一带的人民吃着剥去硬皮的秋秸穰,那是含有毒素的木质纤维,人可以肿胀而死。大清河北草根草子都要吃光。白洋淀的文安洼里,日夜拥满数十万的人民挖掘地梨。在那块阴森的土地上,不知发生了多少悲惨的事迹。

人民为了攫取那已经稀少的三两片树叶,有人就爬上那白杨树的顶尖,他们是怎样的没气力呀,一阵风,他们就像秋末残黄的落叶,飘落在地上死去了。

四五月,天还没落一滴雨,风卷起沧石和石德路旁的沙土,在那纵横如网的公路和封锁沟边,你可以看到不少死在路途的饥民。

提起这些公路和沟壕，只在深束那小小的地区，去年就毁良田一百顷以上，那被割毁的庄稼，以每亩平均三斗的最低产量来计算，去年即可收三千石的粮食。

这三千石粮食可以养活多少饥民？但是被敌人毁灭了。全冀中敌人造起沟路共达两万五千零七十五里之长。这样，会有多少良田被毁？！多少粮食被毁？！

深束的白宋庄，半月内饿死四十三人；魏家栋敌据点的集市上，敌封锁水井，不许人民喝一口冷水，当天就有五十多具尸首拉出；十分区胜坊敌据点，五六天饿死三十多人！这是怎样的世界？！

这样悲惨的情形下，虽我政府以粮款各数百万以济水深火热中之灾民，但惨无人道的敌人就直接向人民实行抢光政策，一碗糠、一个地梨、一把花生皮，及一切破烂家具都带回据点，他们把这些人民维持生命的东西再去换成鱼肉。那些丧尽天良的强盗们，人也抢掳了，年轻的女人被他们送到城市去做妓女，他们换回了血质的金钱呀！

不幸的人民为了逃避敌人的灾祸，好多的村庄都成十室九空了。

束北距你的老家是很近的。一个起着风沙的傍晚，有一辆四个骡子的大车，来到你家乡附近的一个村庄。车无归宿地停在街上。车的主人是个有长胡子的高个老年人，车上坐着一个老太太，一个近三十岁的媳妇，抱着刚会说话的孩子，格外还有一个不到二十岁的姑娘。姑娘满面的泪水。

你能想象得到吗？这是束北靠沧石路××村全家逃亡者。无论在那老者或年轻女人们的气质上，无论在那车辆的规模上——虽那四个骡子瘦得只有骨头——却能看出他们从前那富豪生活的影子，但现在他们变成了敌人□予的饥饿的囚徒，当那村的干部走来时，老头这样地开口了：

"……咱们是两个世界的人啊！同志，我们是敌占区的。……诸位看在同祖同族的份上，救救我全家不死吧……"

老者摇摇胡子，洒下一□子泪！

"……我这十九岁的姑娘，你们替找个主儿……嫁给谁家，这四个牲口带到谁家……我是清白门第……我结个共患难的亲戚……来养活我这一家老小……"

街上的人都落下了泪，不少的村中妇女送来了糠饼子和菜粥。

新城柴家营一带，已经几乎全村空寂了。夜来，那是怎样的恐怖和凄凉呀！□□□当夜风吹过，送来一股断续的竹板声，那是□归的流浪者准备明天再出讨食的落子。

…………
问起家乡我心肠断，
想起了妻儿泪涟涟，
家乡本是安乐境，
二年变成地狱在人间。

…………
结发夫妻二十五载，
生下三女并一男，
连年人祸结饥灾，
一家无食哟！难死我这庄稼汉。

…………
七斗小米卖掉了头大女，
变成银钱交□捐。

…………
贤妻为要养活儿和女，
五斗谷子她去出租熬一年。

…………

谁料到，

家中做饭的青烟招祸端，

岗楼走下三特务，

抢走了二女，粮食也抢干。

…………

我忍泪拉起幼儿和小女，

四乡讨要离家园。

…………

在那样凄凉的夜里，这声音简直是撕人心肺的哀诉哟！

亲爱的同志，像这样悲惨的事实，我再也不能多写给你！但我应告诉你，在敌人所谓"明朗"地区，确已有人市出现，可怜的孩子和年轻女人，都在公开进行买卖！

亲爱的同志，你所热爱着的冀中人民是过着这样的生活，在这种深渊的痛苦中，冀中的党政军民坚决地站在广大群众中，结成一体，坚持着六年血肉建设成的阵地！

亲爱的同志，你是知道的，六年来的冀中人民，绝大数已从古老中国农民的思想传统中觉醒地走脱出来，他们再也不信任那蠢笨的运命。他们已知道运命是人的双手造成的。他们知道要达到自己的一个理想，是需要经过不可想象的痛苦，是需要以生命的代价来换取！

在这样钢坚锐明的信念下，他们没有失望，他们在熬煎中对敌人作着永不疲惫的斗争，正如那个十四的孩子所说，冀中的人民是不会服从敌人的！

一九四三年七月寄自冀中

（《晋察冀日报》1943 年 8 月 26 日、27 日、28 日、29 日连载）

易县劳动英雄连洛常

克辛建

一

我们去访问一个劳动英雄,一位群众领袖!少有的模范村干部……

一个平常的很有点丑陋的老人,上身赤膊,酱色皮肤酱色脸,牙齿全没了,鼻大而塌,鼻毛像张开的剪刀,两眼深而且黑,光芒四射,忠心耿耿。

"今年五十了。"他说。

"你精神很好……"

"不好还行?这年月,同鬼子拼得要有点干劲,我是老了,不服老……"

这时,带我们来找他的游击小组长告诉我们:抗战有几年,连洛常就当了几年村农会主任,他把二分之一以上的时间放在公务上,可是一有空儿就下地,从不闲着……家中一个老妻和四个孩子,最大的女孩才十七岁……二十二亩地几乎他一个人耕种着。去年又旱又涝,家家荒地,连洛常却没有荒一寸土……他们××村是易县的模范村,连洛常是顶顶出色的模范干部,几年来全村一致拥护,比村长的威信还高。

"他说一句话,不管听不听,反正全村就都跟着他走。"他是以被领导者的口吻说着的,虽然他是模范的游击小组长,又是实业委员。

谈到他的生活情形,连洛常是不大愿意谈的,我们一再地探问着，他的眉心微微皱了皱，瘪嘴努动起来。

"我买粮食吃买了个多月了……眼下有点顶不过……"

"为什么政府发下的种子你不领一点？"

"我不领，让困难更多的人多领些，再则，我要先领了，先种上了，成什么话？人们会说：看吧，连洛常把种子领来了，先种下了，到底是抗联会主任……这样还能办公事？我连洛常死也不干这个……我只想法先叫大伙儿活着，把鬼子打出去，等以后……"

我们和连洛常分别时，游击小组长也要下地去了，他又提起说：

"洛常伯，等夜晚我先送你一二十斤子粮食……"

这时他却带笑了，带着不能拒绝的诚意。

二

去年全村灾情很重，连洛常没有遭遇过这样艰难的事情。

然而，"不能让一个边区的老百姓逃到鬼子手里去，更不能让××的老百姓……"火烧着他的心肠。他在全村转动……"得请求政府……"

政府不请自来了：生产救灾、发赈灾粮、合作社贷款、纺纱、运销……

连洛常像在大热天喝下了一碗井水。

可是，还不行，村里人议论纷纷：

——不会纺纱……

——货款还不够买纺车。

——牵骆驼似的等纺出纱来，早饿僵了……

连洛常劝说也劝说不过来。

一向没有发过火，灾荒一来也没有发过火，这回他可有点火了。

同村长召开全村干部会，又召开村民大会。

"等着饿死好呢,还是大家来努力学纺纱织布好?……我保管一家有一辆纺车,我们请求政府想法……只要你们肯干,保管不让一个大人小孩饿着……"

全村一下子有了八十二辆纺车,八十二辆!

村生产委员会也成立了纺纱小组、织布小组、运输小组,运输小组里又分运粮小组、运盐小组……都组织起来了。

挨家挨户都吃饱穿暖,男女老少个个都埋头生产,欢笑快乐。

严重的灾荒克服了。已经逃出去的几个老乡也悄悄归来,要求发给他纺车、运输贷款。

连洛常的名字像座看不见的金字塔矗立在××村里,他的每一句话都像教堂里召唤的钟声一样。

三

五月,敌人突然来了奔袭"扫荡"。

他兵力不足!他诡计多端!他空前残暴!

前后只四天光景,烧杀抢掠,超过过去十倍,××村全村三百间房子,被烧成灰土者竟有二百四十六间,占百分之八十以上。

全村的村民从山谷里回家,看见只剩下千百堆瓦砾、千百垛破墙。哭声立刻像无数面大破锣同时敲了起来,四野里都震荡。

谁能忍得住听这哭声一秒钟呢?

连洛常被这哭声包围了。

他也要哭了,但没有哭出来。

"乡亲们,日本烧得了我们的房子,烧不了我们的心,不要哭,哭一点用也没有!眼前还剩下几十间房,大家发扬互助,将就着住下来再说……房屋烧了可以再造,只要大家都还活着,就是大胜利……大家看看我吧!我十四间房烧剩了两个破门洞,全家除了身上的单衣，连一块破布也给烧光了，还有四口猪、家具什物……要愁只好愁死，可是我还要活下去，活得更有劲，只要我连洛常活着，咱们村的一切困难就都要想法解决，政府也马上会来救济……乡亲们，一边是日本，一边是我们的民主政府和八路军……大家张大眼睛看清楚，就不用发愁，只是眼下困难一点……我们要报仇，干吧……"

人们都嘘过一口气来了。相信连洛常的话就像相信屹立的狼牙山一样，可以看见，可以依傍。

政府盖房款发下来了，急赈粮发下来了，连洛常自己不用、自己不吃，还把自家烧剩得不多的粮食捐一部分出来。人家的农具都烧了，他家的坚壁得好，没有烧掉，就统统拿出来借给别人用。

"越困难越要互相帮忙……困难不想法克服就只有越加困难。"他不疲倦地向人随处劝说，"苦有苦办法，不想办法抗战就不能坚持……"

这许多真理，这许多哲学，实际工作和积极苦干启示了他，因之在他说来就更亲切、更有力。

灾难过去了，日本失败了，连洛常活着，××村的人也都活着。

四

不久以前，村里各群众团体合并为村抗联会，他被选为抗联会主任，按章程主任不兼职，可是他得兼农民部长。说不合章程，不行；说自己老了，更不行，群众一致拥护他。

"干吧！"

他对自己说，也是他劝别人的口头禅。

焦急地等待着的夏雨终于下来了。年景不会再荒，雨下得好，可是全村十一顷地，还有三分之二没种上，全村本来只有十二头牲口，这回又给敌人圈走了七头，剩下五个小毛驴顶什么事？雨又下得不

透，拖长日子地会硬得种不上，怎么办？

问题又来了，严重的问题！

村干部们都只好照例找连洛常去，聚到那破门洞里。

政府团体正号召着的拨工办法被提出了。

连洛常把握问题的关键，向干部们说出他的逻辑。

照原有的自然关系互助拨工好是好，但在××村情形不同了，牲口太少，全听自然组合，一定有人家的地因没有牲口种不上。这就得带一点"强制"，得发扬互助友爱，要绝对计较工拨工是不成了，谁家有牲口就得出牲口，谁家有农具就得出农具，没有牲口和农具的也得设法替他把地种上。

"有人会不愿意！"干部们说。

"这是件大事情，这当儿偏说不愿意就是落后！"连洛常像嚷叫一般，"问题好解决，干部起模范作用，我的二十二亩地最后种，我的一头毛驴和农具都拿出来给拨工队。村长，你的牲口也得拿出来……缺种子的政府已经发下来，我也缺，可是我另想法……"

村干部们不会违背他们的连洛常的，村干部同意了，全村都没有二话。

——我没有牲口，我出粰子……

——我家还有种儿。

——到我家牵那叫驴……

新的拨工计划马上实行开了。成立了三个拨工小队，每队九个人，不问你田多或是他劳力少，每队负责完成一定的任务，进行突击。

等到第二次雨再下来的时候，××村已没有一寸地不种上的了。

连洛常接着同干部们商量，又发出一个号召：接受去年荒地，今年有的挨饿的经验教训，要巩固发展这几个拨工队，在锄苗当中发挥更大作用，分配干部专门负责领导这些拨工队，精密计划。

"保证全村每亩地都锄三遍，不让一寸地荒掉。"他说，"可是还照去年那样各顾各是不行的了。"

"各顾各不行！"全村相信了拨工队的力量和好处，全村一致响应。

政府不断赈济，八路军节省粮食，帮助老百姓耕种。

"我们有这样好的政府，这样好的军队，就更加要发扬互助友爱。"连洛常说。

"发扬互助友爱！"全体村民跟着他。

五

在易县七七纪念大会上，连洛常得了劳动英雄奖，奖得一把大铁锄，他握着锄柄坐在主席台旁边，两眼亮晶晶看着台下，台下成千成百的子弟兵和老百姓也都眼巴巴仰望着他。

他讲话了。一开头他竟讲不好，因此因此……所以所以的……说到后来换上了他在村里的一套，可立刻上了劲了。他的斗争经验，各种努力，他都讲了，他讲敌人如此烧杀，好比临死以前强蹬腿，不用害怕；如今有这样好的政府，还有这样好的军队，还不积极努力就是落后；因一时困难而悲观失望，就好比增加敌人的力量一样，自寻死路……又讲，只管当干部不管生产是不对，只管努力生产不管公事也是不对……末了他还当众宣布了他的生产计划：

"第一，保证锄草三遍；第二，压绿肥二千五百驮；第三，变旱地为水地三亩，帮助抗属及贫民耕地播种三十亩（现在已经做到了），秋后还要养一口猪，孩子上学回来要下地，老伴儿下地以外，年内还要纺十五斤线。……对村的生产计划：第一，组织一个拨工队，发展队员三十人（现已有十二人）；第二，号召全村锄三遍；第三，增加绿肥三千驮；第四，挖水井三眼以上，增加水地三十亩以上……保证全村不荒一寸地，全村统累税第一个缴清，明年春天家家有吃的，有力量打日本……"

他那没有牙的嘴喷着大块唾沫，大鼻子在扇动着，酱色的脸兴奋得发红，赤裸坚硬的手从披着的衣襟下面不断地伸出来……他足足讲了一个钟头，听众越听越入迷，全都给他说中了心坎，有的兴奋、有的钦佩、有的惭愧，全都被感动了……

假如真有英雄，那么什么样的人物可算得英雄呢？连洛常，他不是圣者，但一个圣者也有不及他的地方，他也比不上一个将军，但将军也有无法和他比的地方……

(《晋察冀日报》1943年8月28日)

从苦难中走出来的周二

——记我们的劳动英雄

在提起周二以前,让我们先说一说他的兄弟——周三为什么成了驼子吧!

二十多年以前,周二家还在五台居住,穷得没有办法立脚了。周二的爹——周明不得不携带着老婆孩子(周大、周二),背着唯一的财产——一口破铁锅,含泪离开了故乡,漂流到盂平一区的杨家庄来。

我们谁都可以想象到一个漂来的客户,会遭受到本地人怎样的白眼!但是,周二家当时租地过活,除"三一分"的租子外,还得忍受交杂租、送节礼、割柴草等封建的剥削!

劳苦终年,吃糠咽菜不能得到一饱,他们还得常常靠高利贷生活。

有一年,他借了本村一家地主六十三斤山药蛋,因为家里困难,当年没有还了。地主为了重利盘剥,隔年去还不准,本上加利,利又变本,积累到一九三七年,只几年的工夫,山药蛋就积累到一万五千斤的惊人数目!可是,地主又叫周二折成白洋百元,每年利息五元,紧接着又变成每年割柴二千五百斤,成了终生填不满的坑了!这年幼的周三,整天爬在山上割草,一直把背弄驼了。

旧的封建制度把人的腰压弯!

新民主主义社会却给予人民生活的阳光!

在边区成立以后,周二才喘了一口气。他和全家人都早起晚睡,省吃俭用,哥哥周大放羊,他和周三在家种地,租地增加到十七亩(因本村无人卖地,所以他没法买到地),开荒地五十多亩,增加羊

五十多只、牛两头。现在还雇了半个长工,因为他已经变成足吃够喝的农家。但是,他对长工却非常好,他忘不了穷人。

村里的人们也忘不了他,谁不钦羡他勤劳起家!

而他更忘不了给大伙儿做事情,努力抗战工作。当了两年教育委员,对小学帮助很大,现在二十八岁的周二,又新被选上村抗联主任了。周三却代替他当了教育委员。

"不是八路军来,咱们这些穷骨头可没资格当干部,现在咱担任了工作,一定要好好干下去,给大伙儿多做些好事情!"

是的,从旧社会的苦难中走出来的周二和一切人们,他们一定热爱着拯救他们的共产党、八路军,热爱着温暖的边区的!

周二原来计划再买一头驴的,现在是用不着他自己买了。现在他已经割蒿子一千多斤,刨种荞麦四斗。在他的影响下,杨家庄没有了懒婆懒汉。

(《晋察冀日报》1943 年 9 月 5 日)

带着光辉的胜利 基游队又回来了

吴羊君

带着光辉的胜利，××基游队又回来了。你看：这回他们连炊事员、司号员、卫生员都背上缴获的枪了。他们每个人的脸上都洋溢着微笑。队伍穿过水沟，穿过杨树林，停在篮球场的边沿，欢迎的人们包围了他们。大家都知道：他们才得到了分区的通令嘉奖，他们是昨天下午才离开区队部下川活动去的，可是才一天呵！带着光辉的胜利，××基游队又回来了。

十个已经解除了武装的伪军和一个伪区警，也站在他们旁边，当郭队长见了特派员时，便打趣地说："又给你添麻烦了，你把他们带去吧！"俘虏走后，欢迎的人们更把郭队长包围起来，在傍晚的夏风里，大家要求他讲述这次战斗胜利的经过。郭队长无法推辞，便微笑着讲起来了：

"昨天我们下去驻在××，接到报告说，每天有一个敌人五个伪军到大关去监督工人开矿，我马上就决定去伏击他。睡了四点钟，大家便爬起来，这时才早两点，我们便走进了伏击圈，等着，等着，一直到天亮，到太阳出来很高了，仍不见这帮子该死鬼来。这样，我便改了决心，听说矿上有敌人三个骡子在那里，就叫一班下去牵回来，谁知刚牵回来就给河边车站的敌人发觉了，三十多个敌人立刻向我们冲来，我们占了有利地形，就和敌人接上火。开头敌人还蛮凶呢！一连向我冲了几次，可是我们的机枪每次都把他挡了回去。打了半点钟，敌人眼看伤亡十来个，害怕的便退走了。敌人退了，我们便又回到××休息做饭吃，这时天已近响午了。

"正在休息，情报又来说：'有敌五名正在新堡抓捕壮丁。'这真是一块嘴边的肉，谁肯错过机会呢！我听了起来带上一班和一挺机枪就往新堡跑。到了新堡，四处搜索了老半天，真是见鬼！什么也没有找见，正要往回返，忽然有人悄悄又来告诉说：'有十二个伪军正在村公所吃饭呢！每人带着一杆枪。'这真是七月七的生日赶上巧啦！说着，我将机枪就摆在村公所大门口，一班就从后面爬上村公所的房子去，在房上一看，果然有一群穿青绿色军装家伙正坐在炕上、凳子上吃饭呢！马上六个手榴弹向下扔去，在房里炸了开来，步枪一打，跟着大家就喊起口号：'伪军弟兄们，缴枪不杀，八路军优待俘虏……'这一来，正端着碗吃饭的伪军们可乱了，正要拿枪抵抗，却听见了我们喊话，又见房上端着枪站满了，机枪的嘴正对着村公所的大门，他们便动摇了，一枪没打就都交了枪。

"伪军一共十二个，在外边放哨的一个，听到枪声混在老百姓里跑球了。另一个是班长，正巧他出去抽料面回来，听见枪响，便向我打起枪来，这一下，被一班的三个特等射手找到对象了，他三个同时向他还了枪，真打得好，三枪都打在那伪军班长身上，当场把他打死，那枪就又变成咱们的了。

"这战斗太简单了，前后才不过五分钟，我们连一个负伤的也没有，就俘虏了伪军十名、伪区警一名、打死伪军班长一名、缴步枪十二支、子弹千余发和其他乱七八糟的东西一大堆。

"打完仗，早过晌午了，我们胡乱地吃了点早饭，大家也顾不得疲劳了，分开背着缴获的枪，带着伪军往区队部就是个走……"

人越围越多，郭队长在中间讲得汗直流。讲到这里，他不再详细讲下去了，推开人群向坡上的窑洞走去，因为他还要照顾队伍，还没有吃晚饭呢！

欢迎的人散了，但他们多半还是向着一个目标走去——到政治处去看那十几个伪军俘虏。

（《晋察冀日报》1943年9月7日，《子弟兵》副刊第84期）

永定河畔的一支抗日武装

——"东进总队"的近况

仓夷

一九四〇年间,永定河畔的"柳树行"里,出现了一支土著的抗日武装,人数不过千人,经常袭扰敌人,沿河的永清、霸县等地,几乎没有一天停止了枪声。

这支抗日武装就是"东进总队",总队长名叫缑海楼,又名缑长海,土匪出身。事变前,兄弟九人,大都在一起做"黑人",事变后起来抗日。他和一般"黑人"一样,有一手好枪法,在这一带苇塘活动的时候,苇塘里的水鸭子也怕他,常常来不及飞跑就被打下来。两年来,这支队伍继续扩大着,大部的队长和士兵都和缑海楼的出身差不多,他们最可取的地方,就是抗日坚决。

这支队伍在这里经常出没,给敌人的威胁实在不小。从永清坐汽车到天津市去,只需两三个钟头,他们也常到津市附近活动。因此,他吸引了敌人相当数量的兵力,在永清县附近即吸引敌人五百多,但是敌人还经常受到打击。去年青纱帐时期,"东总"曾配合十分区八路军攻进永清城。今年四月间,他们在东西溜附近伏击打死伪县长郭永年,使伪军伪组织人员动摇,不敢死心效忠于敌人。在郭永年死后,敌人即调霸县伪模范县长李国柱来对付"东总"。但是太难为了这位李国柱了,从他到任以后,"专打李国柱"的口号就在"东总"提出,永清城附近经常出现着"便衣",李逆国柱也不敢把腿伸出城门一步。这样敌人在永清一带,大乡保甲一直到现在都不能建立,地亩捐、粮食什么也拿不到,敌人的特务也没法出来活动。而永定河的河运、津浦、北宁等主要交通线,也大感便衣队袭扰之苦。

因之，敌人对"东总"是视为"心腹大患"，此患不除，寝食不安。所以在一九四二年夏秋之间，敌人曾对他们进行不断的"清剿"，并兼施诱降毒策。

但是"东总"活动自如，决心始终如一。即如唐混蛋这样粗硬性子的人，敌人也无法欺骗利诱了他。唐混蛋是"东总"直属某大队的大队长，老土匪，打仗脱光膀子，打永清城的时候，他最后退出城来，临走时还站在街上喊着说："我叫唐混蛋，城就是我打的，听听我的枪声吧！"于是他放了一阵盒子枪，才大摇大摆地走出城来。而在去年的"清剿"里，他的队伍被打散了，只剩下三人，他背着粪筐，手枪放在筐里，人们问他："老唐，怎样了？"他瞪着眼说："打不垮的，我们不离这柳行子（即河边的柳树林）。"果然，不久他又召集起打散的队伍。伪军都害怕他，说："□□打，老孙转，千万别惹唐混蛋。"

敌人"清剿"失败之后，就想转用政治诱降的办法。首先是派特务打入"东总"，把"东总"过去叛变的干部士兵、附近据点的伪军、地方上的流氓，打进"东总"进行分化，但这些特务大部都向"东总"自首了。后来，海光寺敌人的特务机关还继续派专人来向缑海楼诱降，答应给他当"旅长""师长"。这位硬性汉子实在吃不住敌人的诱降的侮辱，缑就把敌人派来的人杀了，埋在天津附近。

到今年六月间，敌人看看不行，就又组织了两次大"清剿"。第一次，七县敌伪一千五百余，联合"剿伐"。一星期之后，敌人死伤三十余名，伪军伤亡百余名，失败了。接着又进行了一个十二县"联剿"，敌伪约二千五百余，在这方圆不过百里地区反复"清剿"了两星期。结果，敌人死伤三十余，伪军伤亡了二百多，又败退了。

"东总"虽然抗日坚决，但是因为成分的关系，还存着许多缺点的。他们还没有很好地认识到抗日与爱护乡里、保护同胞的密切联系。总队长緱海楼虽然也喜欢学习政治，听听马列主义和游击战术的道理，但是他们却把"马列主义"叫作"马克列真经"，而且还像过去的绿林英雄一样，据说这"真经"是从"山里"得来的。一般的干部战士对"政治"都怀着敬畏的心理，和群众的关系是不好的，对当地的抗日政权的扶助也是不够的。×分区的军事负责人对这支抗日武装是十分关心，曾经派员帮助他们建立了整个领导系统，划定活动地区，建立各种制度，规定纪律，提出约法三章（即一是不许强奸妇女；二是不许绑票，应执行政府法令；三是建立除奸手续，远出绑架敌人）。目前"东总"的一部分领导干部已开始认识到自己如果脱离了老百姓，不仅对老百姓、对抗战不利，而且对自身来说，也是个严重的危机。因此，他们已决心加强自己部队的整训和教育，加强统一指挥，同时×军分区当局也将予以有力的援助。

我们相信"东总"如果能更加努力作战，提高战斗力，同时加紧整训，提高自己的认识，发扬打抱不平、为民谋利的侠义之风，克服本身存在的缺点，那他们将会在今后的惊涛骇浪中继续生长壮大的。以往的事实已经这样证明。他们的生长壮大、他们的进步和群众结合起来，将会给敌人更大的打击、更大的威胁。

（《晋察冀日报》1943年9月8日）

孩子背回机枪来了

张帆

甄常福是一个眉目清秀、聪明伶俐的孩子，今年才十五六岁，浑源人。他以前是个活泼天真的儿童团员，自从爹被敌人打死之后，他便当了青磁窑（浑源南）敌人的电话员，表面上，他非常忠实于敌人，各项工作做得都很好，敌人很信任他，一月给他八十元伪钞（比伪军多好几倍），但在心里，他却无时无刻不在计划着报仇。

敌人提着几罐子红白色的人脑，端着炒好了的人心，到房子里大吃大喝，他们吃得高兴的时候，谈起了孩子的父亲。

"甄常福，你爹也是叫咱们这边打死的啊！"

"打死就打死了，那还说个啥！"被迫站在旁边的甄常福，心里非常愤恨，但表面上还很镇静。

自从这件事情之后，他幼小的心灵被复仇的怒火燃烧得更加猛烈起来，他不愿意再等候时机（抗日的区长要他等候更好时机），他渴望着复仇，他希望着赶快离开这阴森而可怕的吃人地狱。

七月二十四日晚上，天落了大雨，甄常福独自躺在电话房里，翻过来，又翻过去，总是睡不着觉，爹在抢风岭被敌人打死的情形和妈妈痛哭流涕的样子，一幕一幕地浮上他的脑海。他极不愿想这些事情，总想避开，可是刚睡着，却又被一种壮烈的声音惊醒。他恍惚又看到曹望（浑源的一个被敌俘去的区长）被敌狠命地毒打，仿佛又听到曹望的骂声："你们这些狗汉奸，你们杀了我，全中国的人民会给我复仇！"

他睁着蒙胧的眼睛，一看周围是漆黑，外边雨淅沥淅沥地落着，心里有些悸动，但立刻又被一种感情的奔腾所代替，他要为爹爹复仇，为曹望和无数被敌人屠杀的同胞复仇！他想把敌人的队长杀死，可是今天队长到城里去开会了；他想把营房点着，可是天落着大雨。最后，他决定把敌人的武器破坏、带走，叫敌伪内部矛盾起来。

他先把电话机拆坏了，把机件扔去，然后拿着三个手榴弹悄悄地进入敌人的卧房，卸下步枪撞针，当卸到第十三个的时候，一个伪军模糊的听见了，他以为是狗进来了，迷迷糊糊地说了一句："你这灰狗，还不出去！"就又呼呼地睡着了。

甄常福迅速地又卸下八个撞针，偷了敌人唯一的望远镜和唯一的机关枪，并且还背起了一支三八式和一箱零数十发子弹，然后披上大衣往外走。

刚一出大门，卫兵就喊："干什么去？"

"到村公所，要几个毛驴，明天进城去！"甄常福很沉着地回答。他这种沉着的态度，仿佛刚才没有发生什么事情似的。他一面走，一面拉着手榴弹的引线，如果敌人要追来，他就打算和敌人同归于尽。

现在，他走到村东的河滩里。雨还是不停地落着，河水携带着石子冲打着他的脚，衣服完全湿透了，脚渐渐地失去了力量。在这漆黑的夜海中，他如同一个迷失方向的小船一样漂荡着。

三八式、机关枪、子弹越来越沉重了，简直把他压得不能动弹。他坐下来，把枪顶满了子弹，把剩下的子弹和箱子扔到荒草里，然后又鼓起劲来，爬向漫无边际的山野。

天快亮的时候，他才走了十三里。饥饿、寒冷、疲乏、淫雨，使他不能再走一步了。他找到一个老乡替他背机关枪，他们在一个小村吃饭的时候，那个老乡给他烤衣服，去了很久总不回来，他出来一看，那个家伙早爬到高山上去了。他连发了几枪，没有命中，他感到事情不好，忙着把机关枪和望远镜坚壁了，饭也不吃，衣也不烤，背起枪来赶紧着走。

外面雨还是下着，雷声在山谷里回响着，甄常福一个人蹒跚地走着。

当我们二区的干部看到这位小英雄的时候，感动得说不出什么话来，只是拍拍他的肩膀说："老子英雄儿好汉，你真是咱们边区的小英雄！"

"机关枪和望远镜坚壁在××村了，赶快去取吧。"甄常福拉着区干部的手说。

当他们兴高采烈地取机枪的时候，青磁窑的伪军恐怕被处分，全把家属搬出来，准备反正或者逃跑，而伪军队长却押在大同监狱里了。

(《晋察冀日报》1943年9月12日)

天堂地狱十里遥

晓茄

××村在开县选大会了。村选委会主任将县选意义讲过后，由区选委会代表讲话，他讲到从前敌人统治着这个村庄的时候，是没有民主的，生活是苦痛的。公民们正默默地听着时，北边的山坡下跑来一个老汉，大声喊："喂！喂！"

民兵们顿时站起来，妇女们慌乱了，大家以为有了什么敌情，在这准备停会的刹那，他跑近了。

"农会主任！俺不在农会了，俺不是个公民？你们……"他气叹着嚷。原来因为他住在离村约二里地的一个窑洞里，今天大早去叫他开会时，他去锄高粱，锄到太阳出来时，觉得有点奇怪，怎么还没有一个人到地里来？他忽然想起，前几天有人告诉他，再等五天选举哩。他扳起指头一算，对！五天到了。他便跑回来，他气的是农会主任昨天没有再通知他。

这时农会主任向他说："小组长马虎，没到地里寻你，可是你还没有耽误选举！"

他用上衣擦着汗，微笑着坐下来。

选举前检查一次人数，全村共七百二十一个公民，除有病的、在外经商的等，到会公民共六百五十六个，以后便开始投票了。

最后是提议案，公民们提出了以下的意见：

过去两年，这村子在敌人统治下，老百姓交了多少粮钱，付了多少，村公所未公布过账目。去年秋，村公所每亩地摊了二升米，不知做了什么？人民把许多意见都提出来，整理成提案，等开票后，就交给县议员们。

这是从敌人虎口里斗争出来,时间只有六个月的村庄。在这村庄的南边十里路便是×村,离这里隔一条不顶事的封锁沟,那里现在展开着"地狱"的场面:

盂城的鬼子正坐在伪村公所里等午饭,伪警备队们在各家乱窜着,找机会寻钱花。

一会儿,"皇军"召开"群众大会"了,戏弄女人、侮辱女人,太阳落山了,野兽们回巢了。

人们憎恨着这黑暗的、罪恶的日子,男人们忧愁地叹息着,女人们躲在房子里整夜地啜泣着。

(《晋察冀日报》1943年9月12日)

子弟兵在定唐平原上

白光

这里是平汉路西侧的沟外地区,这里的人民被蛛网似的堡垒、公路、封锁沟捆箍着,被鬼子汉奸压榨着。人民,是在喘息中熬着,当他们听见国民党的反动派的各种反动逆行以后,人们都愤恨地咒骂着:"妈的,眼看着抗战快胜利了,国民党反动派要打共产党,难道一定要叫鬼子把我们的血吸光不成?!"

"大老甄"这个记忆中的名字又出现了。这个曾经在一九四〇年率领子弟兵攻打定县城的英雄,几乎全县的人都知道他。这个顽强而又英勇的指挥员,又率领着大队的子弟兵出现在人们的面前了。

七月三十日,从定县城出来的六七十个伪警备队,和我们这队子弟兵碰上了。从两个不同的角落里,枪声在青纱帐里响出去,把那些"狗腿"挤到一条汽车路上,他们一口气追了七八里地。

八月二日晚上,他们用奇袭的动作攻入了王京车站。在一刻钟的动作里,打下了一个堡垒,活捉了五个伪军,缴了五支大枪。

在热烈的县选中,他们用武装保卫了这伟大的民主运动。会前会后,经常会有参选的公民把子弟兵一堆一堆围起来。"啊呀!这不是你吗?""昨天你们又在哪里打仗了?"或者是"你捎个信给我的小子吧!你说我当了村代表了。你说我见着你了,见了你就跟见了他一样,反正都是八路军!"

这样,比海里的鱼还自由,他们来来回回战斗着。"封锁线"被踩断了,堡垒里的敌人吓得不敢出来了。

于是,就出现了这样的笑话:××堡垒里的伪警察所,因为被我们封锁着搞不到吃的,在一个雨天的晚上,他们冒着大雨到堡垒跟前偷了一大堆棒子跟北瓜。不想口袋里的火柴全被雨水打湿了,怎么样也搞不到火,直到第二天晚上,这才从一个报道员身上要到几根火柴,来做他们已经隔了一天的早饭。

(《晋察冀日报》1943年9月12日)

爆炸英雄李勇近况

李阳

"敌人再来了怎么样——瞧吧，必定要多炸死几个！"——李勇的话。

现在李勇成了名人了。访拜他的人经常不断，他用同样的热诚，招待着每一个拜访的人。他习惯地谈出他的战斗经过，滔滔不绝地讲解出□□技术以及将来的作战计划，□不知几次地带着人去看那炸死鬼子的地方，那里是两个坑儿和一片焦土，在断崖上遗留着弹片的残痕。

他有高度的政治热情和学习精神。

最近他到镇上去赶集，那里的小学生正做县选宣传，他也参加喊口号，在长约半里地的大街上，他一直都跟着这群孩子们。

李勇在平日不断地构思着地雷战、游击战的结合战术。他以为：如果要这一战术做到完美，必须更进一步，就是要使地雷也"游击"起来。

一次，他们接连着举行了两个下午的野外演习，他指导着每一个组的"动作方位"和每一个雷的敷设。同时，自己带着两个射手，一方面掩护爆炸组转移，一方面与游击组保持联系，构成了三面火力网。在每一个作战地段上，他都预先找好了两个或两以上的转移阵地的退路。

他把地雷的使用大体上分成两类：一类的位置是比较固定的，一类的位置是随着敌人来路的变换而变换。在敷设上，他要求这样几种原则的方法：在敌人起雷时也能炸，不起时也能炸；被发现了也能炸，未被发现也能炸。他们的动作有八个大字的要求，即"迅速机警，敷雷多样"。那次演习是专为试验"游击地雷"的，有一点足能说明他的战术思想之初步成功：假设敌的来路是随意选择的，同时这些"敌人"又尽是熟悉本地地形的本地农民，但也竟然踏响了敷雷总数的三分之二以上，并且连一个爆炸手的影子也没被发现。

现在，他们已建立起日常工作制度，游击组每七天必定要训练一次。在训练中，他们熟悉着每一个山头的高低凹凸和每一条可能出入的道路，岗哨工作每七天或十天经过小队和分队的系统检查一次。平日对武器的保管也极注意，用杏油擦枪，用××保证地雷拉火线，用黄蜡将爆发管封固起来，"备战精神"贯穿着他们的日常工作。

我注意观察了这里老乡们的生活。在他们中间，到处洋溢着对这位本村的英雄之景仰与爱戴，村里的公民们募集了许多战粮，预备给本村游击组在战时食用。在李勇号召与动员下，曾募集了一只肥猪、上千斤的青菜和草帽等东西慰劳帮助本村麦收的部队。

李勇和他的组员们的友谊，不只是感情上的团结，精神上的激励，而且能够进行物质上的接济帮助。他们紧紧地团结在一起！

八月十八日

（《晋察冀日报》1943年9月18日）

白 花 朵

——平山模范妇女劳动者之一

化风

白花朵是个健壮的中年妇女，身旁有一个大女儿，一个小男孩。男人在三年前上山割柴，坠崖摔死了，现在提起来她还隐隐心痛。"他活的时候，地里的活两人干，现在只能我一个人干了。"她提起男人就难过起来。但她还顽强地努力着耕种。三亩水地、四亩旱地、二亩坡地，全靠她一个人经管。夏季她打了一石一斗□子、三斗光头，秋天种着玉茭、谷子、粟子、芝麻、黄豆，能打七石多，收获真不错啊！

然而在春天里，白花朵是最苦的时候。为了盖三间房子，她卖了一亩地。三间房，一共用了十五个木工。立起架来以后，上泥铺顶，全是她一个人盖的。过年春，还要买点灰刷刷顶。

白花朵虽然很忙，抗日的工作却从不落后。她是妇救会的小组长，庄上的妇女都由她领导。村里开会，她们从没有一次不去。有一次村里开会忘了通知她，她气愤地找到妇救会："俺们不是村里人吗？干吗不叫俺们参加会？你们再开会不叫俺们，俺们就不拥护你们的决议。"

做军鞋，都是白花朵亲自替庄上妇女们领回来！每次她都叮嘱大家：

"要做得结结实实的，赶着给公家做，可别落了后，交不上。"交鞋的时候，她每双都用秤称一下，然后才一齐送到村公所。

她在今年年内还打算□青草压粪四十担，庄稼秸再造粪一百担，种二亩麦子，每亩上粪七十担。种一亩□□，一分萝卜，春天、冬天

保证不买菜。秋后割三十担柴，让他老爷爷烧炕和一冬天烧。她还花二十元钱刚买了个纺车，冬天闲了就纺线，再学学纺毛线、打毛衣。种二斗玉茭，买一只羊，叫人给放着，□鞋底子十五双，六双给公家，其余自家穿。姚科村的老乡们，都称赞白花朵是妇女劳动英雄！

八月二十五日

（《晋察冀日报》1943 年 9 月 18 日）

战斗小故事

曼晴

一、爆炸与智慧

在今年五月反"扫荡"的时候，曲阳有个游击小组，侦知敌人要出来了，于是把地雷埋在大路上。他们藏在路旁等候敌人。

敌人来了，像怕蒺藜扎脚似的，小心翼翼地摸索着。几个伪军尖兵发现了我们的地雷，但没有敢起出来，只在上面画了两个圆圈子，就绕过去了。

等伪军过去了，游击小组的几个组员，赶紧跑出来，把那两个圆圈子涂了去，却在另一个地方照样画了两个，就又躲起来。

时间不久，敌人的大队来了，黑压压的一群，绕过那两个圆圈，正踏在地雷上了。

两声巨响，大地开花了，几个鬼子倒在路上，大队也混乱了。

二、狙击与攫夺

另有一个游击小组，时常想着敌人的驳壳枪。

在一个集市上（该村有炮楼），他们发现一个伪军挎着一支盒子，在人群里晃荡。后来坐在一个剃头摊子上理发，他们便商量了一会，暗暗地溜进人群里去。

突然，剃头凳子倒在一边，两个黑影把那个伪军揪住，腰里那支盒子枪被夺过来了。

三、打击与争取

我们的一位同志，有一次要进□县城去，被伪警备队拦住了，那

个伪军小队长很坏，端着枪，非要检查不可。我们的那位同志，随即掏出枪来，一溜火光打出了一排子弹。

"以后瞧着吧！"

临走的时候，特警告那个伪军小队长。

不几天，有人送过信来，说那个伪军小队长又要到××村去催款。

"捉住他！"

于是预先商量好，等他来了，就领他去抽大烟，烟灯□好，人也躺在炕上了，我们的几个同志一拥上前把他捉住了。问他：

"为什么那次不讲面子？"

"不知道是咱们区上的，以后绝不这样了！"

我们教育了他以后把他放了。

过了几天，他送来了一支全新的手枪，并来信说："一件小小的礼物，请收下吧！"

(《晋察冀日报》1943年10月14日)

李勇在反"扫荡"里

仓夷

反"扫荡"斗争越激烈,关于李勇的传说也就越多。特别是逃□的敌人的民夫,把李勇和他的游击组描画成天降神兵:据民夫们说他们亲眼看见大批的日本兵挨炸了,山头上就出现了李勇在喊话:"炸得好不好?"日本队伍里的翻译官吓得直抖□连忙答道:"好!"就□手□脚地往后退。山头上的李勇又喊道:"好,就再来一个!"嘿,可不是吗?又一个地雷,从翻译官的脚下滚起,把他炸飞了。还有传说敌人在五丈湾驻扎时,李勇扮装成民夫,混进敌人的厨房里,把大锅的大米饭扛走了,还说:"这些大米是我们边区的,不能让鬼子吃!"敌人曾宣布要以牺牲一百个"皇军"的代价活捉李勇,但是怎能捉得住他呢?据说相距只一个小山头,敌人追一节,李勇就退一节,埋下雷,敌人追上就炸了,连追三个山头,都受到地雷的炸,没活捉住李勇。

在我们走过的村子里,游击组员们也都争着打听李勇的消息。他们把李勇当成一面光辉的大旗,要跟他展开爆炸竞赛呢!

我渡过了鹞子河、板峪河,来到李勇的家乡——五丈湾。村外的一个山头上和他会晤了。他带着他的组员们,笑着向着我走来,他命令游击组员在石崖间休息,派出山头哨后,就和我拉话。

反"扫荡"还没有开始,李勇就离开家,把全部精力都用到游击组的领导工作上。敌人离五丈湾才十几里地,李勇就领导游击组把雷埋好了,可是敌人总是不往上走,游击组在雷旁守望了三天三宿。在细蒙蒙的雨中淋着,吃的是北瓜稀粥,但是他们都忍受着,像猎户们在等待着野兽。

九月底的一个早晨，村东蔡家坡的岭上敌人才算露了头，可是还不见往这村里走，李勇提着大枪追上蔡家坡，才发现敌人是向北走着，听见三岔口的敌人喊着："地雷的，找一找。"走到三岔口的敌人大队停住了。李勇怕敌人挖走埋在三岔口上的地雷，在坡上连打两枪，有两个敌人躺在地上，动弹不得。敌人慌乱地向两旁卧倒，地雷炸了，敌人怕我们往下冲，机枪密集地向山头扫射着。枪弹打到李勇的身旁，刚下过雨的泥土，都成块成块地被打得飞跳起来，有五颗小炮弹落在李勇背后的山沟里。李勇转到另一个坡头，敌人的机枪还不停地叫，很快地又来了一架飞机，从高空中向这一带山头栽下来，盘旋着，飞得那么低，几乎要和李勇碰□了，可是它还看不见李勇在哪里。

第二天，西面王林口大队的敌人顺河下来。李勇带着游击小组在村西布置好地雷阵，忽然接到东面侦察员报告，说王快的敌人也下来了，已经到了庙南村下，他就急忙带领了张金珠到东面监视。敌人的尖兵共有二十多人，已经走到小庙旁，前头拿旗的把旗一歪就停住了。歇下一会，拿旗的把旗一摆，队伍又前走着。李勇睁着两只眼睛，光等着地雷冒烟。突然，敌人前头的大旗倒了，"轰"的一声，那队日本兵就倒的倒、跑的跑，李勇兴奋地问着张金珠："炸得好不好？"张金珠点头说好。李勇就大声地喊着："好！好就再来一个！"话刚喊完，就听见村西坡头有了枪声。

他们顺着山梁向村西移动，东边的大队敌人已经上了山，李勇回头打了五枪，敌人的掷弹筒也向他们射来。

李勇告诉我，这一天是最红火热闹不过了。他们在这一带山头里游□，光听见地雷的爆炸和鬼子的哭叫声，二千个敌人被地雷炸得乱成一团。村西的敌人在大路上挨炸了，大队就顺着路旁走，工兵在路上爬雷。日本兵以为在路旁保险，只顾怀着惊奇的心情挤在一块走，不提防脚下的地雷爆炸了，爬雷的爬不着雷，看□□□却炸个稀烂。敌人到村里弄门板抬伤员，门下的雷也炸了，炸伤了两个抬到山坡上，大概是抬死了，也放在死人堆里烧着。直闹到太阳快落山，王林口的敌人才回王林口，王快的敌人也从原路回王快。李勇带着游击组下去检查的时候，得了一面日章旗，上面写着"祈武运长久"五个大字，旗旁是日本士兵的肉骨灰、布片、皮带的碎段、皮鞋的碎块。

李勇和游击组员们不让每一个杀伤敌人的机会错过。敌人在这条线上来往，每次都得挨炸，同时都是炸的一些出奇的地方。在狭窄的路口，敌人注意的地方，他们弄了一些虚虚实实的地雷阵，而在敌人不注意的、不好伪装的地方，他们却要大大地招呼敌人一下。每次经过，他都要迅速检查一下地雷的埋设，如果踏翻没有响，就把雷起了（敌人不敢□□□□雷）；如果没有踩上，就研究敌人走路的规律，是拐弯、是改道，就重新埋设。有一次，大路左旁埋了一个雷，敌人从大路上走过了，没有炸，他们就下去检查，发现路左离雷不远地方，被敌人画了两个大圆圈，敌人远远看见圆圈，就不敢走左边了，他赶紧把圆圈擦掉，又在雷的右边画了两个大圆圈，画得大大的，这里还用脚弄了一些可疑的痕迹，就上山，果然后来的敌人炸上了。敌人开始是走村旁的大路，后来慢慢地移到村南的菜地里、稻田里、水渠里，后来一直移到沙河的岸边，差不多已经走出几十条路。可是怎样走也不行，吃不住李勇的"活动地雷"地追击。有一小队的日本兵从王快上来，正午在滩上放心地休息、喝水，以为这里偏僻的地方不会有雷，民夫们也在河旁饮牲口，李勇的游击组员在山头上瞭望着。半个钟头以后，敌人就开始集合了，二十几个鬼子挤成一片，一个军官刚跨上马，就看见在人堆中冒起一股巨大的蓝烟，军官和马飞上空中。"呜隆"一声，地裂一般，顿时这滩上的人和牲口都看不见了，一片蓝烟慢慢上升。李勇他们在山头上正要向下冲，不料王快敌人的汽车上来，把炸躺在沙滩上不能动弹的日本兵全弄上车，连炸死的一只黑骡子也驮走了。

敌人不断地来合击"清剿"他们。爆炸组长张连同志带着雷，在山头上等待着炸合击"清剿"的敌人。山头上群众很多，早埋会出危险，只有等敌人迫近来才可以埋。李勇交给张连这个任务，要他炸"剿山"的敌人，不准损伤一个老乡，自己就带领游击组员们下山，在河滩里检查地雷。这时情况已□紧急，走近河旁，河南岸山头上的民兵就喊着："不行，北山梁上有敌人了，快走吧！"李勇回头一看，果然从刚下来的山坡上已经有敌人了，他立在河旁瞭望着，河南岸的民兵又喊着："不行，快过河来，北面有敌人了！"他们渡过大沙河，回头一看，果然，就离他们过河不远的地方，有三十几个日本兵在田垄上坐着。因为隔着一块高粱地，没有碰上。可是这时候，北面的山坡上"轰"的一声，地雷炸了，雷声离敌人上来的山梁还有一段路，李勇忐忑不安，担心着会炸到转移的老乡。敌人退走后，找到张连，才知道是另一股敌人追击张连时，在山头上挨炸的，炸伤了二个人，鬼子用门板抬着抬着就死了，就在坡上点火烧成灰烬。

在敌人连续"清剿"五丈湾北山的时候，李勇同志因为连日来过度的疲劳不幸病了，病得很厉害，一粒米一滴水都进不了□的高度发烧，像是恶性疟疾。游击组员用门板抬着他，在山头上和敌人打游击。在这里周围数十里地都有敌情，他不肯向外转移，但是游击组员非常爱戴他，用全力来保护他。在病中，他常常问地雷爆炸的情形，鬼子活动的规律，村里有没有受损失，没有一时一刻忘记了自己的工作。

敌人开始抢沙河滩里的稻子了，汽车路已经从五丈湾的村旁经过。李勇听到这个消息，就带病从门板上爬起来，领导着游击组连夜担任警戒，在冰冻的沙河里蹚水，掩护民众抢收。人们不敢去或不愿去的地方，他就走在前头。很快地把五丈湾的稻子全收了，成为沙河北岸抢收成绩最好的典范。为了爆炸汽车，他曾冒了很大的危险。有一次他带领张连、张金珠、甄作仁到汽车路上埋雷，雷坑打好了，警戒不小心，敌人的汽车走近了才发觉，张连他们急忙抱着笨重的大号雷，跳下很深的石阶，没有损失了地雷。李勇病还是刚好，心里一急，眼睛发花，河滩、汽车路、玉茭秆、山野全都旋转起来，他向沙滩跑了一阵，扑倒在地上。可在汽车过后，他们又坚持着把雷埋设了。

第二天，敌人的汽车又上来，李勇他们在山头上看见敌人的□□□炸了。几十辆的汽车□停□不动，头一辆车上下来三个人，恰好踏响了路旁的地雷，炸死了。又下来一批日本兵，围着汽车转，有两个卧倒在路上，钻进汽车底。□□敌人把死人抬上汽车，人们就全上车了。汽车转回头才走了几□，走不动了，又下来修，天黑才走了。

前两天在齐家坟附近又炸了一辆汽车，这是李勇和张连他们下去埋的。□刚埋完上了山岗，从王林口下来了三十辆汽车，满载着日本兵，第一辆过去没有炸，第二辆就炸着了。三十辆汽车马上停住，几百个敌人都下了车，把路旁的一片苇地包围起来。苇丛里晃动着，像有什么东西在躲藏，李勇他们在山头上看得也很奇怪，敌人却只管吆喝着"捉活的！""游击小组！游击小组！"可是没有人敢进苇丛。日本兵围着苇地闹了半天，那满头的大汗□□□着，突然两条影子从苇丛里□出来，日本兵急忙开枪，原来是两只黑狗，连跳带蹦□又钻进另一片苇丛里去了，日本兵都哈哈苦笑起来，有几个爬上了小□□张望了一会，□无精打采地上车，三十辆汽车全开回王林口去了。

便宜了这些鬼子，下次再看吧！

李勇他们在坡头上也相对着大笑起来。

在反"扫荡"里，爆炸英雄李勇的旗帜是永远招展着。截至和我谈话（十一月一日）时为止，他的游击小组总共爆炸了三十七个地雷（内四个大号雷），炸死敌人九十人，炸伤敌人四十七人，死或伤的八十人，总共炸死伤敌人二百一十七人（内小队长一、民夫三），炸伤汽车两辆、牲口三头。这些数字是他开了一个组员大会，挨次地以自己亲眼看见的或逃出民夫报告的数字为根据，这样统计得来的。有几个雷爆炸的成绩不明，还没有计算在内。

李勇从我的口里知道全边区的游击组员都愿意和他竞赛，而且知道了有许多新的英勇的爆炸手出现着。他没有对他已得的成绩表示任何的骄傲或自满，同时也不表示丝毫的疲劳。他常常笑着对他的组员们说：

"听见吗？人家都要和咱们竞赛，咱们得努力努力呀！大家有什么困难可以提出来，大家想法克服，有新的技术也可以提出研究，无论如何，不能让我们的雷不响！"

游击组员们也都非常自信地答着："我们的雷就一定响！"

十一月二日在五丈湾村外

（《晋察冀日报》1943年11月28日）

曲阳的群众游击战

仓夷

在阜平时常听见雷声,在曲阳则常听见枪声。曲阳的群众游击战争的开展,比爆炸运动更加活跃。这里有出色的人物,也有生动的战斗。

在许多出色的人物中,最被群众推崇的是李殿冰同志。在曲阳一区×××一带,人们把李殿冰同志当成万能的人物,有他在,就有了保障。他带领的游击小组,不仅能掩护群众安全转移,而且能主动地展开游击战,迫近敌人,瞄准射击,他和他的游击组员,团结成血肉兄弟一样,水里水里去,火里火里去。十一月四日,我们见面的时候,他刚从范家庄附近围击敌人回来。据统计,他带领的游击组已毙敌两名,伤敌二十多,地雷爆炸两个,炸死敌人两名,伤敌四名,炸死洋马一匹,缴获驴七头、牛四头、子弹十四排、电线一驮、麦十一石。他不仅是个神枪手,而且是个游击战的老练的指挥员。

×区大队长万士起,他也是个出色人物,经常活动在灵山附近,地雷先后炸毁敌人汽车四辆、大车一辆,炸死三个日本兵和一个伪治安军连长,炸伤十几个伪军。某区的游击组埋设地雷,炸毁敌人汽车两辆,毙敌数名,并带领着四个游击组员活捉了四个伪军,缴获了四支枪、三十七发子弹。

游击战争的生动战斗是写不完的。宋家庄的游击小组,一向是善战出名的。这次他们又以地雷和大抬枪配合,打了一个漂亮仗。在通灵山的道上埋下雷,把大抬枪在山上架着,瞄准着地雷,游击组员就隐蔽在附近的山头上。十月二十日,从军城回灵山的敌人百余,走到这里地雷炸了,大抬枪点上火,碎枪弹像下雨般的喷射着,两旁的□

枪也响起来，敌人慌乱极了，当时打死敌人三名，伤敌八名。郑家庄的游击小组在村西伏击，百余个敌人从仁景树出来先和东山×区队接火，他们就在西山配合。敌人用三挺机枪向他们冲锋，游击组员张二蛋，才十九岁，身上、腿上受了伤，血涌流着，敌人追了三个山头，喊着"捉活的"，他回头一枪，打死一个敌人，就连忙把自己身上的血衣脱了，连枪一起坚壁在地窖的□□里。敌人追到了，只看见一个老太太，怀里用衣襟裹着一个光身的孩子，却没有认出这孩子就是我们英勇的游击组员。还有喜峪的伏击战，也是很精彩的。区大队长孟广生同志带领着四个同志，在喜峪村西的土堆上埋伏。已经是黄昏了，五十辆敌人的汽车从曲阳城上来，头一车载着四十几个鬼子，孟广生首先投下两颗手榴弹，正炸中车厢，明亮的电灯立刻熄灭，鬼子哭叫着，又连打了八个手榴弹，除一个在空中爆炸外，其余的全炸中车厢，□的车上的敌人都下来，用机枪扫射，可是我们的战士都转移了。这一战斗不过五分钟，就打死敌人九名，重伤敌人十二名，车上的一架机枪也炸毁了，包了包零件，汽车就扭回曲阳城去了。

但是最有趣的战斗是在白山峡进行的。我们九区游击组配合着区队，在白山峡预埋了三个雷，山头上架着机枪，预计地雷爆炸后，用机枪的火力压着敌人，由山下的冲锋组冲锋。这次由灵山开去曲阳城汽车三辆，一辆满载着敌人，驶过了地雷阵，没有炸，山头的机枪就生气地发射着，车上的日本兵连忙坐卧下去，车厢容纳不下，把五个鬼子挤掉下来。汽车正要停住叫他们上去，冲锋组就呐喊着冲去，汽车顾不得这五个狼狈的日本兵，就赶紧开走，有三个日本兵被车上的日本兵拖着手，在车厢外吊着走，另两个就被遗弃了，看见我们的冲锋组追到，就忙喊着"统统一样"，高举着双手，被我们生俘了。一个是上等兵，带着六轮手枪一支；一个是医生，带着一大包药。上等兵不断地问着："死了的没有？"我们答说："没有！"他就高兴地说：

"死了的没有顶好，那边（指边区）我的朋友大大的！"

曲阳的地雷战虽然比不上阜平，但是它的成绩也很可观。截至十一月五日止，据不完全统计，全县共炸雷二百四十五个，毁伤敌汽车三十九辆（有一个特号雷把一辆汽车炸到两房多高，炸得整个车头粉碎，死了三个鬼子），死伤敌人四百五十余名。特别是敌人的运输线上，地雷给敌人的威胁是一天天的严重着。有些地段因为汽车路太光滑，轮带印明显，地雷埋设不好伪装，就把爆炸和破交结合起来，把路横割断几个小沟，中间埋上雷，使敌人不敢修，修了挨炸。郑家庄到贾口才十里地，有一次敌人的汽车整整走了一天才到。在修这段路的时候，也付了相当的代价的。敌人的下级指挥官不敢走路，叫民夫在前头走，我们一打枪，民夫就跑散，敌人又强迫机枪手在前走，机枪手不肯，殴打着才走了。我们的游击小组又打枪，机枪手也往回跑，踏响了雷，把机枪都炸飞了。现在敌人的汽车夫都胆战心惊的，不愿驾驶汽车，成群的汽车行动时谁也不走前头。在每辆汽车的车头轮翅上都要蹲上两个看雷的人，汽车才敢慢慢地开。

群众游击战和地雷战是我们保卫家乡的锐利武器，疯狂的敌人一定要淹没在我们群众斗争的大海里。

十一月七日在八里庄

（《晋察冀日报》1943 年 12 月 22 日）

三分区的李勇运动

仓夷

《李勇要成千百万》的歌声，已成为三分区全体民兵游击组实践的有力号召。各区、各村都涌现着李勇式的爆炸英雄，即便是偏僻的山沟小庄中，也有英勇的民兵爆炸手在坚持着战斗。两个月中（九月中旬至十一月中旬），三分区的李勇运动所加予敌人的严重打击，完全超过一般人最乐观的估计。他们不仅胜利地完成着保卫边区、保卫粮食、保卫生命财产的光荣任务，而且重重地杀伤着敌人。在阜、曲、唐、完、定唐、云彪六县中，总共有效爆炸地雷一〇七九个，民兵战斗二百余次，杀伤敌伪军一千四百七十四名，炸毁伤敌汽车八十二辆，洋马二十余匹，缴获步枪四十余支，子弹三千发，夺回羊八百余只，牛、驴、猪等四百余头，解放敌修路民夫万余。这样严重的打击，敌人的损失与狼狈的情形是不待多加描写，大家都可设想而知的。在战场上，敌人遗弃着穿着皮鞋的脚掌、戴着手表的胳膊达三十多起，这些法西斯侵略者的兽军们，是尝到了边区人民"以眼还眼，以牙还牙"的滋味的。

这种光辉战绩的获得，绝非偶然。首先，这是千百万民兵游击组员们，用他们的血汗、智慧、勇敢换得的。在敌人的穿插、迂回、合击、"清剿"中，我们的民兵游击组始终是在坚持着战斗。刮风、下雨、飘雪，他们都不怕，白天黑夜地奔跑着，在埋雷、看雷中，他们经历过许多风险与危难，这种艰苦作风和精神，是可歌可泣的。类似李勇、李殿冰艰苦作战的事迹，几乎到处都发生过，敌人曾散布各种狂言，说捉到游击组要剁成肉块、要剥皮，遇见地雷的村子要烧杀得寸草不留。但是这是边区人民向法西斯讨还血债的时候，狂言吓不退一颗颗赤热的复仇的心！曲阳榆林村中队长刘新庆同志，在敌人包围中，赤手和敌人搏斗，当敌人的刺刀搁上他脖子的时候，他还镇静如常，回手将敌人枪杆夺回，进行肉搏，从山上滚至山下，最后把敌人用石头砸死，夺获一杆步枪。阜平游击组员刘国均同志，在敌人围困中，用碾棍击毙一个敌人而脱险。易家庄的游击组，被敌包围在马武寨，顽强作战达八小时，两个组员光荣牺牲。定唐五区□□游击小组在边沿地带坚持对敌斗争，经常与敌人隔山坡相望，高度分散地到处打击敌人，使敌人始终进不到他们的村庄，完成神圣的保卫家乡的任务。

其次，民兵游击组是群众武装。群众武装最大特点之一，就是不脱离生产，□是吃自己家里的粮食，保卫着自己的家乡。在三分区，这一点是很认真地掌握与实现着。群众武装是保卫群众利益的，他们在战争中维持着村里的社会治安，保卫着民众的财产，夺回到敌人抢去的财物时，就全数送还民众。他们有严格的群众纪律和严正的赏惩制度，继承着八路军的为国为民的光荣传统。他们严格纠正"不吃公粮不打仗"的落后的雇佣心理，克服各种违反群众纪律和"发老百姓洋财"的错误观念。同时，他们又把战斗与生产密切地结合着，民兵游击组员们在战斗时一手执锄、一手持枪，互助着收割与耕种自己的庄稼，掩护全村人民进行秋收种麦。"敌来我打我转，敌走我收我种"的口号被认真地执行，今秋三分区秋收（特别是沙河的秋收）与秋耕秋种大部胜利完成，没有民兵游击组的侦察警戒是不可想象的。各村人民认识到游击组的伟大作用，他们自愿拿出粮食、鞋子，帮助解决游击组员的困难，这种血肉的亲切的关系、这种和群众利益紧密联系着的游击小组，决然是支不可摧毁的力量。三分区李勇运动就在这个原则的掌握下猛烈展开起来的。

再其次，还是由于我们主力兵团、各级政权团体的积极援助和群众武装的各级指挥员、政工人员的积极领导。我们的主力兵团以武器弹药援助他们，带领他们作战。政权团体干部多方给游击小组解决困难，区村的政权团体的干部们也多亲自参加了区村游击小组、掌握游击组，亲自上火线作战。阜平十区的区村干部战时几乎全都参加游击小组，一面战斗，一面坚持工作，这种同心同德、共同作战的精神，是值得大大发扬的。区村政权团体如果没有自己的基本武装——游击小组，那要坚持战时工作是万分困难以至于不可能的，而游击小组要脱离了区村干部的帮助与领导，战斗力就无法提高。这是三分区普遍的经验，而各级武装部的同志们在战斗中的及时领导检查工作，也是做得很好的。荀部长亲自到各县调查研究游击小组活动的情形，及时写出"通报"，指示各县工作。各区的大队长也亲自下乡，具体研究敌人行动规律，检查各村埋雷技术、武器修理，改进战术，教育民兵地雷要"跟踪追击、迫敌埋设、胆大心细、伪装秘密"；游击战中要高度分散，瞄准射击；以及地雷与步枪的结合，严密岗哨等。我遇见的区大队长中，阜平一区的大队长万正三同志就是这样善于教育民兵并亲自和民兵在一起战斗、在一起生活的模范者。

最后，在地雷战的猛烈开展中，三分区的军械工人们也是有着光辉的功绩的。我们的工人同志们，以他们对于革命的积极性与无限忠心，认真地制造与修理地雷，使我们的民兵游击组员在长久的战斗中，都有充分的地雷使用，而且绝大多数的地雷都是有效的，没有什么毛病，即使战斗最激烈的时候，也想法抓紧时机努力武器的生产。没有我们工人如此负责与努力，我们要获得如此辉煌的战绩也是不可能的。

十二月三日宋家沟

（《晋察冀日报》1943年12月26日）

夜袭行唐城

秋浦

在夜色苍茫中,七区集合起来的一队民兵出发了,一数人数是整整的一百,随在这一百个民兵后面的,是三十多个背柴队员。与这同一时间,五区集合起来的一队民兵也由不同的地点出发了,一数人数也是整整的一百,就是后面没有跟着背柴的。

这两队民兵,浩浩荡荡地直向前奔发,无数的村落、丛林,都远落在他们的身后了,而行唐城,这一座曾经长期被敌蹂躏的古城的黑影,已经在他们的视线里,可以隐隐约约地辨别出来。

七区的民兵离城较近,夜十一时,他们就已接近到城的附近。

队伍停止前进了。

"大家听着,"×队长这时以无比的亢奋,挥动着右手,这样低声地命令着大家,"你们五十个去占领北关……你们五十个掩护着背柴队,从东关绕到南门外的大桥上,然后再很快回来占领东关,大家看见桥上的火光,才准打枪。"

×队长的命令,像铁样的坚决,随着这个命令,队伍又开始动作了。很快地北关就被占领,很快地郜河上的大桥已架好干柴被点着了,东关也被占领了。

郜河大桥上的火光,熊熊地上升着,照得半个天空都在发红了,映在郜河里的水波也反射出万道的金光。

占领北关、占领东关的民兵,看到这带有信号似的火光,马上就按照事先的布置,向城内的敌人开始射击了。清脆的枪声,划破午夜长空的静寂,惊起了正在酣睡中的敌人。

敌人感到措手不及,"吱吱"地在城内街道上乱嚷乱跑。一会,

大炮机枪一齐响了，向着东门外、向着北门外、向着南门外……

路途较远的五区民兵，在行军途中看到南门外腾空的火光，又听到大炮声和机枪声交织成一片，大家都认为是已经到得太晚了。于是就跑步直扑西关，向着城内的敌人也开始了射击。

城内的敌人，早就大部集中到东门、北门和南门去了，西门空虚得很。当敌人一听到西关外也有了枪声时，顿时又手忙脚乱了一阵，连大炮和机枪也停止发放了。

敌人临时抽调兵力到西门来，显然是来不及的，于是就把仅有的二辆坦克和七辆装甲汽车直向西门开来，企图威吓一阵。但是胆怯的敌人，开来开去老是开在城内，连城门也没有敢出一步。

时间很快地过去，郜河大桥上的火光渐渐地小了起来，夜色已深沉了。这时，民兵们因为已经完成了他们袭扰行唐敌人的任务，也就安全地向后撤退了。

在胜利归来途中，敌人的大炮和机枪，又开始盲目地乱放了，震耳的枪炮声，一直伴送他们到很辽远的地方。归来后，他们整队，开始检查人数。一数，五区民兵还是整整的一百；一数，七区民兵也还是整整的一百。就是后面三十多个背柴队员所背的干柴不见了，它是和郜河大桥一同葬身在火海中了。

这是十月十五日夜间的事。

第二天，从早至午，行唐城门紧闭，敌伪在城内大肆搜索着居民。

第二天，敌林成师团长从灵寿坐着汽车要回长寿，但当车子开到郜河桥头时，却通不过去，因为桥的二十四个孔已经被烧了四孔，这急得威武的林成师团长徒唤奈何，也没有办法，只得大骂警备的"皇军"了事。

第二天，行唐城里出来一个老乡，传播着这样的一个消息："昨天夜里八路军打行唐,又是大炮又是枪,吓得鬼子队长都坐上坦克车了。"

经过这一次夜袭后,行唐城内的敌伪人员都感到更加的恐慌。据说平时住伪组织人员家属最多的一道街,现在一到夜晚,就成了一条空街。

十一月三十日行唐

(《晋察冀日报》1943年12月26日)

定唐反"扫荡"杂记
——平原上的反抓抢斗争

本报特派记者 沈重

当边区内部进入残酷的反"扫荡"战斗时,在边缘的平原上的人们也更激烈地如火如荼地斗争着了,不断地攻打堡垒,袭击敌伪,摧毁敌人的肺腑,使敌人到处抓不到夫和牲口,也抢不到粮食。敌人在边缘"清剿"包围村庄,但男人们都散得无踪无影,支应的人也跑了,牲口也藏得不见一个。边区金黄的谷粒,不是为侵略强盗而生长的,人们抗拒着这个抢掠,没有一个村子给敌人送夫子去,敌人干着急。

在敌人的《告民众书》上,它焦急地向人们惊问着:"你们(指民众)为什么见皇军就逃避一空呢?你们不要皇军来保护了吗?"人民不睬它,只是以行动来回答这一愚问。

敌人在边缘上对抢掠是用过好多花样的。起先是限期叫各村交粮,声言购买。从北平派了许多商贩来买荞麦,统制集市,强令灌仓,迫借麦种,到处设庄收买白薯,并用各种花花绿绿的宣传品来吹打。但敌人一切都失败了。最后,敌人只有下手硬抢了,从连□抢去了十几大车粮食,然而这一次以后,人民的粮食随即深深地埋到地里去,敌人找不到。

敌人饿□着肚子,于是,唐、定两县混合城里敌伪军及伪机关各组织一百至三百余人的"剔抉队"来到处行动,名为"剔抉"八路军,实则翻掘粮食抢掠物资。每到一处即搜刮一空,连针线盒里也被"剔抉"去了,并公开说:"你村不给粮食,我们就住着吃□。"他们在赵村一连住了二十多天,老百姓名之曰"老吃队"。

但是抢劫也并非易事,人民都用背朝向着敌伪。唐县伪知事朱宪章因搞不到粮食给伪道尹被臭骂一顿后，□□冠英（前任伪县知事）□下的□□□□你这败家子败坏了。□等朱逆□□□□队吴副队长去抢粮，却得到："你一天价说用政治，人家八路的公粮老百姓都自动送去，你用政治吧。我可是没办法！"敌伪抢粮的企谋接连地失败着，连他的爪牙也支使不动了。

敌人的眼始终在贪婪地望着山里，可是抓不到民夫，越抓人们跑得越凶。有一次唐县伪军好不容易四处包围抓到六十个夫子，走到温家庄剩下四十，到唐县就剩下二十，到唐梅只剩了四个，这四个当天也跑掉了。没有一个愿意来当敌夫，谁也不愿替鬼子去踏地雷。把定县的敌人急坏了，就包围住城里的戏院，戏子和观众被抓去当民夫，以此定县的戏院也只有关门大吉，街上冷清无人。

边缘地区的反抓抢斗争正在蓬勃开展着，群众情绪空前地腾涨，配合着保卫山地、保卫粮食的战斗，敌我的界线是截然分明的。人民踊跃响应山里的号召，反对敌寇抢掠抓夫，而对我却是掬诚拥护的，每个工作都在完成着，不断地给敌人以打击。十月二十日夜间，我们在××村召开了一个三百多人的会，第二天炮楼上伪警察所长把伪报道员叫去问："你村昨夜开了那么大会，怎么也不报告？"

"八路军四门站岗，我怎么走得出来？"伪报道员说。

"八路军把住四门就不能来，我们抓夫连小巷都把上，却一个也抓不到？你怎么不阻止老百姓去开八路的会呢？"

"老百姓听说开八路军的会，都要去，你叫我有什么法？"

伪所长的头深深地低下，沉默了。

十一月九日

（《晋察冀日报》1943年12月27日）

十月战斗在行唐

仓夷

行唐反"扫荡"战斗最紧张的时候，是在十月里，从二日到二十六日，敌人正疯狂地"扫荡"着行唐西部的巩固区。可是我们的子弟兵和民兵，却是在行唐全境里进行着战斗。

在鸡皮岭、贾南庄、李园庄、王下口、长寿车站，以至于行唐城关，在公路纵横、堡垒林立中间，我们的子弟兵灵活、英勇地作战。在大小五十七次的战斗中，毙伤敌伪三六一名，俘伪军五二名，缴获轻机枪两挺、步手枪六十二支，夺回羊五百只，炸毁敌汽车三辆。有许多战斗还是打得非常漂亮的。譬如，在离行唐城关六里地的于□村附近，我们部队事先侦察好，适逢堡垒伪治安军十六团三营七连连长带领几个士兵到城里开会，就埋伏在他的归路上。这是白天，伪连长还没有回来，而堡垒上的十二个伪军，却带着一挺机枪要来迎接。我们伏击的部队不等敌人动作，一个特等射手一颗子弹就把敌人的机枪射手打死了，在我们火力的压制下，除三个弃械逃跑外，其余的全被我们击毙与俘虏了。

在夜袭长寿车站中，我们的一个袭击小组在攻打长兴门时，小队长负伤了，两个战士救护着小队长退下了火线，只剩下小队副胡凤岗同志一人。他为完成上级给他的战斗任务，坚决地冲上了城头。敌人发觉了，用刺刀刺他，他夺过敌人的刺刀，连刺□了两个日本兵，还用一颗子弹射倒一个敌人，他一个人夺到了三支枪，把敌人的哨兵打散了。在奇袭贾南庄炮楼时，我们的战士化装迫近了敌人，七个鬼子正在炮楼前做柔软体操，只有伍长还在炮楼里睡觉，当班长魏贤□同志带领三个战士进入炮楼的时候，伍长从床上坐起来，伸手摸床头的手枪要来迎击，魏班长猛冲上去，夺过了枪，把伍长敲死了。六个鬼子也当场被打死，全部枪械被我缴获，只有一个鬼子和一个掷弹筒始终没有找到。后来才知道这鬼子是躲在一个大缸里，我们部队走后，才从缸里钻出来的。在□同炮楼旁，我们把敌人的电线收割了，目的是要打击修线的敌人。果然第二天敌人用一辆汽车载着二十几个伪军来修线，发觉了我们的伏击部队，急速转头就跑，我用机枪追击着，车到炮楼旁敌人仓皇下车，钻进炮楼，这时已有十几个伪军伤亡了。我用机枪火力压制着，炮楼上的敌人无法抬头向我射击，枪弹只能盲无目的地朝天空打，我用手榴弹把这辆汽车炸坏了，才离开这地方的。在安太庄附近，有阳平坡炮楼的九个伪军出来赶集，碰上我们的部队，有四个吓得腿软跑不动，跑两步，就摔跤，最后就坐在地上被我活俘了。我们的部队就这样在全行唐县内活动着，不仅打击着"扫荡"中的敌人，而且给据点的敌伪以重大的威胁。

民兵游击组在这期间也是很活跃的，他们总共爆炸了一一三个雷，伤亡敌伪一九四名，炸死四匹洋马，炸坏七辆汽车。特别是在破击战中，民兵游击组更加活跃，把行唐至长寿、行唐至灵寿、行唐至南城寨、至疙瘩头的汽路破坏了三十九里，烧邲河桥、××桥两座，割电线六三五斤，游击战七十八次，毙伤敌伪×××名，活捉伪军汉奸三十五名，平均每天民兵游击组毙伤敌伪十一名之多，而且大部分都是在巩固区里所得的战绩。

在紧张的反"扫荡"中，南岭口的青抗先干事赵连喜同志亲自埋雷，给"扫荡"的敌人以迎头痛击。他研究着这一带的地形，调查敌人每年在这村里活动的规律。敌人向这一带进攻了，他指挥着游击小组在村口警戒，自己和一个游击组员在村里街上埋地雷。警戒的游击小组发现敌情时打枪，因为刮着大风，他们没有听见。敌人的坦克车在岭下停住了，大队的步兵就走上岭来，赵同志正埋到第七个雷，被敌人发现了，打枪追，结果这七个地雷都炸了。敌人惊慌地上了岭顶，他们又回到村里，把死洋马都背到山沟里，炖着吃了。又在村里敌人指挥部常驻的一个院里埋了一个地雷网，结果敌人返回驻在这座村子里时，街上、门口、梁下、马槽旁，又一连炸了八个雷。据跑出的民夫说：这村里的地雷一共炸死伤敌人四十二个，炸死洋马四匹、驴三头。赵同志就这样创造了爆炸战中的模范战例。

我们的地雷不仅在敌人"扫荡"的地区里爆炸着，而且一直威胁到行唐城下。离南关不及半里地的郜河桥头有两颗大号地雷，曾炸死鬼子十六人，重伤两名。这是十月十三日拂晓时，行唐的大队敌人以四路纵队在桥上作"堂堂进军"时发生的事。

读者们也许知道行唐有一位焦大海吧！焦大海这次也弄了许多使敌人头痛的事。在磁沟到上碑这段汽车路上，焦大海带领着游击组在这里活动了，汽车路很光，不好埋设地雷，他就在一个斜坡下，选择着一段水沙地。同时炸汽车时常常不易炸到车上的人，他就想了一个办法，在路上挖了一个大坑，坑上蒙上一块破苇席，坑两旁埋下雷，火线就拴在席片上。十一日有二十几辆汽车经过这段路，头一辆栽下坑去，汽车刚摔出两个人，正碰到地雷爆炸，炸死了。这二十几辆汽车忙了一个多钟头才开走。十五日晚上他又在这路上破路，挖了无数假雷坑，插上树枝，头一根树枝拴上手榴弹。南城寨出来百余敌人，头一个去拔树枝的被炸中了，其余的就去抓民夫来拔树枝，发现雷坑就从远处刨、挖土，挖了大半天，结果挖出的尽是破茶壶、树枝等乱七八糟的东西。第二天，焦大海又带游击组在这路上埋雷，敌人四十九辆汽车开到了，发现光泽的路上泥土□松了，就下车来看，有几个挖雷有经验的敌人先下手挖，挖得深深的，双手一捧，是一手烂臭泥。弄了好久，结果一人弄了一手臭屎，这四十九辆汽车终于开回原处去了。

游击组集中使用时声势是非常浩大的。十月十五日晚上十一时，二百多的民兵游击组去围攻行唐城（详情见《夜袭行唐城》一文）。

在我子弟兵的打击下，长（寿）行（唐）汽车路上的敌人不敢少数出来活动了，三五个伪军下炮楼时都是不许带枪的，怕"缴械"。后来敌人就在西田村修堡垒，要阻碍我军的行动，但是当他们集合到一万多块砖、几千斤木头正要动工的时候，我们也集合了三百多民兵游击小组，只一晚工夫，把砖都砸碎，把木头也点火烧了，还在附近埋了雷。第二天修堡垒的工程师过来一看，气得直躺在地上。恰好从长寿开来五辆汽车，触中了地雷，这工程师听见雷声，连忙爬起来跑了。

十月是敌人大举"扫荡"行唐的月份，但是受打击的不是我们，恐慌失措的也不是我们，而正是敌人自己。

十一月三十日，□唐□角

（《晋察冀日报》1943年12月27日）

勇敢的贾希哲

仓夷

一

盘踞在西庄的敌人的营□，接二连三地发生了许多可怖的事情。

西庄寺□的高岗上，敌人用沙石□叠了一个小阵地，狡猾的、偷懒的日本哨兵，在阵地的附近铺上了干枯的玉茭秸和酸枣刺，就放心地躲在阵地里。要是有人接近他们，玉茭秸就会大声地响着。可是有一天晚上，玉茭秸没有响，阵地旁却响起了撅枪声，一个鬼子从阵地里刚一探起头来，另一颗步枪子弹就把他的脑袋击碎了。第二天晚上，村西的电话房里，也发生了可怖的事件，敌人的电话员坐在电话机旁瞌睡，醒来时，电话摇不通，后来才发觉电线从他住的房子的窗口，一直被人割到村口的军事哨旁。村东的民夫们在推碾子磨面，也有一次突然地乱跑起来。有一个穿蓝袄的中年人拿着一块石□迫近他们，并把丢在碾上的十几斤玉茭面拿走了。

类似这样可怖的事件不断地发生着。附近的人们都把这当成奇闻纷纷传说：有一个穿蓝棉袄的中年人，从反"扫荡"开始一直到现在，每天都在西庄村里村外活动着，侦察敌人的行动，想法子打击敌人。我调查了一下，才知道这人就是东庄村游击组长——勇敢的贾希哲。上面的许多事件，都是他和他的兄弟贾希才两人去做出来的。

二

从面貌上看去，贾希哲完全是一个平常受苦的农人，可是他内心却隐藏着无限热烈的愤慨的情绪，他对我申述他的心思，他说："我们是青年人,应当担起抗日保家乡的重担,我们青年的责任就是这个,青年要不担起这个担子,剩下老头孩子们就得被敌人白糟蹋了!"他坦然地说:"我自己'扫荡'一开始就这样想,现在我是不怕死的。现在前线上八路军和敌人血战,后方又处在战斗里,不知有多少的同志和老乡死去了,他们都为保卫自己的家乡而流血,光荣的死,这又有什么害怕呢?"

二十八岁的贾希哲,曾经在八路军里当过战士,退伍回家后,就参加游击小组。这次敌人来"扫荡",他就和他的兄弟贾希才拿着两颗手榴弹、两杆步枪,整天在西庄附近活动。七八十天的游击生活中,他只有两宿回家去看看他的爹,留在家里。他每晚都睡不着觉,躺在山坡上睡不着,就到敌人的营房附近活动,他们一面侦察一面想打的办法。打寺后哨兵就是他们□□了来一个下过雨的晚上,玉茭秸潮湿了,踩着不响,这样摸上去打的。

三

十月的一个傍晚,有两个敌人的民夫从西庄村里赶出了一群白绵羊,六十多只肥白的绵羊,看准在贾希哲的眼里。他在沙河两岸的稻田里徘徊着,找寻帮手的伙伴。一个名叫顾玉的民夫,穿着在阜平抢去的许多粗布□裤,走路走不动,就脱一件放在坡上,躺在地垄旁茫然地哼着小调,另一个回村里去了。羊群在老乡地里吃着豆子、红薯秧。

贾希哲找到五个青年,他说:"看见了吗?我和贾瑞全去解决那个放羊的,你们去赶羊。咱们要拼就得坚决,被打倒一个,大家都不要跑!"他从民夫的背后走去,一石头砸到那民夫的肩上,顺势一抱、一推,那人哎哟一声就被压在地上。贾瑞全拿着镰刀走过来,贾希哲说:"他没有带枪,不用钩他,弄过河吧!"他们把他□到沙河里去,用镰刀□□着一直来到区公所里。

赶上的羊群，按政府缴获胜利品的奖励办法分配着。贾希哲把分给的羊拿出四只杀了，请全村的青壮年们，□他们会餐，并且就从此把村游击组组织起来，在敌人的"清剿"搜索中，从没有□□过，□□一步，埋雷、袭击。到今天，在贾希哲的领导下，炸了二十九个雷，炸死伤敌人五十个以上。贾希哲有时也带领主力兵团去袭击敌人，主力兵团的同志们非常高兴有这样得力□□手，因为他最了解敌□□□□。主力兵团常把步枪、子弹供给贾希哲他们用。贾希哲带领的游击组，今天已经是有人有枪地健壮地战斗着，成为沙河畔人民杀敌保家乡的一支模范游击小组了。

一九四三年十二月七日南□

（《晋察冀日报》1943年12月30日）

康　元
——"盂平神枪手"速写

田间

康元：盂平脉道岭人。

他，三十二岁，平日和他老婆两口养种二亩地，还开一个小铺子。这小铺子正在河沿上，三间矮小的平屋顶，两□□窗户。铺子生意不赖，他俩生活也不赖康元成天嘴上咬着□小□烟袋，□□□□□，头上裹着手巾，上身穿着件旧草绿的军服，下边裤腿卷得很高。一开会他赤起脚板蹲在岩石上，好比山鸽落在岩石上。

"康元！鬼子要来了。"有人说。"不怕，来了就打。"康元说。

九月十九那一天，敌人□□里出发到脉道岭来。山头哨上打了一颗手榴弹，山响了，河水也响了。突然间，河沿上露出四杆大枪，炯炯地往山上奔去。这时间，敌人拿望远镜照了照，走过来□十个，来到村口，隔四五十米达□□卡□。康元打了一枪，□□康尔□，受病的□玉双，还有康毛小齐打了枪，共十二枪，打倒五个敌人。在枪声中，□□也□了，又炸伤四个炸死两个。敌人乱□鸣叫，往沟□□□，要抢上山头。游击小组转移一下，从另一个山头发出六枪，敌人就停在沟里，抢了一些花椒、蜂蜜，回头退却，赶□退却，有二个死尸也来不及拖□。半□上抓到一老汉，这样子说："你们村民兵好厉害，我们再来时，把□□光。"后来康元听到这话，康元就笑着说："那怕他？"

康元那小铺子很像是村子上民兵的司令部，窗户拆下，担架靠在门口。民兵们过集体生活。民兵常常开会，在会上，康元□挥着手讲演："咱们一说就□，很简单！""瞧，那一大摊血，那不是鸡血，那

不是狗血，那是鬼子的血，咱们不吹牛皮。"老头子也坐在旁边，望着康元笑。合作社有三个退伍军人参加了游击小组。

敌人第二次包围脉道岭时，是夜间，康元跑了出来，沿口吆喝："鬼子来了！"一边吆喝，一边走，吐了两口血。

康元是脉道岭中队长，曾经在一二零师三五九旅当过重机枪手，因为受病，才回了家。这回敌人进攻，掳了他好几百斤花椒，叫他吐了两口血，这是康元的损失，可是武装部奖了他一只毛驴、一支步枪、二十块钱，全盂平群众都喊他"神枪手"。他成了□□□光荣的人！

一九四三年一一月一日

（《晋察冀日报》1943年12月30日）

迎接一九四四年——纳粹覆亡的一年

——新年献辞

充满着伟大历史事变的一九四三年，已经过去了。这一年中，斯大林格勒之役，标志了世界战争的转捩点，莫斯科三国外长会议与德黑兰三国领袖会议，标志了世界政治的转捩点。世界今后发展的方向已经确定下来了。在中国，陕甘宁边区的生产运动，敌后八路军、新四军的胜利与民兵的大活跃，各抗日根据地整风学习与防奸运动的开展，打破了日寇的"扫荡"、蚕食、经济封锁、政治阴谋与特务政策。中共中央十大政策，给了我们以信心与把握来度过抗战相持阶段中最困难的年头，来准备行将到来的反攻。四国宣言的发表、开罗会议的举行给了我国抗战阵营中的投降派、反动派以打击，剥夺了他们阴谋妥协投降的借口，这是苏、英、美盟国对我中国人民极其重大的帮助。

一九四三年过去了。更伟大的一年，在人类历史上更重要的一年——一九四四年到来了。只要第二战场一开辟，这一年就一定是纳粹覆亡的一年，是希特勒就擒的一年，是法西斯的恶势力及其所造成一切事物从欧洲大陆上扫除净尽的一年，是欧洲各民族与各国人民从死亡、饥饿、牢狱生活与专制独裁之下大翻身的一年。西方的这种变化，毫无疑义会大大影响我们东方。

战争与灾祸，是人类所不喜欢的。一九一四至一九一八年，爆发了规模空前的第一次世界大战。照理来说，在那一次大战以后，人类就应该可以防止第二次世界大战的爆发。但是为什么仅仅二十年之后，又发生了规模更大的第二次世界大战？这主要的原因，就是因为有一批反动派主张对法西斯纵容、对共产党反对。共产党做了许多最大的好事，如像推翻沙皇专制的俄国，建设没有失业、没有穷人的社会主义社会。共产党不论在什么地方、在什么时候，总是主张民主、主张进步，总是做好事，但反动派对共产党做的这许多好事都心怀成见，不但不赞成，而且还要千方百计地来破坏。法西斯本来没有什么力量，不过是几个流氓、一撮匪徒，只因为法西斯高叫反对共产党，反动派就把它当作宝贝，赞成它、纵容它，以至帮助它。最后养虎遗患，荼毒人类，爆发了第二次世界大战。靠得有个苏联，靠得有个共产党，才能打败法西斯，把人类从毁灭中挽救了过来。经过了这次大流血的教训，连反共二十年的丘吉尔也改变了态度。凡是不愿人类再有战争与灾祸的，到了今天，都应当知道：共产党是反对不得的，法西斯是纵容不得的。反共反苏的谰调，现在已经没有市场了。这就是为什么英美和中国尽管还有些顽固不化的反动派，尽管这些反动派还在反共反苏，还在纵容法西斯，还在把法西斯当作宝贝，而世界发展的方向，却与他们的主观愿望背道而驰。今年希特勒败亡之后，欧洲就是绝灭了法西斯匪徒的欧洲，就是社会主义与新民主主义的欧洲，这必然会大大影响东方，影响中国。此其一。

再就军事的形势而言。莫斯科会议、开罗会议与德黑兰会议，对于所谓"先亚后欧"的叫嚣，加以驳斥，确定了盟国的战略，首先打败希特勒，然后收拾日本法西斯。这个战略是完全正确的。一九四四年，盟国军队的主力事实上还不能移来东方对付日寇，但英美海军主力移来太平洋战场，则已经是很有可能的了。在太平洋战场上，盟军在一九四三年中取得许多胜利，逐岛推进，特别是阿图岛战役与吉尔贝特岛战役，守岛日寇全部歼灭，无一漏网，尤足称道。今年，由于英美海军主力可能移来，太平洋上海战与岛屿争夺战中，盟军必将大显身手，以完全取得制海权与制空权，为完全战败日寇奠定基础。一九四三年日寇已在哀鸣空军不够，一九四四年日寇又将哀鸣其海军的薄弱了。此其二。

综合起来看，国际形势对于我国的抗战，今年比之往年是更有利了。我们中国，如果在敌后各抗日根据地与陕甘宁边区，坚持实行十大政策；如果在大后方，国民党方面能实行中共《七七宣言》中所提出的"加强作战""加强团结""改良政治""发展生产"四条，正面与敌后共同努力，一切为着战胜日本帝国主义强盗，那么，再过一年，我国就可以开始对日寇进行战略反攻。

但是，我们必须深刻警惕读者：虽然国际形势如此有利，但抗战的难关并未过去；虽然四国宣言已经发表，开罗会议已经开过，但投降危险与内战危险并未完结。加以战争连年，明年各根据地必须接受晋冀鲁豫的经验，郑重周密地准备与灾荒奋斗。日寇的垂死挣扎是必然的，没落的中国投降派、反动派的发疯也是可能的，再加上天灾的威胁。因此，一九四四年将是抗战战略相持阶段的最后一年，但也许将是最困难、最艰苦的一年。

国际形势是非常之好的，去年一年的成绩是非常之大的，但切勿以此自满，切勿因此而有任何的骄傲，须知敌人还是强大，危险还未过去。必须精神上对于对付最坏的环境有充分的准备，始能临事不惧；必须在实际工作中兢兢业业、实事求是，依靠群众，不要脱离群众，始能取得新的成绩。

值兹新年，本报向我前线忠勇将士、民兵英雄、劳动英雄、各界抗日□人民致敬□

（《晋察冀日报》1944年1月1日）

游击组的夜袭

仓夷

在一个阴雨蒙蒙的黄昏,张保成、王敬长带着游击组员们到华山村里。华山村已经不是他们□□前的华山村了,所有的房子只剩下残缺的上梁,只剩下空洞的门窗、□□门□个被敌人烧成灰烬,街道已被□墙□□堵着,连猪圈茅厕也都烧个干净,埋着粮食的地窖,全被挖开,大缸砸碎,粮食被抢走了。张保成的爹、王敬长的娘被敌人杀死,张保忠被敌人绑在村里的小杨树上,眼睛、鼻子、牙齿被敌人的刺刀挖掉,粗的绳索把他紧紧地绞死,雨水浸着,绳子陷进肉里,解□解下□。雨水滴答着,死后的张保忠还仰着头,被挖过的眼眶□渗着血水,愤怒□□着。

所有的游击组员们都低着头,愤怒地咬着牙齿。

十二月九日的晚上,指导员张保成、治安员王敬长把这个惨象在游击组员们中间重述了一遍又一遍。他们写信给沟槽的中队长,要求派人来配合。他们派了侦察员,再三地去侦察栗园庄敌人的哨位,为了复仇,他们□□夜袭。

大明月亮地。三条黑影从栗园庄后山上□下来:张保成、张保勤、刘二保,在村西的要道口蹲下来,刨雷坑,埋了雷,就向村子走去。

街上,烧着□四堆大火,道上摆着扎好的驮子。院里有劈柴的、炒肉的,杂乱得很。这三条黑影挨近西头的一个大院,院里有人在审问被抓的老乡。

"说不说?八路军到哪里去了?"

"不知道……"

轰！轰！两声手榴弹。

张保成吃惊地望着张保勤、刘二保：

"这是东头响的？"

"东头！敢是易家庄游击组也来夜袭？"

村里没有动静。街上火照样熊熊地烧着。院里来往着行人，有劈柴的、炒肉的。

王敬长、陈先就也从北坡上下来，五个人的手指上钩着五个手榴弹，一齐向火堆里抛去。轰隆隆，像高墙坍倒一般，□□地壳都振荡着。

"八路大大的有！八路大大的有！"

大院里充满了沉重的、急促的脚步声，接着都爬上屋顶。掷弹筒向村外远远的一片□树林射击着，张保成就在屋墙边，紧贴墙根，向村北转移。月亮光下，二十几个日本兵□□□□□□□□了刺刀的枪，一直向村外追去，到水沟旁边伏下了。陈先就却跟在敌人背后，打了一个手榴弹，就向埋了地雷的小道上跑，要引敌人去踩雷。可是敌人动也不动。

第二天晚上，刮着刺骨的冷风。华山的游击组仍在张保成的领导下，在栗园庄后山上监视着敌人。夜静入睡的时分，敌人向西走了八九十个步兵，就断了头。村里的日本兵正在砸家具、锅、盆。忽然西边华台方面响了雷，翻回八个日本兵，领着一群民夫抬伤兵去了。

街上三盆大火越烧越旺，不见敌人继续开走。游击组在山上冻得牙齿打颤，钻进一个山洞里，张保成还在洞口张望着。

"嗷——嗷！"

村底下日本兵吆喝着。北山上哨棚里爬出一队日本兵，向村里走去。街上明亮的火光照着正在集合的日本兵。

"鬼子要走了，快准备！"

五条黑影飞跑着，顺着村西的一条大水渠，爬到"五十亩地"的西头。

"快走！快走！"

领头的一个日本兵，催着民夫。背后跟的是马队，每个日本兵都牵着一匹马，无声无息地走。一个、二个……一百个、二百个，没有了。村里还有嘈杂的说话声。

"等着吧！打敌人的尾巴！"

他们在冰冷的水渠里伏着，月亮已经偏西，三星到了半空中。五个人的手脚都冻僵了。两个钟头过后，大队的日本兵才又出发了。

"我们地雷都埋在那小沟里，要是埋在这大道上，准可以得两支步枪！"

张保成低声地自语着，可是现在要埋就来不及了。

月光里，分明地看见五六百个敌人，都走出了村子，最后还跟着一个骑马的军官。我们这五个伏击的游击组员分成两班，陈先就、张保勤顺着水渠赶到河滩旁，掷出了两颗手榴弹。手榴弹撞击了石头，骑马的军官突然向前一纵，火光一闪手榴弹炸开，陈先就紧追上又抛了两颗手榴弹，敌人步兵"哗啦"顺着河滩散开，掩护着驮子急急地过河。

张保成、王敬长、刘二保轻捷地爬过村子的后墙，进入村里。大街上挤满了一群黑影在蠕动。张保成"当"地打了一枪，三个伪军、五个民夫叫嚷着向村外跑去，追上一看，是无数的羊。张保成三人驱赶着，把羊赶进了北沟，背后就响起了机枪声，这是易家庄的敌人又上来了，可是敌人迟了一步，两百八十三只羊，全被我们的游击组赶回到华沟，这时天色已经大明了。

游击组们虽然辛苦了一夜，但是他们把夺获的这些羊群，都叫原主来认领。领羊的有石牛河、赤马坞、东湾里、尽河的老乡。羊的主人说着许多感激不尽的话,还送些羊慰劳他们,然而,游击组员们都谢绝了,他们惋惜的是地雷没有起作用,他们说:"我们是为了打击敌人,为了报仇的!不是为了发洋财!夺回羊群□保卫老乡的物资是我们的责任!你们都回去好好地喂着吧!"

十二月十二日于华山

(《晋察冀日报》1944年1月1日)

在灵寿"治安区"

秋浦

到了灵寿城的附近,到处都可以见到矗立如林的堡垒、纵横交错的沟线和那带有血腥气味的太阳旗。据同行的一位向导说,这里就已经是到了所谓"治安区"了。

"治安区",照敌人的话说来,就是"明朗"的,但是,敌人在"治安区"的所作所为,和它"扫荡"时在我根据地内的暴行,是并无什么区别的。一句话:一样的是杀人放火,一样的是抢掠。

在灵寿"治安区",敌人究竟是杀了多少人,是难以清算的。据所知者,仅石坎一地,即有二百五十余同胞惨遭杀戮。石坎是敌人的一大屠杀场。石坎的翻译官"大老张"(系日人),已经是成为一个众所周知的杀人阎王。除石坎而外,慈峪一次即被杀十八人,西青同一次十二人,东刘家庄、西湖社、胡家庄一次各八人,南广化、东青同一次各六人,北燕川沈老忠一家四人,也都被杀了。现在在"治安区"居住的同胞,对于每天黎明前都感到特别的恐怖,因为敌人多利用这一时间包围村庄进行捕杀,这几乎是每个同胞的一个生与死的分水岭。

比起杀人来,在灵寿"治安区",放火是比较不常见的,这也许是敌人为了显示他"治安区"内农村的"和平"景象吧?!但就是这样,南北贾良等几个村子,已被烧得一片灰烬了,而且有很多村子的墙上的砖,也都被拆去建筑堡垒了。

说起敌人的抢掠花样,那真是非常繁多的。如果大致上区别起来,那么就有野蛮的抢掠和"文明"的抢掠两种。所谓野蛮的抢掠,就是不管什么东西,见了就抢。东西刘家庄、贾庄等村的粮食财物,是这样在敌人的刺刀威胁下，用十二辆大车，整整地拉了三天拉光的。十一月十八日，灵寿城里出来不到一百个"讨伐队"，沿村"扫荡"，把老百姓所有的东西，也都扫光了。其中金山一村，被害尚属较轻，但计算起来，就已经被拉走了驴六头、羊六只、猪三口，驮走了白面一百二十斤、麦子百余斤、小米三斗、盐五十斤、被子十二床、衣服八十件（其中有未满三岁的小孩的衬衣□件），还有其他什么老太婆的鞋子之类。至于"文明"的抢掠就是不亲自动手抢掠，用威吓的方法强迫老百姓送来。现在各地堡垒上的敌人，动不动就开个条子，向村子里要大米、要白面、要钱、要肉、要油、要盐、要香烟、要鸡蛋……条子几乎是千篇一律，这样地写着："奉大日本皇军命令，要你村送××，如不送到，讨伐到你村，大烧大杀。"各村为了应付敌人这种"文明"的抢掠所花的钱，数目是极其惊人的。如北广化这样一个□□四十户的村子，从四月到□□□一□间，就已经花了二□□□元。

　　□敌人这种残暴的烧杀抢□□□灵寿"治安区"的同胞，是整天地过着一种非人的生活。田园是荒芜了，如素称富庶的南北燕川，就至少有二分之一的土地没有人去耕种。死亡率是激增了，如台庄等三十八个村庄，今夏即有一千八百余同胞病死，其中司家庄全村四百人中，病死的占了四分之一。

　　在灵寿"治安区"内巡视了一周，记者耳闻目睹上述情景，不禁深深地感到：所谓"治安区"实在就是一片血腥统治的地区，尽管敌人狂吠他在"治安区"内的"明朗建设"，但这不过是欺骗人们的幌子而已。

　　当然，上述情景，只是灵寿"治安区"内黑暗的一面，在另一方面，记者也曾看到它光明的一面，那就是那里的同胞已经由痛苦的经验中坚强地站了起来，并且向着敌人作着英勇的斗争了。

居住在灵寿"治安区"的同胞,现在他们誓死不赶敌人的集。敌人在慈峪、台庄所设的集,每次虽然用刺刀去强迫人们来赶,也不过寥寥二三十人而已。相反,抗日政府在××、×××等地所设立的集市,则是人山人海的。他们誓死不受敌人的奴化教育,结果敌人在"治安区"没有能够成立起一所学校。相反,抗日政府所举办的冬学、夜校,则是相当普遍的。他们誓死不用伪钞,结果伪钞的流通的范围,被局限在城里和堡垒里。相反,边钞的流通范围不仅在广大乡村,而且也能流通到城里和堡垒里。

居住在灵寿"治安区"的同胞,他们还曾广泛地开展游击战,不断地袭扰着敌人。灵寿城到石坎的汽车路,经常受到他们的破坏,结果连汽车也不敢走了。西菅村堡垒被他们围困一天,两次出扰的敌人均被击退。泉水涧埋的地雷两个,曾炸伤敌人两名。杀人阎王"大老张"被另一个地雷炸伤了腿后,迫使得他现在还在病榻呻吟。

在灵寿"治安区",记者曾亲见那里的同胞,白天在离堡垒二三里的地方召开着大会,讨论抗日政府的法令和指示;记者曾见那里的同胞,天才地创造了一种"堵门战术"(就是把哨放到堡垒门前,敌一出动,就赶紧回村报告),来反对敌人拂晓包围村庄进行捕杀的阴谋。"敌来就跑,反正不让他抓住活的",这是"治安区"同胞一致的认识。基于这种认识,十一月十九日塔上有个青年,因为敌人追得太紧,没法逃走,结果是跳井了。

这样由于对敌斗争的展开,敌人在"治安区"的统治是显得太不可靠了。一次,伪县长王逆景林亲自出马到西青同,说是要"宣抚"人心。但当他对着村子里的老太婆们说完"以后可不要跑,你看皇军多好,又不抢又不什么……"的时候,一个老太婆当即起立责问:"你们就是会讲漂亮话,你们不抢,我的粮食我的东西都给谁抢了?"结果,伪县长感到无话可对,就趁早溜之大吉,以后再也不敢出来"宣抚"了。

巡视灵寿"治安区"归来,记者的感触是千头万绪的。但概括地说起来,也不外下面两句话,即:灵寿"治安区"现正交织着黑暗与光明,但光明是一定能战胜黑暗的。

(《晋察冀日报》1944年1月8日)

井陉游击大王许二九

锦声

中队长许二九，今年八月间得到×分区武装部赠予了井陉游击大王的光荣称号，从此，他的大名就传扬在井陉全县人民当中了。在这次反"扫荡"中，他曾以惊人的勇敢，几次袭击和炸翻正太路上敌人的火车，并曾深入到敌人据点夺取电话机子等。这些英雄的行动流传在正太路附近，成为万人称颂的故事了。

九月初，许二九带着一个民兵，化装到娘子关附近，把炸药埋在铁路上。这一次炸翻敌人火车五个车厢，事后敌人到处寻觅这个胆大的炸车人，可是毫无所获。过了十来天，许二九带了十几个民兵，又飞行袭击到正太路旁，这回他带了两个巨型地雷，每一个民兵随身带着三个手榴弹。地雷埋到了铁道枕木下面，人们一线散开完全隐蔽在一旁等候着。一会儿，火车锵锵行近了，十几个人的眼睛一齐凝注在埋地雷的道木上，呼吸屏息着，心脏急跳，眼看火车头"嗤嗤"地轧过去了，许二九急得眼睛发红，十几个同伴都急得发抖，一声呐喊，不约而同地冲到火车旁边了。十几个手榴弹照准护车室一齐掷进去，十二个□车敌伪警兵当下做了"无言凯旋"者。二九和他的同伴们还不放手，车窗上、车皮上到处被他们用石头砸毁。愚蠢的敌人和密探们，至今还在捕风捉影地捕捉截车的人。

十月九日，许二九正在家里筹划出去，区里康副教导员来了，商量了一番之后，二九把冲锋枪放在口袋里，康副教导员把六轮子插进腰里，两个人如割草的老百姓一样地打扮着，冒险混过了正太路，渡过锦河，一直走进南峪车站附近的小工厂。

一个鬼子正集合着工人们，站在院子中间不知道在闹着什么。二九轻轻走上房去,冲锋枪对准鬼子的背心架好了。康副教导员一趄身进了房子,屋子里一个汉奸正斜倚在桌子旁边呆望着窗外,副教导员把六轮子指向汉奸的胸前,在慌张举起来的手臂后面,康副教导员看见装电话机子的匣子,随手把电话机取过来,挟在胁下就转身走出来了。许二九不用招呼,早就一同走出工厂。他们一路走,一路向两旁的群众高呼:"我们是八路军,老百姓不要害怕。"工人们都稀奇地望着他们,带着隐藏在嘴角的微笑,目送他们安然离去。鬼子和伪警们追出来的时候,他们早走得无踪无影。

在家乡里,妇女和小孩没有不认识许二九的。青年们见到他好像见到他们的司令员,争先向他问询:"今天有什么要干的,打个话。"他们常常欢天喜地地随他一块去破路。

许二九今年不过二十八九岁,家里很贫苦。抗战前,他在路南做过石工,抗战后回到家乡养种几亩薄地。一九四一年,敌人秋季大"扫荡"后,家乡被敌人造成"无人区",乡亲们流离失所。幸亏抗日政府极力救济,区干部亲身到那里领导群众对敌斗争,终于把"无人区"翻转过来,恢复了农民的田园。二九从此更加坚决,在和敌人每一次战斗和斗争里,他从来没有软弱过,人人都知道他是勇敢善战的人。

敌人和汉奸对他没有办法,在每一次遇到他袭击和破路之后,鬼子和汉奸除了疑神疑鬼闹腾几天以外,只有造成许二九再度袭击的良好机会。

十二月八日

(《晋察冀日报》1944年1月15日)

敌伪"新国民运动"的失败

远千里

敌人在冀中实行"五次强化治安"失败之后,提出了一个新的口号,即是要求"对于共产党的再认识"。在敌人的《新进月刊》上曾发表了伪《华北剿共座谈会》的记录,说到以往"剿共"的方法及宣传都是错误的,说:"共产党、八路军杀人放火,引起民众反感。共产党、八路军并不杀人放火,民众与之朝夕共处,欺骗不得。民众也常见杀人放火的事实,但那又不是共产党、八路军办的事情。"因而他们发现了"以思想对思想""以组织对组织""以军事对军事",是"剿共"的至高妙策。他们曾检讨了自己:"以言思想,哪里有一套思想系统。对于民众共党更能予以利益,是故民众心理倾向于'匪'。""以言组织,则组织庞大,机关虚设,县科昼夜聚赌,动辄输赢万千,试问此钱由何而来?获鹿县知事贪污三百余万元,其他公务人员可知。徒使民众痛苦,何能获得民心?""以言军事,则警备队之腐化堕落,又远非有政治训练之八路军之敌。"

但敌人的"新国民运动"还是只得依靠这样破产了的资本来进行。在×分区,敌人选择了任邱、高阳两县为重点。首先在高阳召集了七千余人,在任邱召集了二万七千余人,进行"思想训练",迫群众供出工作人员及地洞。结果因群众无人肯供,于是敌人开始打人、挑人,几万群众,六天没有给一滴水、一粒米,饿死很多。后来又逼迫各村用粮食赎人,才算逃出一部分。现在全冀中人民已经了解,所谓"新国民运动",乃是新刮民运动。敌伪要"获得民心",除了使万民切齿痛恨外,是得不到什么的。

最近敌人又组织一"武装工作队",深入各村,企图"改造民众思想""建立民众组织"。改造民众思想是限令各村人民一律背过"反共誓约",不背的活埋。敌人每到一村,先挖好五六个大坑,然后开会,威吓人民。在高阳三区,有一个老头一条也背不上来,结果被活埋。现在各村民众对敌此种毒辣行为,愤恨已达极点。

"建立民众组织",是"八路军有什么,咱们也要有什么"。限令各村成立伪"工会""农会""青会""妇会""儿童团""武委会"等等组织。有不愿加入的,被敌人活埋了许多。

从敌人所用的方法来看,我们知道敌人是用更残酷的杀人、埋人手段,来镇压人民。然而,这却更增加了人民对于敌寇的仇恨。敌人在更残暴地掠夺物资与毒打、残杀人民,让各村拿粮食去赎,借口某村有八路军,套大车把该村的粮食、农具、衣物,拉抢一空。敌人向群众公开征收粮食的数目,等于人民收获的五分之三。这样就使群众对日寇的仇恨更加高涨。

"新国民运动"失败以后,现在敌人又在宣传"政治的不要了""老百姓'匪'的一样""多多地杀老百姓的没关系"。敌人这种血腥的屠杀政策,正说明着敌人已丧失了一切胜利的信心了。

(《晋察冀日报》1944 年 1 月 15 日)

边区各界庆祝反"扫荡"胜利控诉复仇大会上爆炸英雄李勇同志的讲话

子弟兵、民兵及全体到会同志们：

今天召集这个大会，有好多首长把大会内容报告过了。我参加这个大会很兴奋，想给老乡们说几句话，把我这次反"扫荡"期间爆炸经过报告一下。前年五月第一次敌人奔袭的时候，我们研究了敌人的规律。去年九月敌人"扫荡"边区，第一次敌人快到铁岭，我们就得到了消息，主要加强警戒、封锁、侦察报告工作。敌人到了铁岭，我马上带游击小组到铁岭去。敌人捉住老百姓找地雷，老百姓说："不知道！"后来找到了，地雷爆炸了，敌人"嗥嗥"地叫起来。敌人休息的时候，我们用步枪打死了他两个，敌人用五挺机枪向我们扫射，用大炮、飞机威胁我们。第二次，王快上来一路敌人，王林口下来一路敌人，这时地雷埋好了。上边的"轰！"下边的"咚！"上边炸死了一个打白旗的，下边炸死了一个打黄旗的。那个白旗我们得了。□敌人去□，地雷又炸了，敌人不敢动，又"嗥嗥"地叫起来。后来死的上了驮子，伤的找门板抬，两个鬼子去找门板，可是门板上正好也挂了一个地雷，把两个鬼子都炸死了（鼓掌）。这时敌人用手扒地雷，扒出了没有？扒出了一个，好多鬼子围着来看，正在他们"哈哈"大笑的时候，旁边的地雷响了，又炸死了好多敌人。敌人没办法，又用大炮威胁我们，打了二三十炮，走的时候不敢走大路，从稻地里走。当天下午我们去检查，晚上又开会讨论如何爆炸敌人——决定在敌人走过的地方埋。第二天敌人又上来了，山坡上有，大路上有，我们立刻把地雷埋在山坡上，敌人来了又照原路走，地雷又响了，敌人和牲口都不敢动了。以后敌人每次来，地雷每次要炸。我们常学习研究琢磨爆炸的办法，敌人从河边走，河边炸；从河里走，河里陷；从苇地走，苇地炸。以后敌人修汽车路修到我们村里，三四天汽车就上来了，第一次我们炸毁了汽车，没有炸着人，我们研究琢磨炸他的人：在旁边埋地雷，炸着汽车，上面的人一定下来，这样我们炸着了好几辆汽车。今天我们总结，共响地雷六十九个，伤亡敌人三百六十四个（热烈鼓掌）。这些成绩的获得，是由于上级党正确的领导、武装部正确的指挥、子弟兵的帮助和游击小组大家的努力。我们并不满足这样成绩，还要虚心学习、研究。我们进步，敌人也会进步，我们一定要比他高一步才行！我希望全边区的民兵游击小组努力学习。刚才许多首长报告过了，敌人给了我们好多灾难，我们不但要消灭敌人，而且还要响应首长的号召，努力生产，增加肥料，把我们的地耕好，渡过今年的灾难。今天的爆炸英雄，一方面要做战斗的模范，一方面也要做劳动的模范。这是我们应当努力的。下次敌人再来"扫荡"，我们要叫他好好地尝尝地雷的滋味，给我们死难的同胞报仇！（台下高呼："向爆炸英雄学习""为死难同胞复仇！"）

（《晋察冀日报》1944年1月16日）

坚贞的女性

易县××村妇女孟秀荣，在反"扫荡"里被敌捉住。敌人问她八路军、区干部、武工队都在什么地方？她一连说几个"不知道"，敌人连扎她七刺刀，她也没有说出一句实话。（钟讯）

当敌人搜索龙华、良岗一带时，康凤贞的丈夫正病着，她不忍把自己的丈夫丢在家里，就把他背在一个山洞里，自己坐在洞旁。当敌人发现了她，她一面应付着鬼子，一面设法把洞口遮蔽起来。敌人要拉她走，她痛骂鬼子，死也不走。后来敌人气急了，就连刺她几刺刀，过了两天才死掉。可是她救了自己的丈夫，还保全了自己的贞节。（佚名）

×县东××村，在反"扫荡"里，有九个壮年妇女被敌人抓回家去。有一个妇女被敌人逼迫着找粮食，可是她一进家，就恐怕敌人发现公粮坚壁的地方，她就倒在洞口上。敌人搜索了一会也没找到，就堆些柴火把这个妇女烧死，可是，公粮始终未被敌人找到。其余八个妇女，虽然都身受一刺刀或两刺刀，也都没说出一句口供，现在她们的创伤已经快好了。（张森）

（《晋察冀日报》1944年1月17日）

从反"扫荡"里看到胡顺义

——劳动英雄访问记

巴克

"不但会生产,而且还会保存",这是齐区长在反"扫荡"以后对我们劳动英雄胡顺义的评语。

在反"扫荡"起初一个时期,只是敌人的运输队经常在西大道来往,胡顺义和他的村都动员了起来,紧张地抢收粮食,于是玉茭、谷子、山药、萝卜都很快收藏起来。胡顺义看□了敌人抢粮的阴谋,老早就提出这样的口号:"我的粮食不回村,就收就埋。"这样二十多亩玉茭很快就分散埋藏好,大山上廿多亩山药、萝卜也在山里挖窖坚壁起来。

敌人驻在西下关,开始"清剿"八路。胡顺义的家乡敌人每天要去"拜望"一次。胡顺义和村里的人们都逃到深静的山沟里,游击组在前面警戒着。胡顺义的家坚壁得像水洗一样干净。傍晚□□□□□□,胡顺义又吩咐他的儿子去把门窗都背出来,尽管鬼子去发泄他的兽性吧!他的儿子曾出主意:"咱们把房子上的瓦也取下来,让他去烧个空房架。"胡顺义当给他解释:"不要,就是烧了也不要紧,咱们逃出来准备好房椽子,鬼子走了又是新平房。"

胡顺义老早就估计到,鬼子一来不是三天两天的事,于是除了大部分粮食坚壁以外,还特别留下了两三亩玉茭长着不动,好供给反"扫荡"中吃用。白天一家把东西坚壁在山里,人们都爬上高山上瞭望着敌人。晚上,就找人回去搞粮食。在五六十天紧张的反"扫荡"中,胡顺义全家没有遭到多大的困难。

胡顺义家里养着五头牛、两个驴,在反"扫荡"中,把它分出了本村的牛群，每天让他的儿子分开放着。村里的牛被敌人赶走了一半，而胡顺义的牲口却一点没有受损失。

胡顺义的二儿子是村公所的教育委员。敌人来了，教员不在村，他把校里的一切东西都背到远远的深山里去，哪怕是一个纸屑，也不叫敌人见它的面。

敌人退出了西下关，胡顺义一家都回到村里来，细细地总结了一下，粮食和一切都一点没有损失。八十多岁的老母依然结实，害了七八个月病的胡顺义也恢复了健康，除了遗失点小东西外，儿媳妇还给胡顺义添了一个小孙子，给我们的劳动英雄带来了新的快乐。

胡顺义的行动成了全村人民的榜样，大部分的人都照着他学，在今年反"扫荡"中他们的村庄没有遭受到严重的损失。

反"扫荡"胜利以后，胡顺义给村干部们建议："咱村该好好检讨检讨，战时那些小偷应该处理，游击组的人们辛苦不小，咱们应该慰劳一下。"

敌人走了，胡顺义赶快把粮食背回来，全部打下分两起晒干，好的交租子，好让人家缴公粮，受潮坏了的，留给自己吃。

张永金是他们褊村的一个老头，敌人抢去他的粮食，抢走了他的耕牛，他正发愁没法再买耕牛，就来找胡顺义商量。胡顺义痛快地给他出了主意，把自己最好的牛□伴喂给他一个，解除了他心坎上最大的困难。胡顺义说："咱们村里的牛被敌人赶走了一半，明年要把牛好好组织起来，发扬互助友爱，借给没劳动力的使，不叫地荒着。今年咱村开了四五顷荒地，明年还得开四五顷。让大家准备好粪草，明年可得早点下手，提防鬼子的春季'扫荡'。"胡顺义还建议政府，迅速给□区解决大麦、春麦的籽种，解决农具耕畜，对受灾严重的人家表示非常关心。

胡顺义又常对人说："除了开荒以外，今年增产了两石粮食，明年更得加油，更要多打粮食。"

胡顺义亲自看到他的村在八路军、共产党来了以后，全村的生产大大发展了，人们的生活慢慢好起来。现在他常常在心中琢磨，明年生产怎样搞。在不久的将来，他将做出全家和全村的生产计划。

胡顺义近来又常常打听区里县里是否开群众大会，在大会上除了公布他的生产计划，他还将更有力地、愤怒地控诉日本法西斯的罪行。

(《晋察冀日报》1944 年 1 月 20 日)

陕甘宁妇女劳动英雄王老太太的生涯

午人

安塞白家坪王老太太,在去年春天被奖为劳动英雄。她虽然已是六十多岁的人了,却有旺盛的生活力,劳动不倦的精神,奖励对于她不是满足,故去年她的生产是更认真、更有计划、更加紧了。她自己亲手在两垧半的土地上,种了糜谷庄稼与菜蔬约二十多种。为了向群众宣传,她自己先试种了棉花和花生。她帮助别人生产,借粮食给别人,鼓励男人多开荒、种地,鼓励女人多纺线,并耐心地教给别人种棉、种菜、纺线的具体办法,给群众提出许多有关农作与管理家务的意见。

于是在附近各村里,群众以敬佩的心情传说着王老太太的生产、她的为人、她的勤劳精神。

王老太太去年收获比别人多出三倍,她所种七分半地的软糜子打了七大斗粗粮(晒干后是六大斗),这按群众每垧(地三亩)平均七斗的收成就多出三倍以上,□八分地的棉花收了四十多斤。此外各样庄稼和菜蔬也分不开各种了多少地,都是这一块那一片地种着,所以只能看地的收成,计打白豆三斗五升、玉米二斗、谷子一斗五升、稻黍一斗五升、红豆六升,共打粮食一石六斗多(都是大斗)。就此不算所种的八分棉花地,只有一亩七分地,收得这些粮食也算是足够了。可是就在这些土地上,还收了很多的菜蔬,白菜除腌过的四缸外还余六百多棵,七八斤重的洋芋三大袋(约一百五十斤),白萝卜四大袋,南瓜一百多个,葱一百多斤,黄瓜三千多条,辣子三十斤,洋葱五十斤、黄萝卜四十斤、西红柿三百来个。另外,又收西瓜六十四个,小瓜二百多个,扫帚一百多把,还有试种的四棵花生打了一碗花生仁。为什么两垧半地到她手里就能出产这么多东西呢？没有别的妙法，正如王老太太自己说的"只有勤务养、多上粪"。她的七分半糜子上了十袋粪，锄了五次，玉米也锄了三次，并都翻过两次，棉花锄了五次。对于菜蔬，她是经常不离地的锄草、垒土、灌水、打叉。她有务养的经验，白菜苗子留的相距一尺二寸远才能长得开，当一尺高时□一次大粪后才能长得高；瓜秧曾压五次蔓，随长随压□足劲的才能多结果，且于蔓长五尺长时上粪，粪要埋到离根七寸远，有肥力，而不烧根蔓。

她种棉花的动机特别有意义，她说："丰衣足食是毛主席号召咱全边区的任务，现在地种多了，粮食打得多，有了吃的，穿的还是大问题，这就要多种棉花，要群众都愿意种棉花。我先种些叫大家看看，他们看见有利再教给他办法就好宣传。"是的，她种棉花是为安塞的植棉发展而试验的，且已证明了安塞是能种棉的。

因为她的目的是要推动大家自愿种棉，所以当她打棉花时，附近许多男女走进她的白花花的地里，羡慕地问长问短，她就趁此宣传大家，且在花枝上具体地教他们如何打尖、打叉、留枝，也说到种棉的各种常识。特别说到种棉花的利益，不但棉花能纺线织布，棉秆可以烧火，棉籽又能榨油，可以吃又可以点灯，种棉实在是一本万利的事情。于是就有十三四家老百姓同王老太太约好要种棉花，请她指教帮助，王老太太不但答应，而且送给他们棉籽，不取价钱。

她不但在农作上有这么多的经验，而且有管家务的经验。她一个年老女人照顾生产、开磨坊，来往市集上做些生意，赚了很多钱，除供给了自己的生活消费，她还给几个外甥补助上学的纸、笔、衣物等，自夏至今给小孩买了三刀纸，又给外甥换了三块被里、一个被面。她曾□了八只鸡和许多鸡蛋到延安给女儿和女婿，这就帮公家节省了很多照顾和开支。

她喂两只牛（已卖了）、五只鸭子、四十多只鸡（去年抱了四窝），应该是坐下享福了，但她却很省俭勤劳，保持着她过去的"卷起袖子，束上围腰，又是做饭，又过光景"的传统。家里的事情要她管、要她想，还要她动手做，在地里劳动一天，回来要自己做饭。可是她除了日常家庭的劳动和在地里生产外，还割野草、拾柴、拾豆子。她曾割野草供给两个牲口吃两个月，又由七月拾柴火，到现在就没买过柴。秋收后，除亲自收割和背□外（近处她背，隔□远处的是别人背），又抽空来往徐家沟、小草沟门、郝家洼、一道川等十多里路上拾捡人家收后丢掉的庄稼，光豆子就拾了四斗三升，把一部分拾的绿豆卖了，买一双鞋送到县政府拥军了。九月二十二那一天，她就摘了八斤棉花，拾了四十多斤柴，又拾了半升豆子，由此可见她终日是如何的劳动不倦啊。

她认识到大家都应该好好生产，所以她随时随地向群众宣传，而且具体帮助，走到谁家就给妇女们讲说纺线的好处，如有纺车，她就动手纺给她们看。又如对二流子白家宇，借给一斗米帮助他，又给他的小孩四件旧衣，到夏收后白家宇心里不过意，要还她麦子，老太太说："麦子贵，不要，等到秋后还我米好了。只要你勤劳生产，我是愿意帮助的。"由于老太太的教育和鼓励，白家宇今年便开了五垧菜地，一共种了十多亩地，都务养得不错，不像去年种六七垧地还荒了。所以有一次白家宇说："我总记住你老人家的话，好好生产，今年、明年、后年就能够奖个牛。"老太太也回答得好："你好好生产，我请你的客呀！"

对今年的生产王老太太已经有了计划，除一般庄稼和菜蔬照去年一样进行外，要种一垧棉花和四分地的落花生，用白菜换买两条驴子，和原来有的一骡一驴在冬季帮人家驮煤，不在乎赚钱，只在牲口自供草料，过了旧历年就要加入合作社运盐。是的，她又要在运盐上做榜样了。

　　同样，对群众今年的生产，她也有改进的意见，就是说今年还要开荒，多种庄稼，多打粮食，使日子过得更好，更加增加保卫边区的力量。第二件重要的是多种棉花，穿衣服就不求人了。在做庄稼上她主张勤务养、多上粪，家家建立厕所，多收拾粪，甚至于要多买粪，她说："买粪并不是白花钱，到粮食打下就不难明白买粪不吃亏的账了。"（新华社延安通讯）

(《晋察冀日报》1944 年 1 月 20 日)

宋 天 德
——反"扫荡"散记之三

仓夷

反"扫荡"战争的烈火，燃烧到胭脂河南岸的大山谷里的时候，卧鹅顶、鹰嘴石，那些被云雾笼罩着的高峰上，每天都有枪声，都有无数的人的黑点在移动。

年轻的游击组员宋天德，在敌人的包围圈里打游击，经过许多次的危险之后，被敌人围住了。

在一个高耸云霄的山巅上，有两个日本兵发现了他："出来出来！"宋天德就拨开浓密的荆丛，瞪着黑溜溜的小眼睛毫不犹豫地站起来。

"干什么的？"

"放牛的！"

"牛呢？"

"你们赶走了！"

宋天德圆圆的脸孔突然映出红光，天真地呆望着那个矮个子日本兵的腰刀。他淳朴得可爱。日本兵得意地一笑，又立刻装出了怒容。

"走走，带路的！"

"上哪里？"

宋天德嘴□□利地回答着，心里却万分着急。给鬼子带路是汉奸做的事，他是村青救会的干部，又是村游击队员，决不肯违背《争取反'扫荡'胜利誓约》。

鬼子要到石梯村，宋天德用手指着路，自己在背后跟着，走到一个高坡上，再往下走就是个悬崖。"从这里下去，慢慢地爬下去。"

矮个子日本兵面上露着为难的颜色，但是这崖下就是他要去的那个村子，看得清清楚楚的。他第一个倒爬着这个崖，一手扶枪，一手扒石缝里的小草，要是一溜□，跌下崖去，就得摔成肉饼了。

宋天德想到逃跑的机会到了，用脚向日本兵头上戴的钢盔猛力一踩，撒腿就向斜坡里跑。另一个高个子的日本兵正在高坡上瞭望着，听见一声"哎哟"，又见钢盔、步枪、水壶撞击着石崖的声音，赶快追下来，打枪，在黑石缝里、荆丛里到处找寻着，都找不见宋天德。

夜里，冷静的月光照着山谷，山岭上、山坳里、沟底的村里都扎满了敌人的哨棚，敌人的哨兵在山头上烧着红红的篝火，火光连成一只有毒的臂膀，把这一带二百多的老乡全包围在大山谷里了。

只有村游击组转出了敌人的包围圈，在格拉沟集合着。大家都在议论转移老乡的办法，宋天德也在发表他的意见：

"走吧！他们都在×××和×××里，我们今晚就把他们领出来，不然明天鬼子再一搜山，就免不了要受损失！"

所有的游击组员们都穿过敌人的岗哨，回到自己的村里，找寻着乡亲们，找寻着散落在山坡上的牛、羊、猪、衣服、被子。人们都钻进山洞了。在这巨大的山的怀抱里，看不见一个人影，又不能吆喝，他们只能用长长的木棍子，在每个石缝里捅着，棍尖碰着绵软的东西，就爬进去，低声地说："快出来跟我们走吧！大娘，我们是游击组！"

在敌人的哨棚旁，怕敌人发觉，他们都把鞋子脱了，光着脚掌，从粗砺的崖石上静悄悄地走过。月光照着这山坳里有无数的人的黑点在移动，在人群的后面，还跟着成群的牛、羊、驴子……

人们一想起这残酷的战争的日子，都永远不忘地怀念着他们的游击组！

十一月记于阜平广安

（《晋察冀日报》1944年1月22日）

展开反"清剿"反"封锁"的斗争

去年秋季经过三个月的苦战，我们粉碎了敌寇对我北岳区的"扫荡"，敌寇消灭我根据地的阴谋企图失败之后，就加紧了他对我根据地边缘地区的"清剿"与"封锁"。

上月二十五日，完县敌人五百多曾进犯我贾各庄、南峪地区，满城敌三百余进犯岭西一带，界安金坡敌五百余进犯步乐、娄山。新年以来，涞源、徐水、行唐等地敌寇亦曾四处抢粮，在完县、唐县、望都地区，敌寇组织了"清剿队"百余在尧城、庄里、朝阳等地"搜剿"，而最近定县、曲阳、新乐的敌寇，更集结五百余人，配以伪治安军一营，从六日开始至十三日之一周间，残酷"清剿"我曲阳南□□赵等四十几个村庄，大肆抢粮，并捕捉我青壮年一千五百余人。曲阳卢山敌二百余亦于七日起向我口南地区进行"清剿"，同时平山、灵寿、井陉敌寇一千二百余亦于十五日进犯我温塘、洪子店、黑水坪等地。雁北古之河、北泉的敌寇连日更强迫该地居民集家并村，企图造成"无人区"。这些都是敌寇对我新的"清剿"蚕食计划实行的开始，这是他对我根据地"毁灭扫荡"失败后新阴谋的一方面。

与"清剿"蚕食相结合另一方面，则是新的"封锁"政策的实行。敌寇要掩护他在沟线外的抢粮，同时企图趁着他着重在经济上破坏我们的"扫荡"失败之后，继续从经济上围困我们。因此动员了一切伪组织，对我北岳区周围实行"经济的封锁"。敌寇在正太线以北、平汉线以西的地区划成所谓"封锁遮断地带"，禁止一切物资流入我区，并禁止向我区邮寄包裹。对民众日常用品也只允许在他所规定的有限的"搬运时间"之内，经伪政府发给"许可证"之后才能运送，并且以"没收财产""死刑""罚金"等严刑苛法为威胁，以强制实行其封锁。这实际上是敌寇加强其对我的经济抢掠和加强其对敌占区的经济统制与勒索榨取的一种阴谋。

敌寇企图用"清剿"与"封锁"这样双管齐下的狠毒的办法，来缩小我之根据地与枯竭我之根据地。因此，我全体党政军民必须万分警惕，集中力量反对敌之"清剿"与"封锁"，继续发扬反"扫荡"的光辉胜利，去粉碎敌寇的新阴谋。

我英勇的子弟兵在近半月中，正为着反对敌寇的"清剿"蚕食而不断战斗，并且在沟外地区已经获得许多新的胜利。在徐水和满城的沟外及平山西部就连续攻克与逼退了敌寇的堡垒十一座，平山的大齐、小齐、近掌、徐水的胡庄营、大辛庄、大营镇和满城的安家庄、神背山、苏村等大小据点都已经被我军收复了。现在反"清剿"的斗争更加紧张，要求我们把各种力量更进一步动员起来，把各方面的斗争更密切地结合起来，打垮敌人的"清剿"，坚持我们的阵地。

另一方面，我们必须根据过去的经验和当前新的情况，加强对敌的经济斗争，提高斗争的艺术，打破敌之经济封锁。很显然地，支持长期战争最主要的物资就是粮食与原料，这些都是出产在农村。我们的根据地就都是农村，有粮食、有原料，我们只要完全掌握住这些物资不被敌人所掠取，我们在经济上就能自力更生。现在敌人正因为粮食恐慌与经济危机的严重，闹得焦头烂额，要企图挣扎。他只有用强盗手段抢掠粮食与原料，在敌占区实行所谓"配给制度"，拿着纸烟、罐头、人造丝等那些无用的工业品和不值钱的伪钞来强迫换取敌占区人民的粮食与棉花等原料。除此以外，就是用野兽的武装向我根据地进行疯狂的物资抢掠。因此，在敌人的残酷榨取之下，敌占区、游击区同胞的生活一天天地愈加恶化起来，他们对敌人的反抗正在增长，他们与根据地人民愈加密切，依靠着共同进行反封锁的斗争。我们有了人民的依靠，便能粉碎敌人的经济封锁。

敌人是把他的"封锁"与"清剿"结合起来的，而且重点在于掠夺我们的物资。许多地方敌人进行"清剿"蚕食，掠夺破坏我们的人力、物力，同时也就推进了他的"封锁"与"遮断"，当他达到了对一个地区的"封锁""遮断"的目的时，又更便利于他的"清剿"蚕食的破坏与掠夺。在被划定为"封锁遮断地带"的区域，敌人是集中了他的机动兵力、特务组织以及"新民会""合作社"等各种力量，同时并进，大举破坏与掠夺。这就要求我们把反"封锁"与反"清剿"斗争同样紧密地结合起来。我们要广泛地开展群众游击战争与政治攻势，打击敌寇特务的阴谋活动，有力地粉碎敌寇的"清剿"与"封锁"，粉碎敌寇掠夺物资和抓捕壮丁的阴谋，以军事、政治、经济的各种力量的协同一致，去战胜敌人。只要我们进行不折不挠的斗争，我们一定会战胜的！

（《晋察冀日报》1944年1月23日）

韩荣义是平山爱护子弟兵的模范

康兆都 刘应荣

平山二区西苇元村抗联主任韩荣义同志,平时关心群众爱护子弟兵,在这次反"扫荡"中,他更发挥了这一高尚的品质:

一、接屎送尿

十月一号×团伤号张宗恩,因伤重转移到该村,村干部把他送到了韩荣义家里。起初十来天的光景,张宗恩拉屎撒尿都不能出去,韩荣义同志亲自伺候他,接屎送尿,不嫌麻烦。

二、背到山里

情况很紧,敌人不断地搜山。每天跑时,韩荣义同志不管别的东西和家里的人,总是先把张宗恩同志背到山里,隐蔽好。敌人走后,再把伤员背到家里,他说:"在山里怕冻着张宗恩同志。"

三、十二斤白面,五升大米

张宗恩同志伤病很重,不想吃饭,韩荣义同志把自己留下过年的十二斤白面给他吃了,还给他到外村借了五升大米。

四、教育家人,爱护军队

韩荣义的父亲、媳妇和孩子们在他教育影响下,也热爱着八路军。

伤员张宗恩同志在紧张恶劣的环境下,三十多天没有受到一点困难,他们给他送饭烧水,从未中断。

五、四十个鸡蛋

子弟兵张宗恩同志病伤都好了。临走时,韩荣义同志预备下了三天的粮票(向村干部借的)、四十个鸡蛋,给他做干粮。

现在二区的群众知道了这些事情,他们说:"韩荣义同志是子弟兵的'妈妈'。"

(《晋察冀日报》1944年2月2日)

戴英雄花的段喜娥
——生产、拥军的模范

谢黎

×分区开庆祝反"扫荡"胜利总结会的那天,上了年纪的段喜娥戴着一朵红红的"英雄花",走在行列的中间。两旁的人都在指点着她说:

"那就是拥军拥政的模范、女劳动英雄段喜娥!"

她是东沙岭村人,家里十二亩半地齐靠她自己种,起早睡晚,担粪锄草,没有一次不走在别人的前面。去年春天,村里定生产计划,她向大家挑战说:

"别看我老婆子,我十二亩半地的粪比你们的少不了,收下庄稼比你们少不了……"

秋天她的玉茭子收下了,果然又粗又长,颗粒黄得像金子一样。在忙秋的时节,她又抽空割了一百斤蒿子,做今年的粪草。

当她听说反"扫荡"快来了的时候,她就日夜地收割,然后又背到离村三里的地方去坚壁。反"扫荡"三个月,她没有损失一颗粮食。

段喜娥不但是劳动杰出,而且又是拥军拥政的好榜样。

她爱子弟兵如自己的亲生儿子,时常关心他们的冷热,又怕他们挨饥受饿。驻在她村的队伍她常给他们送菜,单去年就送了二百多斤。在反"扫荡"中,她怕队伍受饿,和村干部回来照顾队伍。她常说:

"老百姓就是八路军的家,没有我们,他们就没有依靠,我们应当好好地关心他们。"

她对政府的号召与法令非常注意并认真执行,她交的公粮找不出一粒沙、一片糠。村里办冬学因她年纪太老,没有召集她,她不声不响地自动到冬学去听讲。像这样的例子恐怕半天也难数尽。

在庆祝反"扫荡"会议结束的那天,她很兴奋地对专区抗联的一个同志说:

"大家这样地抬举我,我回去一定要更努力,今年冬天我把粪齐挑到地里,等春天一到,往地里一撒就行,保证明年地里的粪比今年多上三倍。十二亩半地打三石粮就不成问题了。"

旁边的老乡听了,都很兴奋,他们说:"她能行,咱更沾,咱要向年老女英雄学习!"

(《晋察冀日报》1944年2月4日)

一九四三年的陈左团

静波

两大任务

战士们欢乐地度过元旦之后,在一个春节联欢大会上,团长陈宗尧同志用嘹亮的声音,简明的语言,告诉大家:"今年有两大任务:一个是生产,一个是教育。我们要百分之百地完成今年的生产任务,这就靠大家的努力,干部也好,战士也好,杂务人员也好,不能让一个人站在生产门外。"接着他又说:"今年除了三个月的生产外,还有九个月是进行教育的时间,我们还必须加紧学习,提高自己的本事。生产搞好了,没有学好,只能算完成任务的一半。"

这就是我们今年工作的方针。春假后,我们开始了一九四三年紧张严肃的工作。

拥政爱民月

二月是"拥政爱民月"。我们根据总政和旅政编印的教材,在部队中进行了教育,贯彻拥护政府爱护人民的思想,部队掀起了拥政爱民的热潮,各个俱乐部都张贴"拥政爱民"的标语,出版了拥政爱民的墙报,拥政爱民的十大公约在全体指战员的口里传诵。

拥政爱民的自我检讨在党内党外各种会议中普遍进行,以营为单位召开了军民联欢大会,发扬了自我批评,与破坏纪律的分子进行了斗争。×连事务长反省说:"过去我认为老百姓供给军队是他们的天职,因此借东西借不到就不高兴,就说人家顽固,甚至打条子不盖章,马马虎虎。"又一个连长说:"过去我只顾到自己的利益,不管群众的利益。比如我连的牲口吃了老百姓的庄稼，我不理它；老百姓的猪跑到我们园子里，我就用棍子打。"可是最后他们都一致地说："自从进行拥政爱民运动以来，思想上有了转变，知道这是犯了纪律，破坏了党的政策，以后一定要纠正。"

在部队中又进行了还物赔物的运动。各连队借了老百姓的家具，一律送还，坏了的照价赔偿，不知下落的集中到政治处，由政治处统一送到区政府，再由区政府通知老百姓前来认取。

不仅如此，我们还帮助群众做了不少的事：开荒地六百三十四亩，挖熟地一百九十三亩，用人工一千零六十四个；帮助群众锄地一千零七十四亩，用人工九百一十七个；背米一千四百九十八石，用人工一万六千四百三十二个。若以每个牲口一次驮四斗，每人赶两个牲口计算，则替群众节省了畜工七千四百九十个，节约人工三千七百四十五个。此外，我们还安置了二十户移、难民（共七十九人），借给小米三十七石九斗，借给种子三石，□镢头二十一把；医药机关给群众看病二百三十多次，被医治的人是三百五十六个。

克服自然的一场大战——开荒

春耕的季节一到，战士们便背了锋利的镢头爬上了山岗，展开了开荒的热潮。陈团长及政委、主任、参谋长等也都带着他们的警卫员，单独组成一个生产小组，和普通战士一样地干。他们的模范行动感动了老百姓和军队中的同志，从河南上来的难民用惊奇的口吻传说着："八路军的首长都上山生产，咱们一辈子也没听说过，今天却亲眼看到了。"在生产检讨会上，战士们说："咱们团长、政委都上山开荒，哪个再不努力，就太对不起首长了。"

劳动英雄和突击手一批一批地出现了，开荒纪录一天比一天高。五连班长刘建邦、八连班长武三挠，每天开荒一亩半；三连战士李吉棠,外号叫"残废",在华北与敌人战斗中右肩负了伤,经常发痛,但他不管这些,每天开荒一亩二分以上;犁地的同志在牲口休息时,马上自己拿起镢头挖地,一点时间也不肯浪费。

班与班、排与排的竞赛,普遍而深入地展开了。一连第一天六十个人,只开荒二十亩,第二天连长在点名时,号召大家一天挖一亩地的运动。一排长杜兴义同志首先报名参加,接着有十六个同志从行列中跳出来,自动报名。第二天,这十六个人挖了二十亩地,此后这十六个人就组成了一个突击队,每人每天都挖一亩以上。八连副班长李黑旦(全团有名的劳动英雄)首先创造了一天挖地一亩七分的纪录。

一万七千亩的开荒任务,在这样竞赛热潮下,两星期便完成了。在总结开荒的干部会上,旅首长号召大家达到开荒两万亩的数目。这个号召马上得到了全体到会干部的热烈响应,但时间只增加了三天,全体指战员都以突击的精神来回答新的任务,结果三天的计划两天半就完成了。

正在播种的时期,旅长王震同志来了一个号召:"为了减轻人民负担,各部队明年要做到粮食全部自给。"这是一个战斗的任务,经过党内外的动员解释后,全体部队又卷入了第二次的开荒热潮。第二次比第一次来得更热烈,新的纪录在鼓动着每个人的心。某连有十七个同志,大胆地向连部提出保证一天挖二亩地,结果他们挖了二亩以上;李黑旦一天挖二亩半,马永茂一天挖了二亩七分。很多人说,这是最高的纪录了,可是新的纪录又被更新的纪录代替了:一营营部的机关枪排长高春庭同志和战士丁日宜同志,没有天亮就背镢头到山上挖地,两个人一天挖了八亩二分地,平均每人一天挖了四亩一分。

这一场征服自然的大战,在四月二十五日结束了,胜利的战斗结果是用二万九千六百零九个人工把二万七千零九十九亩荒地变成了良田。

五星期文化学习

开荒播种刚结束，我们马上从生产战线转到学习，四月二十七日开始了整训。这次整训以文化教育为中心，部队学习情绪和生产情绪一样地高涨，各连互相进行学习竞赛，个人方面的模范例子更是举不胜举。如三连战士李加□，走差事时把书本放到口袋里，准备在路上休息时看，凡讲过的课，他没有一课不能背诵不能默写的；×连排长刘加祥和战士一起上课，一起自习，不知道的就向战士问，一点不摆资格。

在短短的五个星期的教育中得到了显著的成绩，只以×营来讲，乙组有二十三个同志升到了甲组，丙组的同志最多的学会了一百二十个生字，最少的也学会了六七十个。甲组的作文比去年冬季整训时通顺得多了，讲过的课文也能在自己作文中运用了。至于讲过的课文百分之八十以上的人能读、能背、能写，对于课文内容的了解也很好。在月终的一次测验中，甲组被测验的五十个人中没有一个不及格的，乙组受测验的三十六个人中只有一个不及格。

战斗的七月

六月一日，我们开始了第一遍锄草。这时禾苗最大的已有半尺高，"锄草如绣花"，这是旅长的指示，大家都遵照这个指示，细心地锄掉了杂草，均匀地留下了健壮的禾苗。

我们锄第二遍草的时候，谷苗长到一尺来高了，面对着这欣欣向荣的禾苗，联想到秋季丰满的收获，大家脸上都浮着会心的微笑。不管太阳像火样的炎热，也不管黄豆般的汗珠从头上一直流到脸上，人们还是细心地锄着，一块一块的禾苗被整理得清清楚楚。

当我们第三遍锄草刚开始时，时局紧张起来了，抗战六周年的纪念大会就成了保卫边区的战斗动员大会。"保卫边区""保卫党中央"

"保卫毛主席"的口号,在山上、在房里响亮地传出来,同志们充满了胜利信心,准备自卫战争。

战斗准备中并没有忘记了生产。那些没有完成第三遍锄草任务的单位,实行武装锄草,右肩背枪,左肩扛锄头,一面准备着自卫,一面突击锄草。

锄草结束后,旅长提出了习武的号召,于是整个部队又卷入了投弹学习的热潮。

投弹的成绩在不断地上进着,新的"贺龙投弹手"天天都有出现,只三连一个单位就有十六名,两星期便已超过每单位十个"贺龙投弹手"的计划。齐巨洲、彭彦文、王福寿同志则投到四十米达以上,政治处的袁宏博同志在半个月进步了十二米达。

紧张的秋收

十月,我们进行紧张的秋收。

一年辛苦的果实成为我们自己丰富的财产,我们不能扔掉一颗粮,除了做饭的伙夫和少数人员外,没有一个人站在秋收的门外,就连商店工作者和女同志也都组织起来了。

模范班排和劳动英雄们在秋收中大显身手,竞赛之声到处可闻,八连在竞赛中二十八人一天就割完了八九亩谷子。生产模范连——六连又创造了惊人的事迹,他们最先完成秋收的任务,原来计划十六天割完庄稼,结果只用了九天,而且在同时间内把糜子也打完了。由于全体指战员的紧张劳动,虽然在秋收中抽出了一个营的劳动力去做其他事情,但整个部队的秋收也只有用二十四天。

今年我们生产成绩是正粮四五五八点二九石(正粮包括谷子、糜子、大米,麻子折正粮一斤合三斤),杂粮六四一点〇三石(杂粮包括苞谷、豆子、荞麦),共是五一九九点三二石,蔬菜一百七十万余斤。此外,我们还有羊一千四百只、牛九十三头、猪八百七十五

个、鸡鸭七百六十只。

丰衣足食中开始了冬季整训

十月八日进入了冬季整训。

我们一年的劳动换来了丰衣足食的生活，往年冬季照例都是吃两餐饭，今年改成了吃三餐饭，往年都是吃一盆菜，今年一律吃两样菜，每人一天由五钱油、五钱盐改为六钱油、六钱盐。再看看我们穿的用的吧：今年每人发了一套单衣、一套衬衣、一套棉衣，过年时每人还要发下一套漂亮的黄呢子衣服。说起这呢子衣服来，大家心里都愉快，当团长、政委穿着这我们不久也要穿的呢子衣服走过时，战士们诙谐地说："将来打起仗来，只要穿上这衣服到火线上喊几句话，就可以使敌人崩溃的。"这虽是笑话，却也有几分道理。的确，像这样的军衣在全中国的军队里你是找不大出的。此外还补充棉被五百五十床，发给每人鞋子两双、一条手巾、两斤羊毛、一包牙粉、一个牙刷、一条肥皂，并按时发给每个人学习用具。

除公家整个的发给外，各营和每个伙食单位也补充了不少的东西（毛毯、毛衣、棉鞋、布鞋等），这些用品使每个人的包袱就变成沉甸甸的了。

这已是一年的尽头，新的一年又快来临了，当我们回顾一年中的工作和成绩，我们就充满了无限的欢愉，向领导我们走向胜利的首长们致敬！让我们更加团结，团结得像一个人一样，来迎接更伟大的任务。（新华社陕甘宁通讯）

（《晋察冀日报》1944年2月6日）

流传在板桂子沟的一个故事

——老乡心目中的高排长

梁□□

反"扫荡"中，盂平常峪的鬼子大摇大摆地向板桂子沟走来，老百姓们都已藏躲起来了，咱们的四个八路军却跑来在路旁埋伏下。我们几个人在山头上看得很清楚，心里都替他们捏着一把汗，愁的是这几个人哪能和这样多的鬼子打哩，替他们怕的是这样高的山怎么退哩。砰！砰！砰！几枪，仔细一看，嘀！他们真行，三个骑大洋马穿皮靴的鬼子摔下来两个，其余的鬼子跑了个乱七八糟，再看咱们那四个同志却转移了。我们心中这才乐哩。

鬼子退去后，回村一看，村南边山坡下烧下两堆堆灰，还剩下一截大皮靴，里边还装着鬼腿，听得人禁不住都笑了。后来我一打听才知是驻在木场的神团×连高排长带领的几个同志打的，叫作"飞行射击组"，真能飞哩！

这几个同志真行，枪法真好，高排长也不知道是个什么样子，有机会我一定要见见高排长，一定要慰劳慰劳他们才过意哩。

这个故事就如长了腿一样，很快地传遍了板桂子沟一带，也传到了神团的每个连。

有一天，队伍又来到板桂子沟，老乡们一群群地来看高排长来了，如看新娶来的媳妇那样新奇。这个年轻而活泼的高排长，成为老乡们理想中的一大人物，钦佩和羡慕的目光齐射在高排长的身上。一个老汉突然拿出一张五元的边票来："这是我的一点穷心，高排长你们收下吧，买点兰花烟吸吸。"说着并把票儿向高排长手中塞着，高排长不自然地感激着老乡的诚意，但谢绝了钱。而这个老者却埋怨我

们是嫌少了,又忙乱地给□兰花烟。

待了一会,村中抬来好几十斤萝卜和瓜慰劳他们。

(《晋察冀日报》1944年2月9日)

模范抗属王国宝

【新华社延安九日电】三边讯，靖边张家畔三乡抗属王国宝，帮助全乡抗属生产，被公认为全县的模范抗属，今年他又决定进一步做到：（一）保证全乡抗属自给自足，不用别人帮助；（二）保证全乡抗属没有一个好吃懒做的，帮助他们做生产计划，建立家务；（三）交公粮保证早交、多交、交好的；（四）别人种他的地不要租子。按王国宝的家境是和革命同时发展起来的，革命前他只有二十垧沙漠地，给人摊工，穷得没吃的，革命后他的家庭经济大大发展，现有土地三百多垧、骆驼二十多只、牛四头、大小毛驴二头、山绵羊八九十只、猪鸡成群，并有房子三十四间，全家丰衣足食。他爱护革命，帮助穷人，五年来自动缴救国公粮共达四十八石，运交公盐八十三驮，送给军队好走马一匹。他虽然五十多岁了，还参加盘查放哨和担架运输。神木人王聋子，从三五年起种他三十余垧地，烧他的树梢，使用他的牛驴农具，并向他借籽种、吃粮，但他从来没有收过租子。另外，石满仓、李丁卯也都免租种他的地，现在这些人的家境都在王国宝帮助下好起来。张家畔人张海望，常年在家招赌，不务正业，经王国宝苦口说服，现在已务正。二流子张凤琴，在他感化教育下，也变成了好劳动者。

（《晋察冀日报》1944年2月11日）

劳动英雄胡顺义

并松

胡顺义,是咱们晋察冀边区四专区的一位劳动英雄。他今年六十三岁,阜平八区朱家营人。

受苦的人能成为英雄,这是只有在共产党领导下的抗日民主根据地才会有的事情。提起从前的年头,谁理会受苦的人呢!胡顺义一提起从前的年头,抬头纹就皱得更深了。他家几辈子就是佃种人家的地,租子高,辛辛苦苦一年,除了交租,就没有什么了。抗战以前,租人家十八亩子地,要交十石零五斗租。这样,在好的年景,自己也不过剩二三石,不够吃。胡顺义说:"那年头,种地多还是不够吃,一年白给地主受苦。"

抗战以后,国民党军队跑了,官也跑了,八路军来到咱边区,政府照顾穷人,给实行了二五减租,地主不能收高租,这下子穷人可有了活路了。胡顺义的租子减到三石一斗五,政府对垦荒也有了保障,担子轻松了,日子就有了希望。再说胡顺义一向不怕受苦,只要有出头日子,勤劳点有什么呢!因此,他从民国二十九年开始,每年除了养种自己的四亩九分地和租种的十八亩子地以外(共二十三亩),每年都要垦一二十亩荒(地板薄,都是轮荒地)。

拿年上的生产情形来说吧:阜平县里在年上春天提出了三大号召,胡顺义就响应了这三大号召。他把二十三亩地养种上,种了二亩半小玉茭、亩半大麦山药、十六亩玉茭、三亩谷子。除了这,还垦了二十四亩生荒,开了十五亩熟荒(从前开过的轮荒地),种些荞麦、苦荞、山药、萝卜、豆。这些地每亩都上够三十多担粪,小玉茭锄了四遍,玉茭、谷子锄了三遍。因为他肯吃苦,上的粪足,锄得细,年上那二十三亩地,每亩比往年多打一斗(两谷半的斗),收五斗,共收玉茭、谷子十一石多（两谷半斗）。垦的荒收了两石多荞麦，两石多苦荞，三千多斤山药，三千斤萝卜、菜、瓜瓜豆豆，还不算。饲养呢？胡顺义养了三头驴（内有边区政府奖给的一头，一头驴驹）、五只牛、门羊十二大四小、猪三口。此外栽杨柳树四十多棵。

三大号召，除了做到锄三遍，其余两宗，也都完成了。压绿肥原定计划一万五千斤，结果超过了，压了两万斤（胡顺义一天能割蒿子千数来斤）；"工拨工"，胡顺义把全村（一百三十多户）组织了十二个变工小组，把全村有劳动力的百分之八十组织了进去。牛工也顶人工。有一个懒汉叫作刘三妮，胡顺义想了一切法儿推动他，让大家选刘三妮当变工小组长。在大家好意的督促、批评下，把刘三妮改造了。不光是有劳动力的汉子变了工，妇女也工拨工擦菜，娃娃（小孩）也跟娃娃□（拨工）。从春上送粪到大秋收割全年变工，这种劳动互助组织，使得劳动力增加了，十个人可顶十二三个人干活。年上全村就垦了三百四十亩荒。朱家营附近有一道渠，从前怎么也修不起来，年上胡顺义组织了一百二十多人，领导着四天就把渠修上了，能浇一百三十多亩地。区里还叫他去下关，领导东西下关、红草河的群众修渠，每天来回要跑二十里地，起初还自己带干粮。但是他为了大众，他努力干，将近一个月，把渠修成了，能浇三顷多地。

朱家营从前就有变工的组织，但是那是"富的碰富的"的"实变工"，给谁家做工，吃谁家的饭，吃好的，不吃糕就得吃豆腐，穷人"变"不起。胡顺义把它改成"干变工""穷的碰穷的"，自带干粮，到地里伙吃，穷人"变"得起了，大家都参加了变工小组。

胡顺义全家九口人，一个八十二岁的老娘，三个儿子，大的二十九了，二的二十六，都娶了媳妇，三的十八岁，还有两个女孩。家里没有一个偷懒的，两个儿子大的、二的养种地，三的放牛，两个女孩捻线，两个媳妇做饭，地里忙的时候，也下地帮着拔苗、收割。前年收割的时候，两个儿子大的和二的都发"摆子"（疟疾），就全靠两个媳妇帮着把庄稼收回来。他八十二岁的老娘，也嫌待着闷得慌，说也想干个营生，胡顺义就逗笑地对娘说："你捻线吧？"娘说："好，可是哪里来棉花？"胡顺义说："我给你老人家找。娘，捻线是捻线，可不要累着，累了就别要捻。"娘答应了，说五天准交一两线，从此就捻起线来了。自家养着羊，可是没有人熟皮子，求人怪难的，年上就让他两个儿子学着硝羊皮，媳妇学缝皮子，现在已经学会了，熟了十二张羊皮，此后熟个皮子、缝个皮袄就不用求人了。

胡顺义一家子，就是这样肯吃苦，会过日子。从八路军来了，日子一年比一年过得好。事变前是常年吃糠、吃树叶，现在一天两顿都吃粮食了。但是胡顺义不单自己会过日子，他还帮别人过好日子；不单顾自己，还要顾别人。他是一个共产党员，还当过农会主任，现在当区抗联的执委，他知道自己的责任，再说他是受苦人，他最知道穷苦人的难处啊。全村一百三十多户，在抗战前，有九十多户没有吃或不够吃，靠了胡顺义推动大家、帮助大家，村里多垦了荒，加上组织了变工，大家的日子也好过了。现在全村不够吃的（短两三个月的）只剩了十来家。在实行合理负担的时候，村里有七十壳零半的粮食，公家后来没有用，也没退给原户，胡顺义就经管起来，当作救济粮，谁家没吃就借给谁，有了就还，救了不少人的困难。抗属的地，胡顺义都发动了人给种上，没有一寸荒了的。他把一头牛给一个抗属伴喂，只要四百元贴价，牛现在值两千多。他还帮助懒汉务正，刘三妮已经务了正，不用说了。现在村里还有一家，是两口人，姓张，汉子懒，妇女也懒，家有六七亩地，不好好养种。他今年决心帮助这家，借给牛犋，救济一些粮食，帮给一些籽种，并且要同他们说，再不好好过日子，就再不接济了。

（《晋察冀日报》1944 年 2 月 13 日）

晋察冀边区子弟兵战斗英雄邓世军

雪茜

一、英雄的光荣

×团一连连长邓世军同志，在边区党政军民所召开的群英大会中，受到了人们高度尊敬与热爱。他曾在庄严的给奖大会上从宋主任手里领受了一等英雄奖章和五千元的望远镜代金。他曾和"子弟兵的母亲"——拥军模范戎冠秀同志合过影。除去开会外，记者访问，剧社同志要他讲故事写剧本，他到处被人包围着。在闭会以前，边区党政军民宣布一个联合决定，赠予他以"晋察冀边区子弟兵战斗英雄"的称号。

二、英雄的简史

二十九年前，他出生在四川苍溪县一个贫农的家里。一家五口人过着艰苦的岁月。他读过四个月的书，七八岁就开始参加劳动，十五岁时，他为了摆脱奴隶的命运，毅然地参加工农红军第四方面军，当一个勤务员。不久，在一次战斗中他负了伤（现在他右脸颊上一条月牙形的创痕，就是那次战斗的纪念啊！）。后来，他当过看护员，学过吹号，参加过少年先锋队，也当过通讯员。一九三四年，他被编入中央红军，经历了名震世界的长征。他爬过雪山，走过草地，参加了历次著名的战斗（如拉子口、三城堡等），受了两次的枪伤和一次炸伤。一九三五年他已成为共产党员了。西安事变后，他到随营学校受训。红军改编为八路军，他随着一一五师到前方来，曾参加过光辉万丈的平型关战斗。不久师主力转移，他留在晋察冀。九大队改编为×

团,他升任连长。从四〇年到晋东南讨逆归来,他一直担任着一连连长。

三、英雄的几次杰出的创造

英雄的故事太多了,一下说不清,让我们从英雄丰富的战史中,摘出几个出色的来谈谈吧!

血战磨河滩(百团大战的一支壮烈插曲)

百团大战时,为了配合攻占娘子关的胜利,邓世军同志的一连,光荣地接受了"攻夺磨河滩"的艰巨任务。

磨河滩,是怎样险峻的地方啊!它面临着深阔的冶河,敌人有桥头堡垒和坚固营房,经常驻有几百敌军。

在漆黑的雨夜里,邓世军同志率领了一连的五六十名精壮指战员,强渡过冶河,逼近了车站。这里原有二百多敌人,前一天晚上又从阳泉开来了三百多名。在九点钟时,战斗开始了。鬼子在睡梦中被惊醒,仓皇来应战,被我们一个猛冲,伤亡了几十个人,另外又有一部敌人,挟着重火器来反击。在雷声、电光和骤雨中,骇人的恶战足足打了两小时,敌人连死带伤又有几十个。一连趁着敌人混乱时,撤出战斗,不料河水突然暴涨,归路断绝,邓世军同志又发出第二次冲锋命令,压退敌人,巩固阵地,以待时机。在邓世军同志奋勇当先的鼓舞下,大家那样勇敢,又杀伤了敌人一百名左右。拂晓时候,邓世军同志率队撤退到村旁固守,凭着房屋做工事顽强抗击敌人。六七点钟,敌人组织了一百多人来冲锋,遭我们密集火力的扫射,溃退了。十二点,敌人又发动了二次进攻,先用大炮机枪摧毁我们的阵地,然后三面包围,并且施放烟幕弹。在这万分严重的时分,邓世军同志叫大家把文件、书籍完全焚毁,并鼓动大家说:"我们要战到最后一个人,我们生死在一起!"战士们以惊人的果敢,响应着他的号召。敌人冲上房来，没有站稳脚，就被打下去，这样敌人冲上房，又被打下去，反复有四次。最后，敌人从房上挖开洞，把手榴弹投下，钢铁的战士们像不懂得它会爆炸一样，立刻拾起又把它扔出去。这样敌人终于又败退下去，并丢下了三十多具死尸。下午，从阳泉又开来了一列铁甲车，用五六门大炮向一连轰击，把房子都摧毁了。敌人在铁甲车掩护下，四面包围上来。这时一连伤亡了六七个，弹药也快完了。邓世军同志以他的机智和勇敢，马上决定迅速撤退，渡到河那边去。队伍分四批渡河，邓世军同志担任掩护，不幸在渡河时，被打伤了左腿。这是如何危急事情，但凭着他的娴熟水性，仍然胜利地泅过了没顶的冶河，率领部队，归还主力。就在一连渡河撤退中，敌人又死伤了卅多名。

南甸堡垒攻夺战

去年四月，敌人蚕食南甸。五团要求夺取堡垒。一、二连任主攻，一连特担任了最难攻打的西南面。邓司令员亲自下命令给邓世军同志："你是长征干部，×团最老的连长，今晚非把堡垒拿下不可！"他率领队伍冲破两道铁丝网、鹿柴和壕沟，连冲了二次，因敌人放了三次毒而未奏效。政委叫起来了："邓世军努力冲啊！"第三次终于上去了，在冲锋中他面部被子弹擦伤，他一点也未觉得，带着两个大手榴弹，第一个首先闯进堡垒，没防备敌人一个手榴弹把他右肩打伤了，血流了满身。但他忍着痛，一枪把敌人打死，就地捡起了两支步枪。最后，在地板底下发现了一个敌人，他和敌人摔起跤来，在另一个同志的帮助下，他自己用枪把敌人打死了。这位上等兵的皮带、子弹盒、皮包和他的遗像作为战利品，现在都还完好保存在英雄的手里哩！

四、在反"扫荡"中

甘石沟战斗

邓世军同志奉命坚持寨北、王家湾、两界峰一带地区,当他们走到甘石沟,天已半夜,地理又不熟,村里只有三两户人家,战士们只好在外边露宿。

黎明时分,阵地哨上枪响了。邓世军马上派一班占领村后高山阵地,阻击前进的敌人。一千五百多敌寇分三路前进,敌人的目的是在围歼团主力,但是他侦察错了!经一连的猛烈打击,遂分成七路,拼命围过来。一排在后山上和三百多敌拼开了手榴弹,敌人垮下去了,其余部队也向里边靠,打算跳出包围圈,可是敌人又冲上来把一连包围起。邓世军同志命令一排前去突围,把敌人阵地冲破了。一连刚转出不远,敌人接着又组织一个包围,一连又突破了二次包围,紧接着第三次被围起来。想想吧!这是怎样危急的时候呀!邓世军同志亲自率领全连战士们,集中火力向敌人突击,敌人也用了十几挺机枪来还击。一连在弹雨横飞中,占领了制高点,击溃了敌人,而完全粉碎了敌人毒辣企图,安全转移出去。在三次突围战中,敌人伤亡了三十多个,我们只一个卫生员失联络。

北岳沟战斗

反"扫荡"末期,一次,一连住在沙片,因情况变化,就转移到北岳沟。半夜,六亩园的敌人突然向我袭击,和一连流动哨打开了,邓世军同志立刻把情况侦察清了:敌人有两千多名,遍布在南北山上。团主力却正停止在北沟里做饭吃、休息哩!情况真是紧张得叫人透不出气来。只见敌人指挥官把旗子一摆,十几挺机枪一齐向北沟里发射。团长命令邓世军同志爬山掩护,他带了部队向北山上爬去,一连爬了四五个大山。敌人这时也正在向这一座高山上爬,当一连刚爬到山头，敌人差五六步也到了山顶，马上进入白刃肉搏。一连的手榴弹纷纷地向下投掷过去，敌人暂时被迫退下了。不一会，敌人又组成密集队形蜂拥而来，连续地冲了七次，连续被一连打退下去。敌人射手被我们打死了，小队长也挂了花，我们只伤亡五六人。在敌人冲锋当中，远的我们用手榴弹打，近的用刺刀挑，单是邓世军同志一个人，扔出了四十多个手榴弹。敌人被打得不敢抬头，随后来了四架敌机助战，从上面丢下了硫黄弹。邓世军同志的帽子被燃着了，山头上的草也燃烧起来，机枪不住地狂叫着。这时团主力已经分三路突出去了。邓世军同志还带着战士在山上坚持着，最后，手榴弹打完了，把两个地雷从山上滚下去，轰的一声，又炸死了几十个鬼子。一直坚持到黄昏，邓世军同志始终不离开阵地，带领五个人掩护部队、照护伤员。他们每一个人背着三四支枪，安全转移出来。

"当你听说你被选为战斗英雄的时候，你心里有什么感觉？"在一次和邓世军同志的闲谈时，这样问他。

他想了一会说："只是觉得很惭愧，我怎么能够上英雄呢？"

"你回去以后，有什么新计划？"

"计划很简单：坚决执行命令，更加多打胜仗；坚决执行拥政爱民政策，大生产更要特别加油干，完全做到上级对我的希望。"

(《晋察冀日报》1944年2月18日)

戎冠秀——子弟兵的母亲

林江

军区聂萧司令员，程、刘副政委，朱代主任代表全体子弟兵，给拥军模范戎冠秀同志送了一面大红的光荣旗。这面旗高高地挂在边区英雄大会的正堂上，旗上剪贴着一个老太太的半身像：头上挽着发髻，脖子上围着白毛围巾。像底下，横写着六个大字：子弟兵的母亲。许多子弟兵和民兵的英雄们，都抬着头，望着这面旗，望着旗上老太太的半身像，表示无限的尊敬。他们虽然在杀鬼子保家乡的斗争中，贡献了不少功绩，可是一想到戎冠秀同志那片爱护子弟兵的好心肠，谁也感到自己功绩太小，实在不够回答这位老人家对我们的爱护呢！

我们子弟兵的母亲——戎冠秀同志，自共产党领导八路军创造了边区抗日根据地以来，就在她村里（平山下盘松）妇救会担任工作，领导全村妇女，积极做抗日工作（前年吧，边区正在动员志愿义务兵，逢年纪的青壮年都该报名入伍）。戎冠秀可忙呢，挨家挨户地宣传，动员妇女不要"拖尾巴"。她说："子弟兵是谁的？咱们要好好地了清！边区八路军——子弟兵是咱们边区老百姓的！咱们离了子弟兵，鬼子就会把咱们全杀光，民主生活也没有了，当亡国奴了。你们了清了没有？""了清了！"围住她的娘儿们都这样回答。她说："了清了，就应该动员自己家里人参加子弟兵！"她自己把大儿菊金、二儿春金，都在动员大会上报了名，影响到全村的青壮年们，也纷纷报名，准备入伍了。

该交公粮了，她就从这个碾盘走到那个碾盘，对妇女们说："碾公粮，要把烂米、沙子都捡掉，糠多簸两遍。军队在前方打仗，比不上在咱们家里方便,说不定打仗紧了,找不到瓢,顾不得淘;找不到簸箕,顾不得簸,就把米全倒到锅里了。要尽是沙子、烂米、糠皮,那吃了可不卫生。"纳公鞋的时候,她就把妇女们召集在一块,她说:"人家子弟兵在前方打仗,整天翻梁爬坡,要是赤脚板怎能打仗?咱们老百姓赤脚板下地能不能?子弟兵穿鞋不比在家方便,穿一对是一对,可不能做坏鞋。子弟兵就跟咱们家里的孩子、兄弟一样,咱们给孩子、兄弟们做鞋都是结结实实的,给子弟兵做也要那样。"她号召妇女们做的鞋不要叫上级退回来,要叫子弟兵们穿在脚上说好,说:"这是谁家的好姑娘、媳妇做的好手艺!"戎冠秀坐在家里的炕上,心却老想着在前方辛辛苦苦作战的子弟兵。前年她生了一场大病,病刚好,上级要她村里马上交公鞋,她还有一双没有做起,就一个人悄悄地点着灯,连夜地纳鞋底。

戎冠秀同志,我们子弟兵的母亲。她领导妇女们把后方工作做好,让前方部队一心一意地打仗。要是前方有子弟兵的伤员下来了,经过她的村,她一定要亲自去看顾一下。记不清是哪一年,滹沱河两岸成天打仗,村里自卫队好多到前方配合作战,余下的又全抬担架去了,可是伤员仍不断地从她的村经过,她就领导妇女们抬担架。青年妇女六个抬一盘担架,飞也似的走了。她脚步跟不上,她是壮年,四十多岁,又是小脚,只好跟壮年妇女配在一块,八人抬一盘,把伤员们都迅速地送到医院里去。她常常说:"咱们伤兵同志要是早送到医院里,'修理修理',敢会好得快;要送得慢点,受罪事小,敢会就牺牲,这可要大家负责!"

去年秋季反"扫荡",鬼子在下盘松村,今日来,明日去,搜山捉人。戎冠秀领着闺女、媳妇,逃到山沟里。因为战斗多,伤病员也就多了。有一天,她听闺女说:"站上有两个伤兵,想吃萝卜。"她就赶紧拿了八个大梨,赶到站上。民兵正把担架抬起来要走,"你们先别走，我要看看这两位同志，误你们一会路。"戎冠秀叫民兵把担架放下来，亲自把梨放在伤员的胳膊弯里，嘱咐他想吃时从胳膊弯里拿，吃不清转站时记得带，又吩咐护送的路上多招呼，才让担架抬走了。又有一个子弟兵的重病号，走到她村外的半沟里，"打摆子"（疟疾），坐在路旁动也不能动。敌人出动了，他还不知道，恰好戎冠秀同志领着闺女、媳妇走来了。她老人家，问清他的来历，就用尽办法来搭救他，用力扶他爬上山坡。有一处石崖有一人高，她扶不上他，病员自己又爬不上，她就蹲在崖边，对病号同志说："来，你踩着我的肩，慢慢地爬上去！"戎冠秀同志累得满头满面是汗，身上衣服都弄脏了，才把这位病员扶上去。她找了一个隐蔽地点监视敌人，敌人没有找见他们。

隔几天，大后半响，戎冠秀在碾上推碾，站上来了一副担架，她赶紧丢下碾杆子，看顾伤兵去了。伤兵静静地躺在担架上，仰面朝天，闭着眼睛，身上尽是红红的血，看不见衣裳的布色。头上有□七处伤痕，叫他也不醒，不会说话，也不哼声，一只脚板在担架边边上垂着，袜子和鞋也丢了，冻得黑黑的。戎冠秀把那只脚移到担架里，用被子盖着，摸摸鼻孔，刚出一点气。戎冠秀心里明白：他一定是和鬼子拼过刺刀的！

站长来了，站长说："伤这样重，不能耽搁，这是哪一部分？赶紧转移。"

抬担架的民兵说："不知道。护送的带着两副担架走了岔道，我们只知道抬到这里。"

怎么等，也不见护送的来。送担架的民兵也都回去了。这副担架就停在站里。夜深人静，人们整天地打游击、爬山头，都累倒了。戎冠秀两天两夜没有合过眼，站着就能睡着了。可是她老是放心不下一件事，老是到站上去，看看担架抬走了没有。她每次去看，担架都停放在那里，伤员仍是静静地躺着。她着急了，找寻站长去，要求派人看守，给伤员喝点水。站长说："现在人们都睡了，大家都累得睁不开眼了！"戎冠秀想了想：可不是，大家都累得睁不开眼了。要是稀里马虎地找一个自卫队员来看，他来这里睡了，不等于没有照顾吗？她心里还想：这伤员要不好好照顾敢会牺牲了。就对站长说："我来照顾他吧，你给我找一个伴，给我点点灯，这伤号要不死我不怕，死了我可就怕了！"

站长找了生生子媳妇来陪着她。我们这位子弟兵的母亲，就蹲在这位伤员的面前，低声地唤着："同志，同志！"她想叫醒他，问他口渴不口渴。伤员僵直地躺着，他好像怎样也听不见这位母亲的呼唤一样。

生生子媳妇端来半碗开水，戎冠秀同志接过来，放在嘴里尝着，太烫，她就轻轻地吹，又尝尝，温和了，就慢慢地搬开伤员那干燥的嘴唇，灌着他，水都顺着嘴角流出来。戎冠秀又伸着手臂，把他的头慢慢地扶正，又灌他，水流下喉咙，有微微的"咕嘟、咕嘟"声，戎冠秀低声地问生生子媳妇："你听见吗？"生生子媳妇说也听见。她们当下高兴起来，把小半碗水喂完了，戎冠秀光等着要这个伤员说话，就低声地问道："你还喝吗？"灯光照着，只见嘴唇稍微一动，仍静静地躺着。

她又灌他一碗温开水、一碗豆腐浆，嘴就稍微能张了。"你还喝不喝？""喝——"戎冠秀又给烧了一碗开水，又是尝了尝，温和了，才让他喝。这次不用一口一口地喂了。戎冠秀同志把他上身慢慢地扶起来，碗沿碰着他的牙齿，就骨碌碌地一口气喝干了。戎冠秀扶着他的身子，问他："你还喝不？""我就是想喝水，想——喝——"戎冠秀听见他会说话，就忘了一切的累了，忙着问他："你是哪一部分？"伤兵低声地喘息一样地答说："×团……一连……""在哪里打着你？"

"柏叶沟。""打了几天?"伤兵又慢慢地答道:"十一天了,我四五天不吃啦,心干,渴——"戎冠秀又给他烧了一碗水,给他喝,又喂他一碗豆腐脑儿,问他:"你还想喝,还是想吃?"伤兵摇摇头,说:"不啦!"就很安静地睡去了。

戎冠秀听说他四五天没有吃饭,光喝这几碗汤水是止不了饥的,就把□□得到的几两面做成软软的面片,叫生生子媳妇点上灯,又来看望这个伤员,轻轻地摇醒他:"同志,你吃点面片不?"他说:"吃咧!"戎冠秀又喂他一碗面片。她看他还张嘴想吃,就问:"同志,你吃玉茭饼子不?"他点点头:"好老乡,我就是想吃块饼子!""你吃,我给你拿去,刚在灶火上烤得热热的,可是你不能全吃掉,吃半块,丢下半块。要不你饿狠了,吃太饱不好受!"

戎冠秀同志整整地忙了一宿,像照顾自己的儿子一样,把我们这位伤重得几乎死去的子弟兵,挽救得能说话了。天已经快明,院里露着青光,屋里还黑黑的,她安顿这伤员安心地在炕上睡了之后,才到对门自己家里休息。刚躺下,就听见门外有人喊着:

"老会长,老会长,你那个伤兵下了地了。"

戎冠秀急忙跑出来,看见伤兵巍颤颤地站在炕沿,生怕他倒下去,赶快扶着他:"同志,你可不要下来,你好好地躺着!有事我来做。"

戎冠秀看见这个伤员那双光脚板在地上踩着,就回到自己家里,找棉花套,找不着,把她闺女的衣襟里撕下一大块棉花,把这伤员的脚轻轻地裹着。她怕早晨冷,把自己的棉被给他盖了,又要去端一盆火,伤员同志说:"不用,怕火烤着,伤口裂了!"她抱歉似的说:"哦,我可不知道,那我就不拿火了!"

戎冠秀没有想到自己今早吃什么,却先想到这个伤员今早该吃什么了。她去问伤员,伤员说吃小米稀饭。她想,该给做点稠的,做稀的喝了多尿尿，他伤重不好动弹。做成稠饭了，伤员吃了两口，就放下碗。戎冠秀站在一旁发怔了，满心眼儿想他今天会多吃几碗，怎么才吃了两口就不吃了？她很不放心，又问："我给你盛点稀的，你喝不？""喝！"她端了一碗棒子面糊糊，伤员已经能自己端碗吃饭，她只要扶着他的背就成了！她很高兴，又给他端了三碗稀粥，全喝完了。站长也端着一瓢北瓜粥和两个饼子来，他不喝稀的了，想吃个饼子，戎冠秀又把饼子烤了烤，让他细嚼着吃。

一会担架来了，戎冠秀把地上的干草都铺上，铺得厚厚的，把被子折着也铺上，扶着他躺在担架上。他的衣扣、裤带都松了，戎冠秀都给紧上，让他安安妥妥地躺在担架上，还再三地嘱咐他："你要是到了医院，或是碰见押彩的，叫他们给你换一条裤，你的裤子都湿了！"

伤员感激地说："好人啦，好人啦，我什么时候也忘不了你的好处呀！"

戎冠秀说："爱护伤病员是我们的责任，咱们是一家人，用不着记。你下次过我这个下盘松村，千万要到我家里坐坐，我有你吃的，也有你喝的，我叫戎冠秀，担任村妇救会主任，你要记不得我的名字，就问老会长的家在哪里，就找到我啦！"

民兵们把担架升上了肩，还听见那个伤员说：

"好人啦，好人啦！我的好老人啦！"

戎冠秀同志所做的事，被广大的子弟兵拥护和崇敬着。他成为北岳区拥军的模范。中共中央晋察冀分局、边区政府、军区、边区抗联，都请她参加边区英雄大会，请她喝酒，奖她银牌、布、铁锹、犁铧、铁镐、奖金，军区奖她一头栗色大骡子，还有一面大红的"光荣旗"。开完会要回去的时候，全军区直属队子弟兵都全副武装排队欢送，朱代主任亲自扶她骑上骡子。她从子弟兵的敬爱里，感到无限的光荣。她说："我回去时，要更加进步，不能和过去的'平均'，'平均'了可对不起子弟兵这样爱戴我。我回去把这骡子配上鞍，给抗属们代耕去，优待抗属工作要一户户地跟着去看，把妇女劳动力组织得更好，叫能力大、做事着实的去帮抗属耪地、送粪，叫能力不大的去推碾。我每次出去拾粪，一定要带动两个妇女，我们一定要多打粮食、多交公粮，让子弟兵和老百姓都有吃穿！我回去，更要好好招呼军队。冬天我动员妇女们腾暖和房子，夏天抽凉快的房子给军队住，伤病员要到我那里，没有问题，站长都要通知我一声，让我们妇女去照顾！"

欢送她的子弟兵的队伍摆在河滩上，呼着口号。她骑着骡子，在子弟兵的跟前走过，走得很远了，子弟兵长长的队伍还在河滩上瞭望着她呢！

一九四四年二月

（《晋察冀日报》1944 年 2 月 19 日）

韩 凤 龄

仓夷

一、从封建压迫下解放出来

提到抗战初期的事,韩凤龄就苦笑了。

那年夏天,村里要成立妇救会。有人说:"成立妇救会,掏人头捐,一人一大铜子,掏了还掏!"有人说:"要把缠脚妇女的脚都解了!"老韩缠着脚,手里拿着小筐子,装着摘豆角,躲到地里去。天黑了才悄悄回家。可是村里都传遍了"韩凤龄当副主任"的消息。老韩急得脸红红的,跟举她的人吵开嘴。老韩把豆角筐子丢到地上说:"你们谁愿当谁当,我不当那什么主任!"

开会的时候,区里来了女同志,讲演了:"日本鬼子欺负我们,家里婆婆男人欺负我们。我们要抗日、男女平等、不缠脚、要剪发……"

老韩嘴里答应,心里却暗暗着急。人家教歌,老韩嘴里唱,心里不唱。人家叫摘"耳坠子",老韩摘了,对镜一照,可不像个样子。人家叫放脚,老韩把脚放了,不大一会,脚就胖得不能走道,又把脚裹起来。老韩还逼着她的闺女缠脚,还在闺女的耳朵上扎了一个"耳朵眼"。区里女同志来了,人们就喊着:"查脚婆来了,查脚婆……"于是缠脚的青年妇女都跑光,剩下几个大年纪的出来应付。

那时八路军的十二大队开到涞源,骑兵团也开到涞源,夏天还帮老乡耕地。有人说:"八路军耕地,秋后就给收去了。"村里王真儿等人参加八路军,老韩心里也大不同意。

老韩受过苦、挨过痛,她本来是个好人、好心肠。可是,因为她过了三十多年的封建家庭的生活，受了压迫，就像长年关在黑地窖里的人，一下子出了头，见到太阳，眼睛还睁不开呢！

区里要开干部会，老韩不敢去。老主任背着背包去了，回来对老韩说："尽是妇女，讲得可好。咱们妇女要解放了！"第二次又开干部会，老韩就去了。这次是开训练班，整整一冬。上政治课、教识字、唱歌，老韩慢慢思摸，心眼儿也就渐渐开通了。

二、领着妇女战胜大水灾

一九三九年秋天，边区发大水，许多地里的庄稼都给冲跑。大水刚过，日本鬼子又来"扫荡"。到处烧房子、抢粮食。立冬一到，全银坊村除四五家外，都没有吃的，有几家已经倒关着大门，背着破瓢烂被，到外乡去逃荒。

区里干部带着救灾粮、救灾款到村里救灾，叫老韩领导妇女，准备修滩开荒，老韩整个心都跳起来。

老韩想到过去的日子，实在无法按住心跳。她十九岁过门，丈夫才十五岁，家里很穷苦。她有心下地，又怕人取笑。那年头，实行封建，妇女下地，人们就传开啦："谁家谁家媳妇下地啦！"那妇女就脸红得不敢见人。老韩帮着丈夫点点大麻子、种种瓜，别的不能干。有时家人忙不过来，老韩就得偷着帮。让丈夫把锄头镢子带着先走，她把破衣裳装在筐里，打扮成摘豆角模样，到地里才把干净衣服换下来。要是有骑牲口的人从地边走过，就赶紧躲在瓜豆架下。老韩躲在瓜豆架下，心里想：像这样子过日子，恐怕一辈子只有穷、穷、穷苦下去。

幸亏共产党、八路军来，提倡男女平等，女的下地生产，大家都拥护。村里妇女修滩垦荒团成立了，老韩当团长，参加垦荒团的妇女三天领一次政府发的救济粮，每人领三斤米，掺和着杂七杂八的东西半饥半饱地过着日子。有些妇女做着活，就在地里坐下来，饿得动不了啦！三八节，妇女开大会，县里李议长在台上讲话，看见妇女们脸都是黄黄的，就掉下泪。日子不好过，老韩怕妇女们心里难受，就组织儿童歌咏队，由先生领着，到地里唱歌；又怕妇女们太累，规定一天工作多歇几次。她常常说："我们愿意生产，大伙儿努力干，政府、子弟兵一定不让我们挨饿！"

老韩黑天白日地忙着，领着四十九个妇女成滩开荒七十多亩，栽树百余棵。秋后打荞麦两大口袋、谷子一石多，还有大批新高粱、黑豆、夏山药。批粮食了，每个妇女都批了不少，老韩却不批。老韩说："我不要，我做豆腐，吃豆渣，你们多分点，大家凑合着过。"

老韩领着妇女们战胜了大水灾，领着妇女们度过了最困难的日子。

三、响应妇救会的号召

一九四〇年，边区妇救会开四次代表大会，挑选妇女劳动英雄，把老韩也选上了。妇救会奖老韩两匹白布、一个银牌，还请老韩参加大会。

老韩知道妇救会是给妇女谋利益的。妇救会有什么号召，老韩一定起来拥护。妇救会号召动员妇女生产，不要有一个懒婆、懒汉，老韩又在村里忙起来。

区里号召妇女开展纺织，银发老奶奶好手艺，老韩就要她当组长。合作社规定半斤棉花交一斤坯线，妇女们怕手艺不熟，交不起数。老韩说只要大家用心纺，合着一人糟蹋二两线，她负责。很快地，村里就有二十辆纺车动起来。老韩白天种地，黑夜也纺线，点着一盏灯，一个人静静地纺，纺得天都快亮了。老韩怕别家妇女舍不得点灯，夜里不纺线，就对妇女们说："你们谁不嫌苦，不怕熬夜，可以来就我的灯。"王玉莲、张志华、金昌媳妇都就老韩的灯纺织起来。

区里号召妇女养猪养鸡，老韩就到各家宣传说："妇女养猪养鸡不掏统累税。"于是家家户户都喂了。前年每户都有两三口猪，满街跑，糟蹋菜园子。老韩告诉大家："喂猪要圈起来，好攒粪。"每天她在街上巡一遍，各家的猪才都圈起来。要喂鸡，小鸡很贵，老韩就到处打听人工孵鸡法。她听说离银坊不远有个老太婆，一年能孵六七十只小鸡，老韩想去找她，得她的法，好流传起来。可是那位老太婆太保守，不把人工孵鸡法告诉人，她孵鸡为赚钱，怕别人学会了，她孵出的小鸡卖不了。老韩对这种思想不同意，她说："我们要生活好，就要大伙儿生活好；大伙儿生活都痛苦，自个儿生活也好不了。"老韩到处打听人工孵鸡法，为的是要给妇女们解决困难。有一天，她拿五个鸡蛋，用麦花秸、棉花套裹着，放在炕角烟囱格落里。每天翻动三遍。十几天过去了，鸡蛋握在手掌里温温和和的，老韩心头暗暗地快乐。那天晚上下了半宿雨，老韩起床披上衣服，摸摸鸡蛋，凉冰冰了。老韩的心也凉冰冰了，赶紧用被子包着鸡蛋，放在热炕头，想救过鸡蛋里的小鸡。老韩的丈夫不知道，怕身旁睡着的孩子受凉，扯动那被窝，把鸡蛋全□□□。这次试验失败了，可是老韩不服气。老韩说："鸡蛋里都长了鸡袍袍儿、肉骨架儿、小眼眼儿，光等着长毛毛儿！那回失败是因为我男人不知道才打破了，今年我照样要买五个鸡蛋，再试验试验！"

老韩不只是领着代耕团，给抗属很好的代耕，她还动员全村抗属们都参加到生产中去，全村的抗属生活都在不断改善着。抗属刘玉海和她娘大前年吃优抗粮，有时还挨饿，前年纺了八斤线，生活就不怎样苦，去年刘玉海亲自种地，生活就更好过一些了。

四、创造了模范新家庭

韩凤龄的丈夫门长德，当了一年中队长、三年村长。村里工作忙，家里大小事情都由老韩照顾。老韩不但不嫌累，还不断地鼓励丈夫、帮助丈夫工作。老韩对着丈夫说："家里要搞好，村里也要搞好。

你是一村的指挥,你是一个机子,你要拧紧了,就好了,拧不紧,可对不起大家!"工作人员来,村里找不到合适地方,老韩就盖房开店,给来往工作人员住。粮秣主任不在主村,工作人员或战士过她的村,老韩给做饭、烧水,留下粮票、菜金。门长德回来,老韩就把粮票、菜金交给他。每次坚壁公粮,老韩就费心帮忙,老韩说:"坚壁时负责同志要好好检查,看有什么毛病没有?这是咱们打日本的本钱,要是有损失,你就了不了!"下了大雨,老韩就催门长德去检查公粮窖,看潮了不,看一两个窖就行,要是潮了,就倒出晒晒。老韩把公粮看得比自己家里的粮食都宝贵。这两年的"扫荡",银坊村的公粮就没有损失一颗,也没有坏了一颗。敌人在这村是住了,把房子烧了,可是抢不到一颗公粮!

大闺女银芝要出嫁,新姑爷是一个八路军的连长,在大龙华战斗中负了伤,退伍,现在区里工作。老韩和她闺女商量这门亲事,老韩说:"你们两家愿意了才订。"闺女低头问道:"不晓得他的家庭成分怎样,阶级相同不?抗日坚决不?"老韩笑着说:"人家当过八路军的连长,抗日真坚决!"闺女和"阎连长"结婚了。"阎连长"单身人,区里工作忙,老韩就让姑娘住在家里,对姑娘说:"咱们一块生活,你别结记他。咱们肉肥汤肥,我有的也饿不了你。"

老韩一家过着喜气洋洋的生活。银芝身体有病,在家替老韩推碾、做饭、抱孩子。门长德常在外忙着,家里二十三亩岗地,全靠老韩一人耕种、耪地、收割。正月里送粪,老韩叫门长德把卖布的本钱抽出一部分,买条驴,驮完粪,再把驴卖掉。十亩玉茭子三百驮粪,十亩□月全送到地□冻就□地,降种时□里帮着。耪地老韩自己做,门长德有空儿就帮忙。茭子锄三遍,谷子锄四遍。前年打七石粮食,去年就打了十一石。谷子、高粱、小豆、绿豆、□子、瓜,满满地在场里堆着。今年老韩计划多上粪,玉茭谷子每亩增加十驮粪,保证不荒一寸地;还计划在北沟里栽几百棵枣树和杨树。自从一九三九年大水灾后，老韩年年就栽树。春天栽了，冬天就给外村老乡弄去烧火了。老韩对老乡说："我栽树，你们该很好地帮助我，你们不帮我，我成功不了！"今年区里通知那道山沟是禁山，不许放牛羊。老韩很高兴，她说："这道地沟不让它浪费，再过几年，就有木材和枣子了！"

五、领着老乡反"扫荡"

韩凤龄当区抗联会不脱离生产的委员，反"扫荡"的时候，她就领导银坊村的工作。区里来了通知，说敌人已经出动了，老韩就召集村干部开会，动员妇女做"坚壁清野"工作，游击小组加紧站岗放哨。

去年秋天，敌人来"扫荡"了，老韩就担心地里的庄稼。大家辛辛苦苦一夏天，怎能白白让鬼子糟蹋。秋收委员会成立了，可是看看地里，谷子不熟，玉茭也不熟。老韩不管如何，领着大家先集中力量，突击沿大道旁的秋收，连夜收割。敌人占了银坊村，道旁的庄稼就收完了。快到寒露，该种麦了。这里天气冷，过了寒露种麦光出半截穗子，不结麦粒。可是大家打游击打得很疲累，人工又不多。老韩和干部们商量，组织拨工队，先突击大道旁的种麦工作，别村有人也来帮。三天三夜，全村种了五十多亩。老韩领导一组妇女和敌人转山头，争取时间还到大道旁种了三亩麦。

老韩光等着区里来信。往年反"扫荡"结束，区里就来信说："回去吧，鬼子走了！"可是去年反"扫荡"中，老等不到区里这句话。老韩得不到这句话，就不能让妇女们回村去，怕遭受损失。她叫娘儿们等等再回，自己和干部们扛着一口大锅、一布袋米回到村里。村里房子全烧了，只有几间没烧完，还在冒黑烟。老韩在瓦砾里赶紧把土炕打扫出来，在炕上搭窝铺，十家八家住在一起，用一口锅轮着做饭，鬼子要再来了，好扛着锅转移。青年小伙子们，又忙着砍木头，背秸子修盖房子。

老韩从没有生过气，这次她却有些气愤了。她说："鬼子烧了房子，咱们一定想法又盖上！"她天天在集上卖煎饼，得到八百块钱利，雇工砍木柴，买苇子，把三间房子全又盖上了。老韩还对她丈夫说："咱们不要老靠政府贷款来盖房子。咱们是干部，要先自己想法把房子盖好了，好来推动大家。大家举你当村长，你要好好关心，有些房子盖不好，光铺些秸子，春天会漏水，该帮着盖好。鬼子给老乡困难，咱们就得给老乡想克服的办法！"

六、到边区参加"群英大会"

今年春天，正月初头，边区政府送来帖子，请老韩参加"群英大会"。整个银坊村都被这喜讯搅动了。村里的治安员、村副、村公所秘书、妇救会的干部都拿着盘缠，十块八块的，来给老韩送行。老韩说县里有粮票，不用带钱，大家都不依。大家都说："这是敬你，你要退回可不合适。"全村的老乡都来送老韩，依依不舍地，一直送到半里多路。

爆炸英雄、劳动英雄，还有拥军模范平山大姐戎冠秀同志。百余人在一个大礼堂里开会。礼堂上张灯结彩，非常热闹，英雄们拍手欢迎老韩讲演。老韩就在人们的欢迎中，在几百双眼睛的注视中，站起来了。她报告了去年反"扫荡"的工作，她说得有条有理，恳切生动，听的人都被感动了。老韩握紧着拳头，兴奋地说：

"六年的过□□我第一次参加这样的大会，心眼儿很快乐！你们在前方辛苦打仗，杀了很多仇人，我回去一定要向村里报告。希望诸位父老兄弟回去也帮助推动妇女生产，等下次开英雄大会，会有更多的妇女来参加才好！"

全场鼓掌，欢呼起来。老韩还继续讲演："县里奖我一头牛，我要用它给抗属代耕，给银坊附近村子的抗属孤寡代耕，我一定要动员妇女们帮助游击组家属生产。一个人的生产力是不大的,我韩凤龄过去也没什么大的成绩,回去以后,一定用十二分的力量,努力生产。大前年我拿统累税六分,前年拿八分,去年拿十二分,今年保证拿得更多,充实边区抗战财政。我更要学习平山那位大姐戎冠秀爱护子弟兵,军民团结起来,打出日本是不成问题的!"

全场都热烈鼓掌起来。

谁也没有想到,老韩会说出这样精彩、动人的讲演啊!

六年前,老韩在封建制度的压迫下,是一个被人瞧不起的妇道人家,自从共产党、八路军来了以后,建立抗日民主政权,老韩翻身了。

老韩今年四十岁了。头上抓髻梳得很齐整,穿上一身浅蓝棉袄,抱着两岁的男孩桂山,端端正正地和子弟兵、民兵英雄们坐在一起。老韩感谢共产党、八路军给她的幸福和光荣,她光亮的眼睛注视着主席台上坐着的主席团同志,直到大会的第三天,她才低声地问身边一位同志说:

"毛泽东同志来了没有?"

老韩赶了九百里路来开会,就一心一意想见见中国人民的救星——毛泽东同志。因为在她的心里,想见见伟大的共产党领袖毛泽东同志,已经整整六年了。

提到抗战初期的事,老韩苦笑了。

要是没有共产党和八路军,老韩怎会有出头的今天?今天又怎会有一个人人拥护的韩凤龄?

一九四四年二月十九日

(《晋察冀日报》1944 年 2 月 25 日)

二流子刘生海转变成劳动英雄

【新华社延安电】刘生海转变成劳动英雄,是新民主主义政治下人的改造的典范。在陕甘宁劳动英雄大会上,他受到大家的热烈推崇。"全边区的二流子都要向吴旗的刘生海学习",已成为最洪亮的口号之一。他致信向吴满有挑战,并宣布了自己今年的生产计划。

(《晋察冀日报》1944年3月2日)

蟠武线上的游击生产

【新华社太行二十日电】敌人占领了武乡蟠龙，上万亩田地被敌人的碉堡控制了，人民在抗战政府的领导下转移出来，重新组织了家庭，恢复了抗日的秩序，继续和敌人斗争着。这一片将近万亩的田地，是不能恢复的，人们在军队和民兵的掩护下开始了碉堡下面的耕作。××村有父子两个人耕作得特别起劲，有一次不幸被敌人捉住了严刑毒打，他们并没有屈服，终于找了一个机会逃回根据地来，逢人便说："在前边非大家合伙干不行。"人人都有这种感觉，成为群众共同的要求。抗日政府抓紧大家的心理，提出组织互助组，大家都说对，于是互助组就普遍地成立起来了。最初每组都是三四个人，在秋耕时合伙赶上犋牛，有犁的，有刨的，还有放哨的。敌人一出发，放哨的预先报告消息，牲口赶紧转移，吃不了什么亏。许多地就是这样耕种的。

敌人是最毒辣的，他也想出了许多破坏我们生产的新诡计，常派许多小股兵力，钻我们警戒疏忽的空子，到边缘区突击扰乱，还派出汉奸登高喊叫，把生产的人□吓散。开头，放哨的村民是没有战争经验的，有时候常□□喊叫民兵，有时候慌里慌张，本来没有情况也把民兵叫了来，结果害的跑许多路，耽误很多时间。大家接受了这个教训，商量着改变以往的组织，建立村与村的联防，加强侦察和情报工作。各村互相援助，少了许多力量的浪费，更把从前的生产组改为战斗与生产结合的劳动队，由民兵和劳动力强的农民共同组织。队下面分成小组，小组都有民兵做骨干，在没有战斗情况时安心生产。民兵随时教农民们对付敌人的法子，一有敌情，民兵马上出动作战，旁人用各种方法援助他们。

在"互助互济，等价交换"的原则下，人们是很愿意参加这样的劳动队的，因为现在人民都懂得了这个真理："在敌人面前有组织才能办事儿。"劳动队的最大特长是有计划，各村要把自己的生产做一通盘的计划，种些什么，怎样种法，哪些在先，哪些在后，都有很好的安排。群众的创造性是很丰富的，敌人不断出来扰乱，大家便发明了一种游击生产：敌人赶一赶，我退一退；你在前面打枪，我种后面的地；你到老巢内去了，我再种前面的。靠近碉堡的地方冒险性大，人们又发明了一种"闪击生产"，选择一个好机会（多半是在夜间），由民兵把碉堡封锁住，大家一拥齐上，很快地把地种完，敌人被封锁着不能出来，打枪也不能瞄准。天天和敌人打交道，不会打仗就没有生产，人们种地的时候，常常在要路口埋好地雷，等到敌人踏响了，民兵赶上去和敌人接火，后面的人再转移隐蔽。敌人退了，后面的人又出来生产，群众自己编了许多歌子，常常一面生产一面唱道："握紧锄头拿紧枪，赶快干一场，田庄战场……"他们唱得很真实，田庄就是战场。有一次，抢种的人离碉堡太近了，敌人吓唬他们，他们不理，敌人真的下来了，眼看着几个人就要被包围，其中一个很机警，他们看见敌人快到眼前了，赶紧趴下来，拿起锄头把装作放枪的姿势，就把敌人吓住了，他们转一个身飞腿就跑。有一个年老的没有跑脱，他赶紧脱下衣服伏在一个山坑上，他的血色和黄土山差不多，敌人终于没有找到。

种地的人都很注意自卫的武装，他们上地时总要带着一个小口袋，里面装着炒面、窝窝头和手榴弹。他们常说："在这种地方不随身带点吃的还能干！"又说："不能光给自己带，也得给敌人一点呀（指手榴弹）！"

(《晋察冀日报》1944年3月2日)

国 际 班

——记八路军为保卫国际战友而牺牲的一个班

端木长青

在去年反"扫荡"里,英国人林迈柯先生,在孟平县××住,保卫他的是边区八路军神团学兵队。

十一月三十日,大清早。

敌人出动到了四道河的沟里,骑兵在前面领着路。

军事哨响了枪。

队长把六班长王双敬叫到跟前,说清了情况,说清了部署,给过了任务,说道:

"去吧!"队长把手里的六道木杆一扬,"这是掩护国际朋友,一定要坚决完成任务!"

"是!"六班长王双敬的大嘴动了动,细长的眼睛,还有点儿笑,看样子想说些什么,但没有说。一个立正,把枪使劲往身上靠一靠,向后转,走了。

六班长王双敬,今年二十八岁,大个子,他房无一间,地无一垄,捡块石头打狗,也得捡人家的哩。他十五岁上织布,十八岁扛了长工,受了十来年苦,二十五岁上当了兵。

他班里的战士也全是牛倌、羊倌、长工汉,一号号的受苦人,当兵抗日全为了翻身做人。

王双敬带着第六班占领了控制着两条大沟的高山,他们的任务是掩护林迈柯先生和主力的转移。如果他们退一步,或者挪一挪,那么,敌人的骑兵和步兵就会顺着大沟,来一个可怕的追击。

林迈柯先生朝××沟的山岭上走着——像墙一般陡的山,七高八低的石头,荆条的根,藏在茅草里的葛针,实在是难走的路。

日本兵的大队,三路冲过来。日本兵冲到沟口,第六班的火力好比两扇闸门，把沟口关起来。

日本兵——二百来人的大队，朝着只有八个战士的第六班冲。

"保卫国际朋友，干吧！"六班长扳着枪机，喊起来，红脸上似乎在冒着火星。

"保卫国际朋友，共产党员要做模范！"田如章的大手一挥，喊声盖住了枪声，好比雷声盖住了雨声。

"保卫国际朋友！"

"做模范！"

排子枪，排子手榴弹；又是排子枪，排子手榴弹。

小石头飞起来、沙子飞起来，落到坡上，落到树上，"沙沙"地响。

日本兵猪也似的叫唤，猪也似的滚下去，躺下去……

敌人第一次冲锋，只冲到半山腰里，退下去了。

敌人第二次冲锋了。

子弹在第六班的四围穿着，嘘嘘地；在第六班的四围落着，噗噗地；炮弹在第六班的四围炸着。而第六班不动，好比山白杨生在土里，大岩石长在山上。

敌人像一群笨手笨脚的牛，爬不上山，滚下去。

林迈柯先生，爬上了××沟的大岭。

敌人第三次冲锋了。

高月明第三次挂花了，任季槐第三次挂花了，智敬义第三次挂花了，陈廷中第三次挂花了，共产党员白占义第四次挂花了，但都在射击。田如章扔着手榴弹，而他只有一条胳膊了。

肉裂开来，血流出来，骨头突出来，全顾不上管，眼前只有一样，敌人离山头只有七八十米达——刺刀明晃晃的，而林迈柯先生只刚刚爬上山岭。

敌人离山头才五十来米达了，如果卧倒射击，那么敌人正好躲在死角里，一个冲锋，就上了山头。

"跪起来打！"六班长喊，跪起来，射击。

"跪起来呀！跪起来呀！"共产党员田如章，只剩下一只胳膊、一条腿的田如章，竟站起来，舞着枪，喊起来。

第六班，都跪起来，射击。

第六班，几乎可以停止雷在山谷里响、停止潮往海岸上涨。

第六班，停止了敌人的第三次冲锋。

林迈柯先生翻过山去了，主力在××沟的大岭上布置开。

风□□，山白杨响着，云彩一大块、一大块地在灰蓝的天里挤着。

风传来一个声音：

"六班长，退呀！"队长的尖锐声音。

"六班长，退呀！"

而敌人冲上来了。

第六班没有子弹了，没有手榴弹了，只有八条空枪，八个数不清挂了几次花的战士。

"誓死不屈服！拼呀！"六班长喊。

"誓死不屈服，共产党员要做模范！"田如章喊，用一条腿站起来，手握不住枪了，枪掉到山谷里，田如章倒下来，牺牲了。

"誓死不屈服！"第六班全都喊。

第六班还有刺刀，于是拼起刺刀。战士白来青、高月明、田如章、白占义、任季槐、智敬义、陈延中都牺牲了。

六班长的刺刀断了，于是，抱着枪，往山谷里跳，甚也模糊了。醒来，又是大清早，六班长的心里很平静，但却长着个小小的疙瘩，于是，他往山头上爬，去看看为国际反法西斯战友的生命，而献出了自己的生命的同志——光荣而伟大的、国际主义的战士。

（《晋察冀日报》1944年3月3日）

写于群英大会上

邵子南

我参加群英大会,使我更深一步地考虑我下乡的深入程度,我的立场。

像李勇,像安有成,他们有那么大的实际战果,或则战斗、或则生产。一个模范村长,一个模范公民,他们的得奖也因他们是广大群众中的杰出者。

我呢?因为我是一个文艺工作者,和群众一起打了游击,抢了稻子,带了几分群众色彩,而得了奖。于游击战、地雷战,没有创造;于抢粮斗争,没有惊人成绩。因为是文艺工作者,得了奖。

文艺工作者下乡,要变成群众中的一个。我若真成了群众中的一个,我会有更大的战果,有实际斗争的创造。因此,我认为这次得奖,只是中共文艺政策中改造文艺工作者事业上一枝幼小的萌芽,还不是我的成功,我只是遵循了一个正确的方向。

下乡以来,我一直在顺利中,情绪饱满,因为我在成长。——我愿意,在实际斗争中,获得战果,不因为我是文艺工作者,因为我是群众中的一个,成为英雄,成为模范。

从前,我口口声声说是为了群众工作,实际上是个人英雄主义,认为群众不沾,要自己教育他。"化大众"的实质就在这里,没有认识够群众的力量,群众的"伟大"只是一个模糊观念。说不上从群众出发,为了群众,也是无的放矢。甚至于自己写自己的,认为群众今天不懂,让群众明天来懂。思想上、感情上到了这样的程度:我种了点园子,要写点农民种菜的诗,始终没写出来,自己不相信这个诗的思想是农民的思想。在打枣步曲时,我也帮助农民打,想了一月,想不出一首农民打枣步曲的诗。这就是与工农兵不结合的危险，也是劳动观念不正的表现。

下乡前的检讨中，局部地认识了从前的毛病，但未从群众观念上着手，仍未检讨深刻。只是说：不光是为了群众写，还要顾到群众能看，组织群众看，好像只是做法上的问题。

我们知识分子最爱谈"觉悟"，然而"觉悟"的实质是什么呢？简单的反抗，不着边际的人道主义，从书本上得来，从社会中找了几个例子的阶级斗争知识，好像坐在玻璃窗里，下看花园，说着也津津有味，但只是口头禅的"演义"。因此，听见"文艺工作者要在大众中觉醒自己"这句话，有些模糊、淡漠。

前此下乡中，我认为最大的收获就是认识了群众某些方面，了解了劳动。反"扫荡"中，我同群众一起，天天眼巴巴地看着敌人的汽车在我们稻田地跑，心里焦急；看见牛羊作践稻田，与群众一同叹息；晚上，挥着镰，打着稻个儿，做到筋疲力倦，不肯走，可惜丢在地上的稻粒；为了组织抢稻，翻山越岭；为了一户灾难民吃米，赤着脚在霜地上跑十来里地去找他、去借米；为了游击组好休息，自己自动去站岗放哨、推碾背干粮，和游击组一同去担任劳动勤务。

在这之中，使我认识了什么是立场。

我深刻地觉得，知识分子在大众中觉醒自己，起码该而且基本上该从劳动观念上与群众取得一致，用劳动创造世界，团结起来改造世界。

再者，群众的作风、思想、习惯要熟悉。我初下乡时，抱学习态度，所以我要求到村里去教学，要认识农民，害怕范围大了，一时顾不来，深入不了，只要求一个村。然而，劳动问题是下乡后才搞清楚的。

群众不光是会劳动，而且会打仗，会创造新的工作方式方法——

这次群英大会本身就说明了。

认识了这个,我深刻地想到:只要是革命所必需,什么工作我也干,绝不会像从前那样留恋文艺工作。从前,除了文艺,别的不高兴做,那不是关心文艺,那是"万般皆下品,唯有读书高"的士大夫思想。自然,我现在也不轻视文艺,我将来可能还是在文艺岗位上,但它是群众斗争的一部分了。

下乡后写作中,我也没苦恼,帮助村剧团更是我的快乐。

反"扫荡"前,写得最多的是剧本,为了城厢村剧团写的。写时,没有拘束,没有顾虑,因为我了解了他们的心情、天□、群众的爱好。我下乡之初主要目的是了解这些,一丝一毫也没感到降低文艺水平,一样的简练、讽刺、有力,还超过了从前。许多人爱念我写的台词,在反"扫荡"中,到了十里外一小庄里,听见一个八岁的小孩在念我写的台词,念了整整一段,没有拉一个字。两月多,我写了二十来件文化娱乐材料,都是给城厢村剧团用的。为了宣传反法西斯,我自己化装希特勒到集市表演。

反"扫荡"中,我写了六十八件稿件,记录阜平一区反"扫荡"战绩。

由于立场问题有了进一步的进展,创作上也有了新的特点。我爱写地方性的作品,甚至只有一个县、一个区能流传,比从前更讽刺一些、更调皮一些。写的时候,就像有一个老乡在告诉我,我在记录一样。

以上这些问题,都是只有下乡才能解决的。不是空谈理论,而是与实际结合。现在我要是写打枣步曲的作品,不会那么作难了;写一个农夫种地,也不会犹豫不敢下手了;写反"扫荡"的稿件,到处都着重写农民的心理,没感到困难。

中共的文艺政策没有错的。

只要我自己能在大众中、实际工作中考虑自己、考虑文艺，我一定还有新的发展，我的创作还有新的方向。

当不要把自己看得了不得，严格打倒自己的那个"架子"，真正是群众中的一个，是能和群众搞得好的。我还要继续抱学习态度。

当掌握住实际工作规律的时候，是新鲜活泼的力量发挥的时候，是知识与实际结合的时候。

在劳动上，我要提高我自己，我已向安有成挑战，我的条件：

首先保证机关生产的一人半亩地、三棵北瓜的计划；其次个人手工业生产每月一百元，前半年纺线，后半年纺毛线。劳动季节下乡不耽误干部生产，而且和群众、干部进地，一方面深入领导，一方面不让自己闲着。每个劳动季节十个至十五个工，全年四十至六十个工。把我工作的村的灾难民消灭到一定程度，用灾难民自己的生产力。保证我工作的村不荒一亩地，相对改良水利。

在今年大生产中，会让我更进一步觉醒吧！

让我和全体文艺工作者一起，彻底在大众中觉醒自己！

一九四四年二月十一日

（《晋察冀日报》1944年3月3日）

收复了的神堂堡

秋浦

正当全边区展开空前热烈的拥爱运动的时候，从前线上传来了一个可喜的消息：在神堂堡整整盘踞了四年三个月零二十多天的敌人，已于二月四日被迫撤退了。这一胜利消息兴奋着广大人民，特别是神堂堡地区人民的斗争情绪。

在神堂堡地区人们的记忆里，直到如今，一九三九年的阴历九月十八日，还是一个最难遗忘的日子。因为从这一天起，敌人占领了神堂堡，民主自由幸福的生活就像太阳射不进的冰窖一样，和他们完全绝了缘，而另外一种生活，鞭打、污辱、饥饿，却从此重重地压在了他们的头上。四年多悠长的岁月里，神堂堡地区人民所遭受的苦难，实在是异常深重的。

正如敌人在别的地区用"血手"所制造的种种罪恶一样，在这里敌人也同样地施行残酷的烧杀和抢掠：神堂堡附近二三十里内的三楼、常坪、不老台、文溪、庄旺等村，是都经过敌人烧过的，而其中常坪和文溪两村，烧得最惨。全村三分之二以上的房屋都变成一片瓦砾堆了。神堂堡虽没有被烧，但房子被拆毁的很多，堡子东西两面和南面四百多间民房，一间未剩。和神堂堡一样，茨沟营明朝修的营盘也被拆毁，三楼的一座庙宇被拆去了屋顶和墙壁，现在仅剩下了几根柱子和一个还巍然坐在露天的泥菩萨。敌人在神堂堡地区残杀的人数是很多的，截至现在，虽还没有全部调查清楚，但仅就繁峙二区说来，就有八十八个之多。其中庄旺一次即被杀死十一个，又一次五个，楼房底一次五个，文溪一次四个，这些都是敌人用刺刀挑死的，在上蓝台，曾有三个是被敌人用火连熏带烧而死。此外，从各地被抓回神堂堡而遭杀戮的十五个人中,大部死得极惨,死前他们都经过种种严刑和极其残酷的鞭打。比起纵火杀人来,敌人在神堂堡地区的抢掠,那次数是更为频繁的,附近数十里内的村庄,差不多都遭受到敌人的洗劫,而文溪、庄旺则被灾尤重。另外,敌人还经常以"给八路军运送东西"的罪名,加在往来的商旅身上,而将东西没收。神堂堡交通四达,过去每日车马往来络绎不绝,经过敌人这样疯狂地抢劫,后来几乎形成绝迹了。

除了公开的烧杀抢掠外,敌人还公开地污辱和奸淫妇女。神堂堡附近地区被强奸过的妇女,据估计至少当在三十以上,敌人侮辱妇女的方法,大部系采用轮奸。有时敌人故意强迫妇女脱光衣服,扭秧歌舞,彼则在旁拍掌大笑。敌人允许把轮奸过的妇女让各村赎回,但需要有一个条件,这就是敌人所常常伸出手来说的:"金票的给。"

敌人对神堂堡地区的人民、财力,特别是人力的勒索压榨,是异常苛重的。敌人每天所吃的菜、油、鸡蛋和所用的一切东西,完全要由神堂堡地区的人民来支应,这里仅就去年十一月二十日到今年一月十一日的统计,不到五十天的工夫,就花了边钞二万五千多元(以白洋折合),平均每日要花五十元左右。照着这样推算下去,整个四年三个月零二十多天,就得花十二万五千五百多元。当然,在一九三九和四○年,敌人勒索的实际数字是要远超过平均每日十块白洋多多的,而且敌寇官兵、伪军和特务们的随便敲诈和他们吃的一部分粮食,也是没有包括在这个数字里的。在支应敌人挑水、劈柴、送信、站岗等繁杂的人力浪费,每天平均至少八个人工、两头毛驴。同样照着这样推算下去,整个四年三个月零二十多天,就得三万六千多个人工、三千多头毛驴。这再加上敌人强迫修堡垒的二万五千个人工(修了两年,每日平均四五十至四五百个工,这是最低估计),总起来就达六万一千多个人工。这样大的一笔数字,真不能不令人咋舌了。

神堂堡地区的人民受着敌人的污辱、打骂，简直成了家常便饭，这不仅是一般人民如此，就是伪组织人员也不能例外。如去年的十二月二十三日，敌人在西曹沟抢来一群羊，当晚又被我军某部夺回，感到无处泄气，就曾经把神堂堡、中砚台、茨沟营、花塔的伪村长和伪书记一并吊起，打得个半死不活，硬说他们是"通八路"的；如有一次一个敌兵向伪书记要花姑娘，伪书记回答没有，那个敌兵即打了他嘴巴，说"给我借借，三天两天的没关系"；如又有一次一个敌兵向伪组织人员诉苦："我的金票大大的困难，你的白洋三个两个的给。"伪组织人员不给，他即加以打骂，说几天内如拿不来，就要怎样怎样。类似这样的事件，那简直是太多了。不仅污辱打骂，敌人对于伪组织人员如果认为有什么可疑，也同样有杀身的危险。茨沟营的伪村长高世美，就是这样死去的。

上述种种罪恶行为，很显然绝不是偶然发生，而都是敌人有意在神堂堡地区制造的，都是和敌寇时本中尉、伊崎中尉、小池少尉、森本中尉、西山中尉、大屈少尉、稻野曹长、九山少尉、一岛少尉、桥爪中尉等这般野兽的血手紧密地联结在一起，而不可分离。

在这样的残暴统治和摧残下，神堂堡地区的人民过着一种牛马不如的生活，很迅速地就陷于极度的贫困中。神堂堡过去有商店八家、大店四家、小店四家，后来是连一家也没有了。牛、驴过去原有四十多头，后来连一头也没有了。房子拆去了大部，树木被砍个干净，现在仅剩下来的几棵核桃树，据说还是因为敌人喜欢吃核桃才留下的。

对于神堂堡地区人民，在敌人的残暴统治和摧残下所遭受的这些苦痛，边区人民的子弟兵——八路军是始终表示着关怀和深切的同情。这，在神堂堡地区人民的记忆里，直到现在，也还怀着感激的心情，念念不忘：

当敌人占领神堂堡不久，在冬天的一个下雪的晚上，八路军雁北×支队就曾经首先给了敌人一个猛然而有力的袭击。继之一九四〇年三月间，×团主动地和敌人血战了一昼夜。同年六月，又主动地向敌人作了第二次进攻。这一次的进攻，把敌人的兵营也焚毁了，电台也缴获了，伪军也俘虏了，敌人遭受了我严重杀伤。

民兵配合着子弟兵，也不断地在袭击着神堂堡的敌人。四年多来，这□袭击的次数，共达百五十余次之多。另外敌人偶尔出扰，也经常地要受到民兵严厉地打击，其中如青羊口的民兵就是一个最标本的例子。青羊口虽离神堂堡仅十五里，但敌人每次出扰，均被击退，最近一年多来，敌人就始终也没有能够踏进青羊口的村边。

子弟兵、民兵并肩作战，每一次的袭击和打击，都大大地增加了敌人的慌乱不安和对我军的恐惧；相反，神堂堡地区的人民一听到枪炮声，则个个欢天喜地，精神极为振奋，认为替他们报仇雪耻的时机又来到了。

和子弟兵同样，抗日人民的政府和团体也没有一天不在关怀着神堂堡地区的人民。在过去敌人盘踞神堂堡期间，虽然环境是那样的恶劣，但政府和团体的工作人员始终是在那里坚持着工作，替那里的人民想办法解除痛苦，而□没有离开一步。敌人被迫撤退后，政府和团体更迅速地组织了慰问团，来向久受敌人蹂躏的人民进行亲切慰问。

边区军政民各界，过去和现在这样一贯地、热烈地关怀神堂堡地区的人民，是深深地领受着的，是感到有说不出的欣慰。当敌人刚撤退不久，慰问团和繁峙×支队的一部到达神堂堡时，这时过去逃散到小山沟去住的老乡们，都一群群地连跑带跳地回来了。他们见了八路军，满脸都是笑容，恨不能把他们四年多来没有说过的话，一下子都倾吐个干净。一位姓高的老太太，年已七十了，她拉住了慰问团×同志的手，激动得好久说不出话来。她沉默了一会，才慢吞吞地说出:"同志,天开口日了,我实不打算还能和你们见面。"接着她用手指着被敌人拆毁的房子说:"你看,我的房子被鬼子拆了,我满家的东西叫鬼子抢走了,我的儿子去年腊月被鬼子的飞机炸死了……"说到这里,她的两行热泪就情不自禁地直滚了下来。儿童们的情绪尤为兴奋,他们一群四十多个在街上发现了区抗联的小赵同志,马上就一拥而上,把他包围起来,拉着他的手说:"四年了,我们还没有唱过一句歌哩,教我们唱歌子吧!"

这样,由于神堂堡敌人的被迫撤退,神堂堡地区的人民在民主政治的抚育下,又开始过着一种民主、自由、幸福的生活。而随着敌人撤退一同,过去敌人所带来的无情的鞭打、污辱、饥饿,现在事实上已不存在,是已经变成了他们回忆时的资料,变成了他们对敌人的憎恨,变成了在对敌斗争中,一种新的物质力量了。

三月三日

(《晋察冀日报》1944年3月8日)

论集体劳动

丁冬放

一

从毛主席为边区高干会作了《经济问题与财政问题》的总结，经过一九四三年全边区群众与部队机关学校的生产运动和《组织起来》的讲演，一年间，我们不但在提高人民生活、保证抗战供给上，达到了美满的实际成绩，而且在新民主主义经济的理论上，也有了很大的创造。其中，毛主席所提出的"在私有财产基础上的集体劳动"的口号，尤其值得严重地注意研究。

毛主席说："分散的个体生产，是封建统治的经济基础，而使农民陷于永远的穷苦。"世界历史上资产阶级所领导的旧民主主义革命，虽在推翻了封建统治以后，也仍旧利用小农的这种个体生产的弱点，使他们沦为赤贫的产业后备军，因而构成□产阶级在劳动市场中进行残酷剥削的便利条件。"要克服这种状况的唯一办法，就是逐渐集体化。而达到集体化的唯一道路，依列宁所说，就是经过合作社。在边区，我们现在已经组织了许多农民合作社，不过不是苏联式的被称为集体农庄的那种合作社。我们的经济是新民主主义的，我们的合作社是建立在个体经济基础上（私有财产基础上）的集体劳动。"毛主席的这个指示，规定了与旧民主主义革命完全不同的经济发展的道路，这是有利于广大劳动农民群众普遍迅速发展的道路，是小生产占绝对优势国家民主革命中的列宁主义道路。

二

广大群众的生产实践，证明了集体劳动是从四个方面补足了个体经济的弱点。

第一，小农个体经济的生产因素（土地、人畜力、工具、副业是分散而微弱的）。农民常因缺乏某一条件，而使生产受到限制，甚至停顿，使有用的人力物力不能充分地互相结合而用到生产中去。集体互助的劳动，就是把农民所有的生产因素更广泛地结合起来。

例如延安县蟠龙区史存高、高玉成的"合各牛"，他们各有一个牛，条子单着，不能使唤，合在一搭，人变牛也变，不但解决了人畜力和耕具的困难，而且扩大了耕地。

又如靖边清园区阎俊旺有地二十五垧、牛一头、羊百只，自己拦羊种地，没法兼顾。隔村李姓有地十五垧、牛一头、羊七十只，因老婆病在床上，媳妇照看病人，也是没法兼顾拦羊种地。阎的同村李来六夫妇，男的做长工，女的却闲着。后由区上提议三家商量，同意阎俊旺拦两家的羊，李姓种两家的地，李姓媳妇除看病人外兼管做饭，李来六老婆为两家抬粪、锄草、收割，由阎、李两家帮助伙食，收获按四四二分，这就把三家的问题都解决了。

第二，个体经济的家内分工，劳动力的浪费是很大而必不可免的。集体互助的劳动可以发展较有利的企业性的分工。

例如安塞陈家洼，全村实行大变工，三十一个全劳动力都组织在变工队中。米维亮给全村拦牛，其他也变，农民张有直说："以前一人锄地一人送饭，变工后五人锄地一人送饭就行了。以前一犋牛犁地一人播种，现在两犋牛犁地一人播种就可以。"同县高拴变工送粪也是如此。

又如同宜耀庙湾区二乡一行政村的唐将班子，在开荒时，分工轮流抽两个人专门砍梢，因为梢很密，每人每天可背回一百九十斤左右，给一家开一天荒，砍回的梢可供该家半年烧。

又如米脂印斗区的变工，有一种并地式，一些穷人地太少，把地并起来种，抽出两个人出外打短工，赚下的钱大家分，地多分少，地少分多。有一种抽牲口变工，彼此光景都可以，家里驴有闲的，互相变工种田，按地分粮。抽出多的劳动力赶牲口做买卖，赚的钱按畜力、人力多少分配。还有一种轮流种地，土地牲口彼此差不多的，互相变工地轮流种（吸收半劳动力打杂，剩下的就做杂工、打短工、运输等）。

第三，个体经营因为缺乏协助，经营的范围就很狭小，工作的进度也很慢。集体互助的劳动却能从事不误农时、距离较远、规模较大的生产。

例如延安县孟庆成的札工队，农民说他在锄草上的好处："一两个人锄过这头，那头又荒了，终是锄不完，只有札了工，几天就锄开，草不得起来，苗就一定好。"

如关中史家窑的佃农沈清云、王清彦等，以前曾商量上山开荒，打算在一二年内"吊庄子"种着，不丢掉川里租种的熟地，等开好二十余亩新地就全家搬上山去，但上山开荒拉"吊庄子"总不是一件容易事，一是个别开荒做饭成问题，妇女在家照应小孩和牛，不能上山，自己做饭耽误时间太多；二是上山地少人少，种庄稼不方便。组织唐将班子后，这些困难才解决了。

又如修水利更非集体劳动不能发生大效，像葭县高家寨村的打坝堰、赤水白堽村的修墕地、靖边的修水漫地，个体家庭经济去修，有的办不成，有的不生效，有的闹纠纷，这类工程之所以能实现，都是集体劳动的结果。

第四，散漫的个体小农经营的生产效率是很低的，二流子的生产更不必说。集体互助的劳动克服了这落后的散漫性，提高了劳动强度。

例如延安农民米儒信说："我一个人掏地，五天掏不到一垧，若果五个人一搭掏,五个半天就掏一垧多了。"这不仅由于"三早折一工",而且由于相互推动与相互制约,单个人劳动就容易疲乏,没精打采。有名的延安念庄变工队,就有如下的统计:"变工六户中,如以劳动力来说,为全村劳动力百分之三四点三,种地收粮也应为全部耕地与收获的百分之三四点三,但实际结果耕地为百分之四二点八,即增加百分之八点五,粮食为百分之四四点三,即增加百分之十。如以耕牛来说,占全村耕牛的百分之三七点五,则耕地亦应为百分之三七点五,但实际结果,耕地为百分之四二点八,即增加百分之五点三,收获为百分之四四点三,即增加百分之六点八。变工生产比不变工生产效率大得多。"

又如同宜耀唐将班子吸收懒汉参加,按情形给予二分之一或四分之三的工资,不仅强制了二流子生产,而且也在互助下解决了他们生产中的困难。

上述小农个体经营所具有而为集体互助的劳动所克服的四方面的弱点,即生产条件分散薄弱、使劳动力缺乏企业性的分工、没有协作不能经营较大的生产、工作松懈、劳动强度不能提高等,并不仅是小农经济所特有,而是一切小生产的共同弱点。历史上许多国度在商品经济发展过程中,农民不得不依附于商人高利贷者而任其剥削。到了旧民主主义革命后,小生产者间又由于缺乏集体互助的缘故,在自由竞争下,仍然并更加速地沦为破落的赤贫者,使革命的果实完全为资产阶级所独吞。农民及其他小生产者只是成了资产阶级剥削与统治权的牺牲品,新民主主义革命所开辟的经济道路,却和这完全相反。集体互助的道路已使一九四三年的边区农业生产获得了空前的成绩,以后它不仅应该在农业中继续发展,逐渐达到把农业劳动力全部组织起来的目的,而且应该推广在一切小生产中去。现在绥德家庭妇纺业中已有熟练的纺妇与熟练的织妇之间的变工,这是有很大意义的。因为这种变工，不仅获得了互助的利益，而且为手工纺织业（在机械不发达的阶段上）创造了更远的前途，即在家庭手工业的形式下，也可以发挥手工工厂的机能，加速提高生产效率。又如在运盐业中，去年靖边大规模的脚户组织及陇东捎赶牲口的方法，也是集体劳动中人力与畜力配合的进一步的发展。它们不仅有利于个体的脚户，而且有利于农户附带运盐，而不妨害农业生产。

集体互助劳动不仅有利于贫农和中农，而且也有利于富农。吴家枣园及其他村庄的变、札工组织，就说明着不仅村内的移、难民中获得了富农的帮助而发展。而富农吴满有的生产，也从中解决了劳动力缺乏的困难，并发展了自己劳动的效能，一九四三年获得了百分之八十的增产。劳动英雄大会上这种例子是很多的。新民主主义经济集体互助劳动远远优越于旧资本主义经济，它不但不妨害资本主义的富农经济的发展，相反更为富农经济克服了商品经济不发达的农村环境中的困难。同时，还使贫苦农民也获得发展的优良条件，因而在社会生产力发展的总量上，不可计量地高过于旧资本主义发展的速度，这对于一个贫弱的抗战中的国家，更有重大的作用。由此可见，"自流论"是不对的，它是一种落后的思想，一方面，它不符合于发展资本主义的政策，不能帮助富农经济克服商品经济不发达情况下，雇佣劳动发展不足的困难；另方面，它又不符合于帮助贫农、中农经济迅速上升的政策，它不能帮助贫苦农民生产手段不足的困难。一九四三年，生产运动之所以在若干地区胜利完成与超过任务，正是在与"自流论"的思想作斗争中发挥了集体劳动的作用的缘故。

此外，若干地区集体劳动所以获得成功，还在于一开始就反对了公式主义。前述小农经济的弱点，就指明着必须一点一滴地、具体地解决生产中的各种各样的零碎的困难，才能组织与推动这些小农经济的生产。千篇一律的公式主义，在这里是应该否定的。

三

目前，农业生产中所采用的一切民间原有的集体互助的组织形式，就生产关系来说，基本上是属于两类：第一类是劳动互助的换工，这包括"变工""朋差""搭庄稼""换工班子""朋帮"等等；第二类是集体的雇工，这包括"札工""唐将班子""走马工"等等。它们在调剂劳动力的不足这作用上，虽是一致的，但从其历史根源与生产关系上来说，性质是完全不同的。前者是基于等量劳动的直接交换，是发生于个体自给自足的独立农民之间，如延安一带的所谓朋工，就是很多农民为了赶快开荒、锄草或收割，就组成"镢头工"开荒，或因没有牛犋，用镢头翻地下种，"锄工""锄草""镰工""收割"，今日帮你，明日帮他。这种纯粹朋工的特点是：第一，没有短工参加的，都是临近种地的农民；第二，大家相距不远，各人都有家庭，逢到下雨天，就回家吃饭，用不着工主养雨工，因此一般也就没空工。后者则是基于雇佣劳动的产生与劳动市场发展的不足，它发生于雇主与雇农之间，如延安、安塞、志丹、子长等县，经过清光绪年间之后，地广人稀，一部分还有能力进行生产的农家就大量播种，但是下种容易锄草难，为了使庄稼不荒芜，就只有预先把零星短工联合起来，并和别的农户一起锄草；一部分贫农和难民，则因零星四处找雇主出卖劳动力的烦难，也愿意实行札工，这就是札工的来源。它是显然与变工不同的。

现在再将这两类的集体劳动分别研究一下，第一类的"换工"基本形态有三：（一）人工换牛工，这是缺乏牛犋的农户与有牛犋而缺乏人力的农户间的换工，通常是三个人换一个牛工。（二）人工换人工，不论其在换工过程中的其他条件，如吃饭方式与计工分益方法等规定的不同，都是属于这一类。此外，因住处距地太远，而互相代种也可归入这一类。（三）牛工换牛工，这是都有牛犋的农户间的合作，前引的"合犋牛"也属于这一类。实际上许多变工队、换工班子（特别是规模大的），都是以混合形态出现的，如延安念庄变工队、安塞魏家塔大变工队都是广泛组织起来的，要求尽可能采用混合形态，使可以组织与推动更多农户的互助，使人工、耕具及牲畜力更加发挥其作用，所以应该发展它。

"集体雇工"的基本形态，也有三种：（一）与半封建剥削结合着的旧形态，工主札工主要的目的并不是自己需要这些工人劳动，而是为了赚空工钱，为了收回工人的欠债，而这些工人也因为欠了他的债，不得不参加他的札工。因为路跑得远，群众叫它"大走马"或"罗圈工"。（二）缺乏人工的农户（过去主要是富农，其次是中农）组织的，工主札工主要的目的不是为了赚钱，而是为了使自己的庄稼及时锄草、收割，等到自己庄稼搞完了，就跟札工队一起跑出去。赶工价大而离家不太远的地方去工作，所以叫"小走马"。（三）纯粹贫、雇农自己的互助组织，群众从形式上看也常叫他"大走马"或"罗圈工"，实际上与第一类性质完全不同，参加这种工的都是庄稼太少或根本没有，大家为了赚工钱札起来，到处跑，工主就是他们自己，遇到××工就大家分。由于革命的结果，第一种是没落和消灭了。第二种由于政府鼓励，农民大量扩大耕地面积，认真锄草以及帮助佃农、贫农变为自耕农的政策的结果，而大大发展了。第三种在边区目前则主要是还未能自耕的新来移、难民的组合。

但是上述"换工"与"集体雇工"的区别，不是绝对的。由于我们扶助贫苦农民与提倡的政策，由于外来移民数目有限与劳动力不足，"集体雇工"与"换工"的日益混合，"集体雇工"向"换工"形态的转化，正是必然的和现实的趋势。关中许多唐将班子就是如此，例如同宜耀庙湾区二乡一行政村的唐将班子，过去换工的时候少，卖工的时候多，自从去年政府提倡大量开荒以后，卖工少了，大部分变成换工。××窑的班子有几十年历史的锄秋班子，自从民主政权成立，客户很快得到安插，佃农生活改善，他们逐渐以换工开荒变为自耕农。这样以卖工为主的带剥削性质的庞大锄秋班子，不但在内容上转变了，在形式上也改造了。如参加人不要替包头多做工，包头领班变为民主选举，形成委员会性质的领导，取消了空工上的剥削，组织生活中增加了文化成分（读《群众报》和娱乐）等。

集体劳动组织越是普遍发展，它的内容和形式就越是进步，这是很自然的道理。现在集体劳动已开始与锄奸、拥军、自卫、教育等联合起来。如吴家枣园吴满有领导的变工队、白塬村石明德领导的搭工组就都成了这些方面的统一组织。在绥德分区和陇东分区，变工组织不但与防奸组织相统一，而且与减租组织统一。

这些使我们看到一个革命个体生产的散漫的农村，将变成一个以生产为中心而统一许多别项工作于其内的集体化的农村。毛主席总结了一九四三年的集体劳动的经验，提出了"组织起来"，这口号不仅是飞速提高了边区生产力，在经济上是土地革命后的第二个革命，而且将使整个农村社会组织也发生一个革命。

四

"集体雇工"毕竟还是雇佣劳动，它的社会性质是资本主义的，与社会主义性质的苏联式的集体农庄不同，这是很显然的，就是纯粹换工性质的集体劳动，也仍然与苏联不同，我们是新民主主义的。

这是由于我们的集体劳动为两个社会条件所规定着：第一个是生产力的低下，第二个是私有财产制度。这是与社会主义的集体农庄的基本区别。

我们的集体劳动是建立在由低下的生产力所决定的手工生产方法

的基础上，这个条件限制着我们的集体劳动的生产规模与集体化的深度。

例如延安县长刘秉温同志领导的念庄变工队，规模是较大的，但它还要有大块荒地与近距离的两个条件，否则单是走路就是花费很多时间，而且仍只是七户参加，十二个劳动力，六犋耕牛，一家地与另一家地的距离，这个村与那个村的距离，都因受着手工工具的限制，不能太远。魏家搭大变工队是很大的，但它除在夏耘外，还是分成小组劳动。许多乡村由于手工劳动的条件，太大规模也是不必要的。至于低下生产力所决定的生活条件，如吃饭、交通等，也大大限制着集体化的程度，特别是由低下的生产力所决定的小私有财产制，更使集体化的程度有了限制。

例如吴家枣园的变工队，已做到全村大小老幼没有在组织之外的，可是这个变工队还是分为几个小组，"编组的办法大家商量的结果，最好是几家老户编为一组，河南、山东的移民编成一组，从上边下来（即榆、横一带）的新户编成一组。这样有几桩好处：第一，因为都是同乡或是亲戚，感情更接近些；第二，是家庭景况相似，在吃饭好坏上不发生问题；第三，是种地的习惯和技术差不多"。实际上这些好处都是由低度生产力与私有财产制度所具体规定了的。

又如念庄变工队，去年开荒的地归变工队员所公有，按劳动力分红，集体化的程度高了（"已带有集体农场的性质"）。然而根据实行的经验，认为这样的办法对于更加提高劳动成果还不够，这个变工队共打二十四分账，某一个队员只一分账的，那他心里就想在二十四份中我只占一份，劳动得差一些也没有什么关系，而占份子多的就吃了亏。在一九四四年就不这样了，找一大段荒地，按份子划分开，谁开的地归谁，这样除了有变工队的督促外，开谁的荒地，谁也就操心来督促，那就可以避免上面所述的现象了。

这些实例都说明了生产方法（手工劳动）与私有财产制度规定着集体化的规模与集体化的深度。因此，我们的工作必须随着这两个条件变化而变化。正因为我们还处在小商品经济初步发展的过程中，所以除了很少部分集体开荒共同分益而外，一般的计工制度与收益制度仍只能是以工换工（商品经济不发达）、以工资抵工（小商品经济发展），而各自的私有土地或私营农场的生产品为各户所私有。这些限制在现阶段基本上是不能超越，也不应超越的，过快地超越与违反，它将使集体劳动组织的大量发展遭受到阻碍，反而障碍了生产力的提高。

因此，我们一方面必须反对右的自流主义，他方面还必须反对"左"的主观主义、命令主义与形式主义。后一种错误的产生，在于它无视生产力条件对于集体化的决定作用，在于它无视小私有制度对于农民觉悟程度的影响。一九四二年边区高干会以前的"青年农场"是过"左"倾向的一种表现。一九四三年，在少部分地方也仍有个别有名无实的集体劳动组织。这种"左"倾，实质上帮助了右的自流主义。

我们要在一九四三年的基础上，进一步"组织起来"，就必须实行毛主席所说的"逐渐"集体制的方针。这个"逐渐"，就是教我们依照"实事求是"的精神，按着生产力发展的实际情况，按着私有财产制度发展的程度，按着农民的政治觉悟的水平，去从事组织、去一步步提高集体化的程度。

新民主主义的经济不同于旧的资本主义的盲目的、自流的，因而是缓慢地发展。我们有人民大家的政权和共产党的领导，能够有意识地去组织生产。新民主主义的经济不同于社会主义的集体农庄，它没有机械化，不否定私有财产制度，相反，它更迅速地发展了广大农民的私有财产，并在其基础上发展他们的互助与集体化。

这是领导中国小农经济发展唯一正确的道路。但是再说一遍,没有新民主主义的政治,没有共产党对劳动群众的领导与组织,这个道路是不可能实现的。陕甘宁边区在这上面的伟大成就,正是以这些条件为前提的。

(《晋察冀日报》1944年3月15日)

边区生产展览会是一年来生产斗争的缩影

林伯渠

生产第一，这是今年边区党政军民一致的认识与行动。这个口号，把全体男女老少组织起来，发动了浩浩荡荡的生产进军，一百万亩的荒地变成良田，池滩上打出六十万驮的食盐，四千多个二流子转变为生产者，一万个移民劳动力开到生产战线上来，到处是轰轰烈烈的竞赛热潮，不断地创造出模范的劳动村、变工队、合作社，出现许多出色的申长林、吴满有式的劳动英雄，以及盐民英雄李文焕、水利英雄张仲成、养羊英雄刘占海那样的模范人物。在这个口号之下，军队则以巨大的力量投入生产，把生产和拥政爱民结合起来，创造了比一般农民高出几倍的开荒纪录，个别部队做到了全部自给。过去是生产模范的延属分区和三五九旅，仍保持其模范的地位，而其他分区和部队则用快步赶上，没有一个甘心落在后面。今年领导抓紧了，年成又好，就得到了空前的成绩。

我们这一年所走过的道路，是新民主主义经济的体现，是人民丰衣足食生活的榜样，把这些成绩总结起来、经验积累起来，不仅可以推进来年的生产运动，而且可以供其他根据地以参考。这个任务，应该由将要举行的边区生产展览会担负起来。

边区生产展览会是一年来生产斗争的缩影，同时又应起着批评、领导、教育的作用，巩固生产热情与成绩，纠正缺点与偏向，提高生产技术，并指出继续发展的正确方针。

首先是农业为主的问题。边区经济发展的主要要求，是发展农业，而手工业、运输业、畜牧业、合作事业等应该围绕着这个中心，适当地配合起来。在农业方面，又应该集中力量来增加粮食和棉花的产量，解决全体军民的衣食问题，做到丰衣足食之外还有盈余。在土地经过分配的地区，发展农业的中心关节是组织劳动力，而在土地未分配地区，提高农民生产积极性的中心关节则是减租减息。

种粮植棉基础已打下了，只是向前发展问题。今年春耕动员中，人民开荒达七十七万亩，军队开荒约在二十万亩左右，估计可增细粮十六万石，大大超过增产八万石的原定计划，差不多等于今年所征公粮的数目。这几年来，边区的粮食是自足自给的，除了缴纳公粮以外，一部分人民且有存粮。如甘泉一个经济状况平常的乡，把移、难民除外，百分之五十六的住户是有余粮的，而存有三石以上、十二石以下的又占百分之三十五，即在延安柳林区靠近城市、粮价又高的地方，还有存粮在二三十石以上的人家。因此，在今年粮食增加的条件下，再继续增加粮食产量，在短时期内做到"耕三余一"是有保证的。在植棉方面，今年植棉将近十五万亩，较去年增加三分之一，可收净花二百万斤左右。这个数目虽还不能供给边区的全部需要，但只要提高棉田的产量，或是酌量增加棉田的面积，在明年内争取棉花自给是有充分可能的。延川雷克俭一垧地就可以收获棉花百余斤，虽然一般棉农还不能提高到这个水平，但应该向着每亩产花二十斤的目标努力。固临一个棉农即植棉一百二十垧（八十四亩），可收花一千二百六十斤，价值在一百余万元，可见植棉获利之大。在种棉收入远超过种粮收入的情形下，人民是会自愿扩大棉田面积的。

关于组织劳动力，主要是依靠劳动互助、移民和动员二流子。今年是普遍地发展了变工的组织，依靠变工解决了开荒锄草的问题。同宜耀白源村的变工组织是模范的，它把全村五十六户全组织到集体劳动里面，而且全部的生产过程都是变工的，连打柴在内。根据三个分区的统计，在春耕期间组织了三三九三个变工队、五三五个札工队、七十三个合伙开荒的班子，共吸收了三万多个劳动力参加集体劳动。

按现在的情形，还可以大规模地推广变工，把组织劳动力提到更高的程度上去。至于技术的改进，有绥德刘培润式的深耕、靖边的水利、关中的修筑□地埝地、延川的茅厕运动以及普遍各地的三次锄草。

另一个是和群众结合，根据群众的要求提出当前的任务，依靠群众的积极性，发扬群众的创造性，和群众一起来干的观点。今年边区的生产运动就是这样进行的，这个运动所以搞得热火朝天，是因为把握了群众路线。从做按户计划起，就执行这个路线，做计划要群众自己提出计划，把他们全家能够劳动的都吸收到生产战线上来，依靠每户切实地执行计划来完成全边区巨大的生产计划。变工开荒虽然依靠政府组织推动，还是要群众自愿参加，按照具体需要来决定变工的形式，成为群众性的劳动互助组织。农贷只是政府贷给农民解决农具、耕牛困难的补助费，农民加上比借来更多的钱去购买耕牛、农具，就使得农贷发挥比原来价值更大的作用，给农贷充实了新的内容。政府的奖励移民条例是保障移民利益的，而且用物质力量来解决移民困难。但今年移民工作做得好，是因为帮助移民成为群众性的运动，主要的由老户借粮、修窑、调剂熟地，并出现了冯云鹏那样的模范移民工作者。动员二流子生产也是这样，不但由政府进行教育奖励，而且在群众中造成了反对二流子的运动，由群众来监督二流子生产，把教育二流子看作群众的经常工作。运输队搞得好的，不仅是能利用公盐代金买下牲口，主要是能采用公私合作形式，吸收更多的私股，把群众的运输力组织起来。办合作社的最好的经验，则是延安南区合作社的经验，要像它那样替群众解决问题，和群众有联系，就能在群众的支持下发展起来。义仓的建立，是由群众发动的，并且由群众创造了新的办法，如在关中群众集体开荒一块，所有收获全归义仓。在生产竞赛和奖励劳动英雄方面，也已由个别的竞赛和奖励发展为群众性的，劳动英雄的竞赛发展成为争取劳动英雄庄的竞赛，赵占魁运动已深入到工厂中去，而由于边区各地奖励了三百多个劳动英雄，涌现出无数的生产能手。

公私兼顾，一方面发展边区人民的经济，一方面又发展公营经济和部队、机关的生产，使公私并进，公私两利，是另一个应该贯彻的问题。一九三九年的生产运动是动员了公私力量，收到了很大的成绩。前两年则注意公营事业较多，面向群众不够。今年更前进了一步，做到以人民的经济为主体，由公家来倡导，并发展了部队、机关、学校的自给生产。我们用大部分力量领导群众生产，帮助解决各种困难，结果是人民生产发展了，财富增加了，抗战的力量也更雄厚。而部队、机关生产的发展，不但所得成绩远超过从人民征收租税所得的收入，解决了经费问题，减轻了人民负担，更重要的是建立了革命家务。今年军队实行的南泥湾政策，机关为改善物质生活的斗争和个人的业余生产所产生的影响，是不可计量的，应该加以表扬。我们要用人民生活向上发展和部队工作人员丰衣足食的事实，和敌占区及大后方的现状做一个对比。事实表明了，当环境要求我们艰苦奋斗时，我们是能够在危难中坚持下来的，而在有根据地的条件下，我们善于建设，有本领把人民和部队、机关人员的生活搞好。

还要表现出来的是自己动手的思想，如实现具体领导、调查研究、培养干部。在今年的生产运动中，我们有许多自己动手的好例子：大学教授研究种菜养猪，干部赶牲口去驮盐，县长领导变工队，专员动手打盐，旅长亲自领导改善部队伙食，团长亲自动手领导开荒，还有不少的创造是靠自己动手摸索出来的。自己动起手来，官僚主义就要少得多。我们老老实实地做了调查研究工作，懂得从典型着手，取得经验后再推动全盘。干部也培养出来了，他们学到了领导生产的本领，多少熟悉一些建设国家的道理，成为实际的而不是夸夸其谈的政治家。

边区生产展览会应当宣传吴满有的方向就是边区农民的方向，依靠群众的路线就是生产运动的路线。只有生产的发展，人民生活过得更好，军民更加团结，就能克服困难、迎接光明。整年辛劳的结果，边区人民已享受丰衣足食的生活，然而还要斗争，时刻地准备保卫丰衣足食的生活。

今年的生产运动搞美了，边区生产展览会将是它的一个光辉标志。

（《晋察冀日报》1944 年 3 月 23 日）

潴龙河两岸的血雨腥风

——任邱、高阳人民反"联庄"的残酷斗争

寺丁

一九四三年的八月间,敌人在冀中就呼喊着"实施新国民运动",他们准备在青纱帐的末期进行这个"运动"。马上,从北平敌寇的"宪兵队"训练出来的一批特务就分派到冀中各县,开始活动。他们的目的在于掠夺我青壮年,掠夺我物资,摧毁我下层组织,建立汉奸伪组织。他们为了达到这些目的,就采取了以建立"联庄"为中心对我"突击"进攻,这是敌人在其军事"清剿"与碉堡政策失败后对我进攻的新花样。

敌人计划从一九四三年十月中到十一月初为"联庄态势整备期",十一月中到十一月末为"联庄本格展开期",一九四四年一月初到三月末为"联庄组织完成扩充期",而以任邱、高阳在潴龙河两岸的地区作为他的"突击示范区"。这个"突击示范"就是最残暴的屠杀与镇压。这是一个狂风暴雨,他把潴龙河两岸地区变成了血腥的世界,敌人在那里摆开了屠场,百般蹂躏与绞杀着老百姓。他企图用淋漓的鲜血和腥臭的气味所造成的恐怖,来征服任邱、高阳的人民。但是我们生长在潴龙河两岸的任邱、高阳的同胞,在敌人这血腥的"突击示范"的期间,虽然遭受了空前严重的灾难,但同时也表现了顽强不屈的斗争精神,他们用血肉写下了可歌可泣的历史的一页,用血肉换来了光辉的胜利。

一

大约在去年十月初,敌寇"华北派遣军"和"剿共委员会",在

敌酋冈村直接指派之下，由一个特务头目山奇带领的"政治工作队"三十余名到了高阳的旧城。这一批穿着"中国服装"的日本特务和高丽流氓，就是向任邱、高阳地区我们广大同胞进行屠杀劫掠的刽子手，与他们"协同动作"的还有北平"新民会总会"和保定"新民会"的汉奸狗腿们。那个日本特务头目山奇据说只是一个"中尉"，但是驻在任邱、高阳地区的敌军第六十三师团六十六联队一百三十七大队的有马大队长和他所属的部队都要听从山奇的调遣，这也说明了敌人对于这个地区的一切行动都以特务为中心。他们在各县组织了"清剿班"，从保定抽来一部分机动兵力，首先向高阳开始了"突击"，进行了一次"扫荡"，用高度的镇压手段，在群众中造成恐怖，然后施展其政治上的阴谋。

十月八日，敌人增兵到高阳的旧城，第二天就到良村捕杀群众，捉走二三十人，第二天又到雍城杀人，并且抓走几十个，第三天又到西留各庄破坏地洞，捉去几个人。当他们突然包围这些村庄的时候，都要强迫全村群众集合开会，逼问村干部姓名，找地洞，找八路军坚壁物资的地方，不说就打，说了打得更凶，继续拷问，有的当场被刺刀挑死了。会后把青壮年捉走，并且预告："十八号要到城里开反共誓约大会，不去不行，不去就来讨伐！"同时又叫汉奸欺骗群众说："要是去了，会也可以不开，只是不去的可就不行。"

山奇指挥的一群鬼卒急忙忙地要实现他们的阴谋计划，他们要伪组织人员"一体协力"，却又怕他们不尽心，于是先来一个"清内"工作，把高阳、任邱伪组织中科员、科长以上的人员及伪小学教师都召集去开会。鬼子在会场上大骂："你们统统是通八路的，要赶快自首，宣誓反共。"并且当场打了高阳伪县长一个耳光，骂他"办事不力"。两三天以后，任邱、高阳、边渡口、旧城等各重要□点又纷纷召开伪村长和伪联络员的会议，许多伪村长和伪联络员都遭受了毒打，说他们"不尽心替皇军做事"。任邱县的伪联络员开会时被饿了一天，不准吃饭，打瞌睡的也要挨打，闹了一天一夜，他们头昏眼花地听鬼子最后在喊叫："混蛋的！你们的脖子早离开了的，以后一天要送一次情报的，谁的没有送的，脑袋的没有！皇军讨伐，不许跑的！"会后分发了许多"反共传单"和"誓约表册""回心条例"等，限定各村都要派人去城里参加十八日的"反共誓约大会"，三百户以上的村庄，至少要去一百五十人，二百户以上的至少一百人，一百户以上的至少五十人。同时发动谣言攻势，威胁各村的群众说："去开会什么事情也没有，不去的要烧光杀光。"高阳敌伪在十七日就叫人去开会，有一部分村庄的群众去了，敌伪认为人数太少，给去的人手上打了印记，放回来继续诱骗其他群众十八日去开会，许多群众因为没有及时认清敌人的阴谋，没有接受抗日团体的劝阻，去了七千多人。任邱的老百姓虽然经过抗日团体与武装的劝阻，叫他们不要去上敌人的当，但大多数群众在敌伪的威胁与欺骗之下，对敌人的狠毒阴谋仍然没有充分的认识，所以也去了一万八千余人，只有一部分被游击队抢救回来，有一部分人走到半路听到敌人确有阴谋计划才跑回来。那些进了高阳和任邱城里去"开会"的老百姓却没有一个回来，全部都被敌人扣押起来了，敌寇对任邱、高阳人民新的血腥恐怖的镇压也就在这个时候开始它的第一幕了。

二

敌人宣布"开会"了。山奇的翻译官恒尾，狞狰着鬼脸向被扣的群众喊叫："我看你们都是鬼呀，没一个是人呀，你们都是没有脑瓜了的！""几年来没有骗到你们，这回可骗来了，哈哈！""你们骗皇军，现在皇军可骗着你们了。""五六年来，皇军打八路，老打不完，都因为有你们老百姓，八路军有保障，我们一点没有保障，八路军是鱼,你们是水,这回要把水淘干,才好打鱼。""你们任邱、高阳的老百姓都是八路,皇军现在只讲强化,不讲治安了。"群众当时才知道自己完全上了敌人的当,大家心里都在悔恨自己不听抗日团体和干部的劝告,现在懊悔也晚了,他们变成了愤恨。敌人强迫他们十三岁以上、六十岁以下的在"反共誓约"上都填了名字,打了手印,还说:"以后皇军到你们村里讨伐,谁要是背不上誓约,就挑死谁!"接着,把他们都关起来,不给他们吃饭喝水,家里有人去送饭的,年纪老的被打了回来,年轻的也就被扣进去了,送去的饭也不给吃,一直把那两万多人饿了五天五夜。任邱、高阳两个城里先后被饿死了五十多人,有的渴得没有办法,把自己的尿盛起来喝。在这种情形下,敌人对他们轮番加紧拷问:"什么地方有地洞?""哪里有八路军?""哪里有坚壁的东西?""村干部都是谁?"……群众坚决不说,许多青年遭了毒打。

饥饿与毒刑加深了群众对敌人的仇恨,任邱关章铺的一个老百姓冲到守卫的敌人面前,一手夺下了敌人的枪,要打死敌人,旁边两个日本兵向他开枪,他倒下去了。所有被扣的群众愤怒的情绪更加高涨了,他们暴动了,有一百多人从敌人的严密监视下冲了出来,敌人开枪追捕,三十多个人牺牲了,将近一百人跑脱了。高阳城里也同样发生了暴动,逃出了数十人,有几个人被敌人捉住,敌人就当场屠杀,企图用血腥的镇压使群众屈服,但是群众却以更强烈的仇恨回答了敌人。有一个五十多岁的老头,敌人捉住要杀他,他临死时高声向众呼喊着:"老乡们听着,鬼子今天杀死我,你们要记住给我报仇!"几千人的眼睛都红了,愤怒是不可遏抑的!就是汉奸的父母和子孙到这个时候也都觉悟了,在敌寇的屠刀下,谁也是一样的命运。高阳有名的汉奸高铁英的伯父被敌人扣押起来一样饿得半死;另一个有名的汉奸李振声的儿子也被敌人杀了,当屠刀落到他的头上时,他禁不住向敌人切齿怒骂了："我死了不要紧，非报仇不行！"这个时候，群众也才更加相信共产党，抗日政府和团体给他们的劝告是完全正确的。任邱有一个老头，起先很顽固，不听劝告，这时候却懊悔不止，感慨不尽地说："从今以后，共产党、八路军要说红土是朱砂我都相信！"一个老太婆因为她的独生子听一个干部的劝告没有去"开会"，安全在家，她对那位干部表示无限的感激，拍着他的肩膀说："好样儿的，你真是我们的亲人呀！"

被扣押的人们现在确实是遭受着无可比拟的痛苦与灾难。敌人把他们饿到死去活来的时候，在一场血腥的屠杀与镇压失败之后，接着又采取一种软化与欺骗。敌人诱惑他们说："你们愿意吃饭吗？那么每区每村派出代表，回去要地道图，要共产党、八路军的报纸和文件，要枪支和手榴弹，要坚壁的东西，要来就给你们吃饭，拿来东西分三等，上等给吃饱，中等吃两碗，下等吃一碗。去吧，八路军爱护你们，你们去要，他们准会答应，和县区干部一说就行了。你们快去吧！"但是这种欺骗有谁肯上当呢？除了有些村庄被骗走了一些土枪和手榴弹等以外，大部分村庄都坚持了斗争，任邱被敌人骗走的还不到十支猎枪和十支撅枪。敌人对这样的"成绩"当然是不满意的，于是又进一步变了花样，许多村庄和被扣群众的家属同时都得到从城里的来信，千篇一律的话就是："送公粮来什么事都了了，几天不叫吃饭了，眼看就要饿死了，别的村里都送来了，咱们为什么还不送来？"有的信上还说："送来公粮马上就放出去，不送来熬不住要暴露秘密了。"这显然是敌人一手假造的信件，他企图用这种无耻的绑票的手段来达到抢粮的目的，并借着这种无耻的手段来分化挑拨抗日群众与抗日的村政权、团体干部之间的关系，且嗾使许多汉奸、特务鼓动某些人的家属大哭大闹，逼迫村公所送粮食到城里去，使敌人获得了一部分粮食。但是敌人得寸进尺的强盗掠夺的阴谋伎俩，也就在群众中暴露得更加清楚了。被扣的人们继续遭受着有加无已的迫害，群众从惨痛的经验中愈加信服共产党与抗日干部所给予他们的指示。

有一部分人开始被敌人从城里驱送出来了，敌人曾经威胁利诱他们，要他们回村进行各种破坏的活动，并掺杂了个别特务分子在他们当中，充当以后配合敌人"清剿""示范"时的内应。后来老头和有病的也被放了出来，最终只剩下一部分精壮的青年壮丁。任邱有三千多人，高阳有二千多人，敌人把他们一起送进所谓"感化院"里去了。

敌人企图用进一步的威胁利诱来"感化"这些人，强迫他们听讲，讲的是"反共""反共"，第三个还是"反共"，要在这些人当中"树立新民思想"。山奇的翻译官对他们说："将来皇军到你们村里去，不准跑，要协助皇军捉干部！""回去要成立情报网，成立武装反共委员会，两小时送一次情报，不许不送！""每个村要组织一个搜索班，搜索附近村庄道沟和坟地，看看有没有八路军，协助皇军搜查！""皇军派去的人和协助皇军的一切人员到你们村里要保护，不保护的要杀头！""抗日干部到村里马上要报告皇军知道！""回去马上要照皇军说的去办，皇军实行连坐法，十人一甲，百人一保，你们有谁不照办的，一村人都要死的！"这样的"感化"了之后，每人给了一张"证明书"，就要他们回去组织什么"武装反共委员会"，并且也要仿照抗日团体的形式，成立伪"儿童团""老年队""壮年队""青年队"等等。敌人特务机关夸称他的这种政策叫作"一切抗日组织向后转"，作为他进一步"清剿""突击"的准备。

于是那些人们都被遣送回村了。他们大部分见到抗日团体和抗日政权的干部都痛哭流涕，他们万分痛心地说："我们干了没出息的事了，可恨自己的糊涂，上了鬼子的当了。"年轻的人们更是义愤填膺，都喊起来了："咱们赶快做堡垒吧，从此不见鬼子的面了，大家一条心拼他妈的!"第二天,敌人要召开"清剿大会"却找不到人了,就大骂伪联络员:"该死的!老百姓到哪里去了?八路军捉去的?你的该死!"但是,这个时候敌人计划中的"联庄态势整备"的时期却已经结束了。

三

十一月八日,山奇集中起他的"政治工作队",连同敌伪军二百余人,在旧城又召集了任邱、高阳两县伪县长、伪保安队和"新民会"的喽啰们开会,一连开了三天。山奇气得直跳:"怎么的?态势整备得不好,现在时候到了,联庄本格展开,你们统统要□力的!"他在会上咆哮了起来。他们派了一架飞机,每天在旧城附近盘旋,要造成一种空前的恐怖的空气。

九日,各村伪村长和伪联络员又被叫去了,敌人正式宣布成立"联庄"。以所谓"武装反共委员会"为"联庄"的基本组织,要各村指定一个"主任"和"老年队""壮年队""青年队"的正副队长、班长,规定昼夜巡逻搜索村庄,设立"情报室",每两小时送达情报,要风雨不停;设立"偷听组",夜间到各村偷听有什么人说话和点灯;另外还设立了"通讯侦察组",打听八路军和干部的活动,还要每村派三个识字的青年随着敌人"参观突击示范",并要各村交村落详图和七七事变以后到最近的抗日团体名单。第二天宣布首先在旧城地区开始"示范",先召集各村代表,每村要三人,检查"反共誓约"。从十一日起至二十四日,先后到东留各庄、小庄、博士庄、傅家营、西留各庄、陈庄、南北坎苇、石庄、齐王庄、何魏庄、三龙化、石氏、良村、雍城、小王果庄、李果庄、皇亲庄、贺庄、高庄、尹庄、于堤、王福、张果庄、出岸、庞口等村庄,疯狂"突击",进行血腥的"示范"。

每到一个村庄，敌人先通知该村伪联络员等，要他们准备，随后就大举出动，包围村落，由伪军先行，敌军和"政治工作队"等特务分子随后，带着一些"参观人"，由伪警察充当后卫，山奇及其翻译官等也都出马指挥。在村边先挖下许多埋人的大坑，然后把群众搜捕到一起，施行最野蛮的屠杀与镇压。进村看不到人，就封门、拆房子；看到人就是打和杀，用种种借口活埋老百姓，并且采取了无奇不有的各样"刑罚"。

这是一场最残酷的斗争。敌人宣传："只要听皇军的话，一定叫你们安居乐业。"但是敌人到留各庄的时候，叫群众背"反共誓约"，很多背过了之后，有的却被活埋了，大多数都遭到毒刑，敌人说是"八路军叫你们背的"。同时在南北坎苇村，又因为群众不会背"反共誓约"而被毒打，伪村长也被活埋了。许多村庄的老百姓一听到敌人来都跑了，敌人就到处捉人。小庄被捉到的人，活埋一个、打死九个；博士庄跑了一部分人，就有一百多户被封门了；三龙化村人们全跑了，敌人就拆毁了村里的房屋。有的村庄人们没有跑，敌人就把他们圈起来，加以惨无人道的蹂躏，号称为"开会"，但是那会场却成了伤心惨目的刑场：有的老头子被强迫去爬长绳的梯子，掉下来就打死；有的爬房檐，跌下来要打，打过再爬；有的被捆起来，头向下抛进井里去，叫作"打洋井"；有的被脱光了，拿冷水从头浇下，在那样的冬天，放在南房底下冻着；张果庄等村的人们还被推进村口的潴龙河里去"洗澡"；至于叫老头顶着拆下的屋梁或大车，直到头破血流，昏倒下去，以及用砖头砸脑袋等等那就更多了。

敌人用尽了一切血腥的儿戏来发泄他那残暴的兽性，造成了一种普遍的恐怖与悲惨的场面。那几天，各村被活埋了的已有六十二人之多，各村口的人坑里都填满了尸首，到处可以听到哭叫的声音。有一天，敌人要活埋陈庄的伪村长，当时他的家属和许多群众一起都跳进坑里去，哭喊着："我们一起死吧！"良村的伪甲长听见敌人通知要到他村里来"示范"，把妻子推下井去，自己也上吊了，还有许多老百姓自杀了。恐怖的空气更迅速地扩展了起来，敌人的"联庄"也就在这血腥的恐怖中宣告"成立"，并且很快从旧城向四周蔓延。到十二月初，整个高阳与任邱两县以旧城和边渡口为中心逐渐都轮到了敌寇这种血腥的"突击"。敌人特别把重点放在高阳，他把高阳割分为三个"特别区"，即高阳区、旧城区、边渡口区，每区又割分为两种地域，在他的圈内的称为"实验区"，这是他的主要"突击"地区，圈外则为"特别匪区"，那是准备进行新的"清剿""扫荡"的地区。敌人着重在"实验区"进行"联庄突击示范"，他的口号是：实行"淘水战术"。因为他认定了"八路军光打不行，不淘干水就打不到鱼"。因此他要向群众"突击"，以极端恐怖的手段，企图使群众与八路军分离，造成一个"绝缘区"。

但是敌人的惨无人道的暴行，只有使群众更加仇恨，达到了不能忍受的地步。任邱、高阳的许多村庄在敌人的"突击"之后，几乎全部变成了坟场。高阳南龙化全村被拆毁了十分之八的房屋，任邱西八方全村被烧掉房子二千八百间。许多人被活埋，许多人自杀了。许多村庄连鸡犬都被杀光，任邱某村一个老太婆还剩下两个母鸡，因为不甘心被敌人杀光，索性自己杀掉吃了。老百姓所遭受的痛苦是不堪言状的。特别在旧城周围，敌人已经建立了"联庄"的村庄里，老百姓晚上睡觉都不能脱衣服，白天不能吃饭，每天晚上总有五六次被迫跑步到旧城去集合，去得晚了，头上没有汗珠子，就得挨到敌人的毒打。各村每二小时要向旧城送一次情报，因此路上络绎不绝，都是跑来跑去送情报的人。老百姓实在没有一刻能够安生，村里人一见到抗日的干部，就不禁放声大哭起来了。青年们不愿遭受敌人的屠杀，纷纷往外逃跑，某村有一个青年要逃走，他的父亲抱住他痛哭地说：

"你跑了就没有爹了！"那青年人含泪答道："我要是在家，你就没有儿子了。"父子们终于抱头大哭："难道全家都等死吗？"在敌人的屠杀之下，就连伪村长、伪保甲长等都逃跑了，没有人敢出头。雍城有一个伪联络员被敌人杀了，把血淋淋的头颅包起来，沿村转送到他的家里，吓得谁也不敢和敌人见面了。敌人在西良淀村庄，就曾经因为找不见人，把全村房子都拆毁了，从村外捉到一个瞎子，敌人就硬要他当任伪村长。

这个时候，群众更加团结，同时也更加信赖八路军，连那多年著名的顽固分子，现在都盼望八路军来打退敌人，拯救他们。群众斗争的情绪越加高涨了，有的人被鬼子捉住了，他们就抱定了"宁为玉碎，不为瓦全"的决心，始终不屈服。百尺村的群众，有一次被敌人圈住了，敌人要他们背"反共誓约"，有一个青年却高喊："坚决抗日到底！"表现了宁死不屈的伟大民族气节。

这个时候，我们冀中的子弟兵为了粉碎敌人的"联庄"，拯救任邱、高阳被蹂躏的同胞，决定要赶到那些地方，给予敌人以严重的打击。十二月十日，子弟兵在季节村与敌伪六十余人激战一场，打死了三个敌人，打伤了四个，俘虏伪军十二名，缴获步枪十支、子弹一百五十发，我军毫无伤亡，就把敌人打垮了。二十二日又在西良淀打了一仗，敌伪七十余名被我打死和打伤了二十多名，我军缴获了掷弹筒等武器及胜利品甚多。二十五日又在八果庄与敌伪八十余名激战，毙敌三名，内有敌小队长一名，并且打死了伪大队长一名，打伤伪军十名，缴获步枪七支、子弹一百五十余发、马四匹，把敌人"突击"的武装力量打垮了。其他地方还有许多小的战斗。

这几个连续的战斗的胜利，就把敌人的凶焰挫下去了，群众情绪转为空前的激昂与高涨，许多游击部队更普遍向着建立了"联庄"的村庄进行袭击与包围。到处是枪声，到处听到村口四周紧急敲锣的

□号,敌伪血腥统治的秩序被打破了,许多村庄复活起来了,敌人渐渐不敢出动"突击"了,连旧城附近的村庄都不给敌人送情报了。

四

敌人建立"联庄"的计划开始步步走向失败,山奇狼狈逃回北平去了。已建立的"联庄"在我军民一致打击之下瓦解下来,未建立的地区,敌人更感到无法下手。他们采取了另一套欺骗麻痹的政策,通过汉奸们传出消息:"山奇那小子不是东西,杀人太多,已经撤职了。我们现在不突击了,只要你们来联系就行。"显然敌人是降低了条件,但是谁也不会幻想敌人会放弃建立"联庄"的阴谋的,人们仍然要坚持斗争,一直要争取最后的胜利。

任邱等地的敌人,这时候还冒险出动,但是他们所到的每一个村庄都是空无一人。高阳的敌人根本不敢出门,派伪联络员给各村疏通,只要求群众到据点附近去"开会",但是许多村庄都不理他,敌人最后只要求"来个人联系一下就好了"。起初敌人要各村昼夜"站岗",这个时候,各村都不给敌人"站岗"了,派人报告敌人说:"咱们不能站岗,一站岗八路军就来打。"敌人马上改变了口气说:"秘密站岗就行。"起初敌人要各村派人出外"侦察",这个时候,各村都不"侦察"了,派人告诉敌人:"到处都是八路军、游击队,不敢侦察。"敌人也就只好答应"不必侦察了",但是他却要求"八路军来了就要点火",于是各村都普遍点起火来,敌人却不敢出来。看见四面八方都是火光,敌人反而害怕了,赶快又通知:"也不必点火了吧!"起初敌人还规定到各村集合群众开会,都要敲钟,现在每次村庄里一敲钟倒成了配合部队伏击敌人的暗号,气得敌人没有办法,只好把钟也取消了。

这样就使得敌人所建立的"联庄"完全瓦解了,甚至连任邱等城关的"联庄会"也都失掉了作用，敌人仅仅只能限制在据点的内部去活动，一步也不敢向外轻易冒险了。

潴龙河两岸的人民遭受了敌寇血雨腥风的疯狂"突击"，经过了几个月最艰苦而又复杂的血火的斗争，在共产党、八路军、抗日政府和团体的领导下，以坚强的团结的力量，粉碎了敌寇建立"联庄"的"突击计划"，而且使敌人的计划没有进行到预定的时期就提早地破产了，我们基本上取得了反"联庄"斗争的胜利。经过这个期间的血火般的锻炼，任邱、高阳的人民是更加坚强了，他们的信心更加空前地提高。虽然他们知道敌人的野心还没有完全放弃，而且敌人事实上还在继续准备和进行着更毒辣、更大规模的血腥的阴谋，但是他们也在加倍警惕中动员着自己的一切力量，继续与敌人进行不屈不挠的斗争，他们都很自信地说："我们任邱、高阳的人民永远不能屈服，我们一定要战胜敌人！"

三月十日

（《晋察冀日报》1944年3月30日）

小仓与石渡的更迭

【新华社延安二日电】此间《解放日报》《敌情》副刊发表《小仓与石渡的更迭》的短评，内称：干着汪逆"国民政府"的最高经济顾问、日寇的财政官僚石渡庄太郎，二月间回去当大藏大臣了。据日前同盟社电，继石渡赴宁的，是七十岁的老头子和东条有特殊关系的住友金融财阀的"大番头"（大掌柜）小仓正恒。小苍与石渡的更迭，是表示了日寇对我沦陷区的掠夺将更肆猖狂。如果近年来石渡在我沦陷区已铺下了一道殖民地财政金融体系的吮血管，那么今天小仓便是要来吸血了。小仓是过去第二次近卫内阁的不管部大臣，是第三次近卫内阁的大藏大臣，也是今天敌战时金融金库（国家资本与金融资本结合的投资"辛迪加"）的总裁，他会耍一切最毒辣的剥削人民的手法。这次他之跑去南京上任，是反映了东条与金融财阀的更进一步的勾结，把多年来为军部（他掌握下的国家资本）所控制的华北、华中侵占区的资源与金融财阀来共同分赃。无疑，跟着小仓屁股后面爬来蹂躏沦陷区的，必是一堆以金融财阀为首的吸血蠹虫了。他们正企图经过小苍的一切卑污阴险的掠夺手段，来吮吸我沦陷区同胞的膏血。特别值得注意的，据小仓自供，他与我江浙一带的一些买办资本家有浓厚的"私人情谊"。在日前接见东京记者团时，还特别声称"此行责任所在，是尊重中国经济界的总意，团结中国财界人士，放弃过去采用的非常勉强的日本办法"。就是说，过去日寇通过汪逆利用中国买办资本，引起的汉奸买办与日寇间的龃龉，是采用"日本办法"的失败，而小仓将挟着私人"情义"来拉拢中国的民族败类，用"中国人"的资本剥削中国，这是小仓此来的主要阴谋活动。

（《晋察冀日报》1944年4月6日）

运输和伏击
——南线子弟兵战斗与生产结合的一例

韦中

巩固五连是驻在第一线村庄，这里常有各种货物出口，需用脚力很多。他们却抓紧了机会，除农业生产外（这里可耕种的地是很缺少的），每隔三五天就背运公营出口的粮食，每次约有三十人参加，从驻在村到封锁墙边，赚脚价五百元到一千元左右。自从三月一日至十六日共背粮六次，得边币二七四一元，牲口运输十六次，得洋二〇二九元，总计在二十六天之内收入四七七〇元。

三月二十八日的上午，五连又出现在沟外地区了，他们正完成了一次背粮。在回来的道上，侦察到一个确实消息——六个伪矿警到瓦瓮炮楼换防。

白天在敌区打仗是危险的呀！

连长立刻下了命令，队伍非常机敏地散开了，两挺机枪和一部分主力封锁了两个炮楼，一个排布置了埋伏。

六个家伙走近了……一阵枪响，突击班冲上去啦。

"缴枪不杀！"

两个伪矿警交了枪，另外那四个该死的家伙还打算顽抗，打算往村里跑。突击班的同志们就一枪一枪把他们打死了。

五连回来了，他们下去的时候背着粮食，回来却多了六支步枪、两个俘虏。

（《晋察冀日报》1944年4月7日）

围困蟠龙敌人五个月的太行模范连

【新华社太行八日电】三月四日,在蟠龙军民祝捷大会上,第六连荣膺围困蟠龙敌人模范连的称号。他们是去年九月二十九日接受了围困蟠龙敌人、保卫该区人民生命财产的任务的。他们在离敌人不到八里的地方——尖山顶上,整整坚持了一百四十六天,虽然不断遭到敌人包围与袭击,天气又是那么寒冷,可是他们始终未离开尖山顶一步,一直坚持到敌人退出蟠龙为止。

他们的战争情绪始终是饱满的,日夜都不放松打击敌人,常在夜里,三五个人摸到蟠龙街里,扔几个手榴弹,打几响枪,使敌人坐卧不安。白天射冷枪组埋伏在蟠龙近处,射击零星人员,光用放冷枪就打死了十几个敌人,吓得敌人不敢走出蟠龙来担水、放马。

由于他们日夜积极活动,弄得敌人又害怕又羞怒,敌人曾千方百计企图消灭他们,光包围他们就有十一次,每次兵力都在千人以上。因为他们警觉性高,所以每次敌人一出蟠龙,就被他们的流动哨发觉了,敌人每次都扑了空。敌人退回时,他们就紧跟着敌人,一直把他打回蟠龙去。

二月八日,敌人用一千五百多人五路包围他们,他们事先机动地转移到敌人的来路上埋伏起来,等敌人回去时,予以痛击。这次他们毙伤敌伪二十多,并捉回耕牛两头、炒面两斗、羊两只,都交还了原主。五个月中,他们与敌人作战八十九次,毙伤敌伪一百五十六名,而他们仅伤亡各一。

他们把该区民兵普遍地训练了一次,在坚持尖山顶战争中,结合民兵三百八十人,大家生活在一起,带领民兵作战,像兄弟般地爱护他们,遇到战争紧急情况下,总是先让民兵转移。有一次,几个民兵被敌人包围了，七班就拼命地打出一条路，把民兵营救出来。

因为他们爱护民兵，所以民兵也非常爱护他们，只要枪声一响，民兵担架就会自动地跑来，民兵跟在部队后，一有彩号，民兵都能自动把彩号抢救下来，让担架送到医院去。

秋收时，他们积极掩护帮助群众抢收，把靠近蟠龙甚至离据点百把米达的庄稼，三四晚上都抢割回来，共抢割了六百多亩。虽然尖山顶离敌人那么近，可是那一带的庄稼并没有一亩荒芜。

敌人来了，不管情况如何紧急，群众没有移完，他们是不会撤退的。有一次，全村的人都走完了，只剩下一个老太太被吓瘫了不能走，一个战士急忙把她背出来。

他们在尖山顶住的几个月中，没有一个战士违反了群众纪律，并且对群众很尊重，军民关系格外亲热。有些同志刚从前线回来，不顾疲劳，就自动帮助群众挑水、推磨、挑粪，但是群众也没有把他们当成外人，过年过节总是实心实意地给他们送糕、送饸饹和其他吃的东西。

五个月的艰险战斗生活，特别是严冬，冷风把每个同志脸上弄得粗涩红肿，但是他们的战斗意志是锻炼得更加坚强了，难怪该区的人民歌颂他们是蟠龙区人民的"救命恩人"。

（《晋察冀日报》1944 年 4 月 12 日）

读报组推动了生产
——陕甘宁马家沟村已有宝贵经验

【新华社延安电】模范村马家沟的领导者、劳动英雄陈德发和模范村居民都想知道别的劳动英雄和别处模范村的生产活动,都想学习别处模范村的新办法。因之,在四区区委的帮助下,马家沟村于旧历正月十日成立了读报组。自读报一月来,使马家沟全村对于春耕的准备更紧张,对于模范村的创造更有计划、有认识了。正如他们说:"现在读了,可以了解许多劳动英雄的好办法,咱们都要学习人家。""过去不读报,两眼黑洞洞的,现在读了报,毛主席给咱老百姓计划的什么,咱们都知道了。"他们读了《怎样组织起来》,不但在道理上认识组织起来的重要,在讨论中又具体地研究了本村的变工队,各组都要相互竞赛,相互督促,要彻底保证不发生任何问题。他们读了吴满有创造模范乡的计划,便讨论到本村的春耕准备不够,马上全村加紧砍柴,以前一天砍一次,后来一天跑一二十里路外还砍两次,晚上、清早还拾粪。他们读了田荣贵、樊彦旺办合作社的消息,大家讨论中更认识到合作社真正为民谋利,立即自动提出了加入股金的数目。他们读了部队去年的生产运动与成绩,大家认识到军队既为减轻人民负担,即讨论今后怎样更好地拥护军队和优待抗属。他们读了毛主席也要变工生产的消息,在讨论时更感动得很,都说:"领袖都要生产,咱们更要努力。"于是立即一致提出替毛主席、高司令、林主席、李副主席代耕,在顷刻之间,提出了代耕五石细粮的数目。到现在不但全村的劳动者、所有的男人受到报纸的教育,而在"团结互助努力生产"的思想下,紧紧团结和组织起来了,同样连全村的妇女,也由于各家男人的宣传,认识了变工互助的好处,也知道了妇女劳动英雄郭凤英,所以在三八节日,全村妇女都远道去乡政府参加大会,回来向男人报告她们的生产计划。如张青山老婆给男人说:"现在什么上面都能选出英雄,我也要争它一个。"现在全村人人都了解了读报的好处,大家都去听,并且订了计划,连读报带识字,全村老百姓因此更加活跃了。

(《晋察冀日报》1944 年 4 月 13 日)

平山城的魁星阁堡垒
被三个没有带枪的八路军毁灭了

边疆

"魁星阁堡垒被三个没有带枪的八路军毁灭了！"当你猛地听到，也许不会相信，何况魁星阁堡垒又不同于一般的堡垒呀！它位于平山城的东南角，相距也不过几十来米达，敌守备相当严密，但它却被我们三个没有带枪的八路军毁灭了，这真是奇迹呵！

事情是这样开始的：二月五日，我××支队小队长金玉华同志带领着两个战士到沟线外去工作。其中有一个战士名叫杨××，原是今年一月间被我在××堡垒上解放出来的新战士，来八路军受到教育后，进步很快，工作战斗也很好。他原来和魁星阁堡垒上的伪军班长相识，这次他到了平山城附近，就邀请伪军班长家属喊他下来，见面后，杨××就把到八路军后的情形，给他做了详尽的叙述，特别是当他讲道："尤其是过新年，吃大米、白面、猪肉、羊肉，八路军待人真好，就好比亲兄弟，我精神痛快极了，在过年时演京剧、演话剧，特别是××剧社演得好。我现在到了八路军，不知比在敌人那边快乐多少倍……"竟兴奋地跳起来。伪军班长受了感动，又痛心又愤恨地说："过新年，我们这里不但吃不到肉和大米，连白面也吃不到！"杨××和小队长就劝说伪军班长反正，并约定了动作的时间，但伪军班长怕我们人少力量小，没有把握，即问："你们来了多少人？"金玉华同志机敏地回答说："来了一个小队，可以吗？"伪军班长以为我一个小队即一个排，就很喜欢地回到堡垒去了。

六日的晚上，月光很亮，金玉华同志带着两个战士，按着约定的时间出发了。在路上他怕两个战士以为人少又没有带枪（他们只每人带一个手榴弹），没有信心，即鼓励他们说："同志们，不要看我们人少没有枪，人不在多少，只要有计划，就保险成功。"并毅然地说："我领头，你们随着我。"两个战士在他的鼓舞下，信心提高了。

他们到了城根下，伪军班长正在放哨（这是约会好的），金玉华同志扔了一块石头，即向城墙上爬，不留神跌下来，正摔在深沟里，金玉华又起来，和他的同伴一起爬，爬至半墙时，五个鬼子过来巡查，他们静蹲在月阴里。鬼子走过了，他们才悄悄地爬上了城墙，伪军班长领着他们进了堡垒。伪军们正在睡梦中，四支枪挂在墙上，金玉华和他的同伴疾速地把枪摘下来，唤醒伪军，四个伪军睡眼惺忪，又惊又怕，束手就擒，他们就将堡垒焚毁，胜利地回来了。

魁星阁堡垒被三个没有带枪的八路军毁灭了，你不相信吗？但这是事实呀，勇敢和机智使八路军的战士们创造着人类战史上的奇迹！

三月十二日

（《晋察冀日报》1944 年 4 月 13 日）

模范村的领导者

——马家沟陈德发访问记

安塞的马家沟在去年的大生产运动中,被选为模范村。这个村子就是劳动英雄陈德发领导的,去年由于他领导得好,组织了全村的大变工队,提高了几乎一倍的生产力。陈德发能及时掌握住群众情绪,把劳动力组织起来,扩大生产,并发动竞赛,他的领导方法方式是灵活的,并能切实想办法替老百姓解决困难,把上级号召的大生产在自己的村里造成为真正自觉的群众运动。这些模范村的领导经验是值得学习的。

——编者

一

今春,安塞四区三乡陈家洼被选上为生产模范村,马家沟的自卫军连长陈启发眼红起来了。

自卫军连长和马家沟群众组成的秧歌队看到陈家洼的支部书记在大会上,光荣得很,心里便想了一想:"为什么咱马家沟就不能获奖呢?"但是去年马家沟的生产,却是第一次锄草时荒了十几垧地,第二次荒了三十垧地,有些人还喜欢在真武洞街上溜达,不好好种庄稼。

这村里的组织干事陈德发同志,看到本村居民在陈家洼影响下羡慕地激动起来了,这正是他组织群众生产的好机会。于是他就在大家面前给以鼓动,问大家敢否和陈家洼赛一赛。

陈家洼的挑战书,以先于他们的动议而到达了……

陈德发、陈启发、张步桐,还有区上的同志,几个人在小组会上讨论得热火朝天,走去征求过全村十六个人(主要的劳动力)的意见后,都说:"挑战书来了,就得好好竞赛。"全村生产计划便在大会上通过了。

二

"胜就得把劳动力组织起来,咱此时就提出全村组织四个变工队,加入一共十犋牛、二十五个人。"把今春组织村上生产经过讲了十余分钟之后,陈德发便悄悄地抽起旱烟来了,也许是极为兴奋,他连头巾也接着取了下来。

"大家一伙干,劳动力就提高得多了,原先二十垧荒地计划,结果我们完成了四十五垧。"

荒开美了,但还得抓紧锄草,否则劳动力又要白费,庄稼又要荒。

谈话又转到夏耕的札工、变工上来了,他说:"当时变工队共有七人,札工队最初九人,以后增到十七人,大家保证山地锄两次、川地三次,不准村上有一个人的庄稼荒废。我们劳动发挥得很高,驮运二转(即二次鸡叫)就出发,下雨也不停工,川地不能锄就锄山地,五月开始,七月完工,如札工不好的,就可调到变工队去,于是没发生什么问题。"

他取过旁边的算盘,在计算后说:"去年村上支出三千元工资,还荒了地,今年却一满没荒地,还赚进一万八千多元。"笑声从陈启发、陈德发两人口中传了出来,区政府室内的人也□了。

此后,还有运盐、开秋荒、秋收等等谈话。

三

一缕缕的烟圈扫拂过周围坐着的人们的面颊上,陈德发同志接着谈到领导的方式方法。

"我们研究问题的方式,就总是采用开会的,利用晚间或者下雨天,以不妨碍生产为原则,在会上不方便谈的,或则进行个别谈话。

譬如今春发展村上妇纺，我们在说明纺线的好处后，还怕婆姨不同意，就动员妇女的丈夫，各人拉拢自己的婆姨，有些还找她再个别谈话，然后开会。这样做的结果，计划发展十架纺车的任务，便一下超过了五架，去年村上完全没有纺线。讨论夏耘组织变工、札工时，就先宣传今年工价大，单独雇不起工，自己锄人手不够，会荒下，最好莫如像春上开荒组织变工、札工队；进一步就订出规例，规定谁家的庄稼荒得厉害，就给谁家先锄，使大家不吃亏；讲个清楚，征求大家同意后，才来动员干。又如放青驮盐，规定谁家有好牲口的都要去，有困难的提出来解决。我家有三口好牲口，自己就先报名去，中等牲口的主家看到大多数的好牲口都去了，也就要求去，结果超过了任务，回来后赚了钱，大家更欢天喜地。总之，咱的领导方式，就是把道理先说个明白，征求大家同意，因为大家同意了，做起来才快，也就会一满和气没意见。"

四

"哪个工作会没困难呢？但我们有了政府和群众做依靠，大家商量讨论，结果就能一一解决困难。"他稍微停了一会后，就举出下列例子："如在今春，区政府和我同去替各户做生产计划时，就有少数农户怕种多了地要多出粮。我就说，现在征粮用条例算，保证你最低限度地吃、用外（去年为六斗起征）才征，按收入和人口的计算交粮，粮总是自己吃得多些，有公家吃的，就有自己吃的。经过慢慢说服，他们明白了增加生产的好处，也就愿意按照计划生产了。又如替村上三户移、难民做计划，他们提出镢、锄都不够使用，我在村上群众中给以调剂，解决了他们的困难，顺利地实现了生产计划。五月间，札工没起工、没本钱，里面还有个临时拉来的短工，每天锄地后要开钱，我便到区上借了二千二百元做本。这时一连下细雨五天，'工得主'供不起饭，眼看到可能散去。我就这样向大家宣传，今年地开多了,'工得主'管不起饭是小事,但主要还是误工资、荒庄稼事大。抓紧了这个要点,我们就说,无论怎样,不停工,鸡鸣二转起床,川地锄不成锄山地。结果这个札工队坚持到最后,还替村上的变工队札了三十个工;向外村陈家洼札,又赚进一万八千元。最主要的,还是真正实现了山地锄两次、川地锄三次的计划。"

"发动运盐的困难,最多有一部分人没盐本、没口袋、没鞍架……我和陈启发就利用各人的亲戚关系,各人互相调剂,又从区上借了一千五百元。我们解决口袋办法,就将旧口袋拆下,另缝补起来。没有鞍架,就用烂棉衣、毛毯改制,两头缝着条,绊在牛脖和牛尾巴上,使它不易掉下,这样防止了牛的背脊上打破。这些困难克服后,我们的运盐任务就超过了。"

"秋收、秋开荒的劳动力组织,我们也布置好了。"

领导一项工作,除计划要具体,领导人还要在实际过程中想办法去解决困难,使大家有信心去干,这些就是陈德发克服困难的方法。

陈德发想了半晌,总结了二点经验教训:第一,要使生产计划的任务完成,就非将劳动力组织起来不可,集体的劳动力量才发挥得大。我们靠了这个劳动组织,开荒超过,夏耘等任务也全部完成了。第二,一切事情必须使大家都了解意义和要经过大家讨论同意。就因为做到了这两方面,陈德发才创造起一个模范村,这便是马家沟村。

(《晋察冀日报》1944 年 4 月 15 日)

庆祝日本人民解放联盟
晋察冀地区协议会成立

今年二月，日人反战同盟扩大执委会及华北联合会临时代表大会的决议，成立了日本人民解放联盟创立准备委员会及华北地区协议会，发表了联盟的纲领和章程草案。这个组织和他的纲领是代表百分之九十五的日本人民的利益和意志的，所以，"解放联盟——这个决定日本命运的组织、这个有历史意义的组织，是一定为日本人民所支持的"。冈野进同志的这段话是千真万确的，最近，日本人民解放联盟晋察冀地区协议会的成立得到了有力的证明。

联盟晋察冀地区协议会的前身——反战同盟的晋察冀分会，我们晋察冀军民是已经很熟悉了。我们已经并肩作战几年了。反战同盟的战友们在反对日本法西斯军部的斗争中表现了刚毅不拔的精神，在各次政治攻势中，都发挥了巨大作用。从室内的文字宣传到火线上直接喊话，他们都积极参加，因而改进了日文宣传品的内容与形式，使日本士兵乐于接受，发生共鸣。在喊话时，他们迫近堡垒，毫无畏惧，由于他们的勇敢和热情的感动，停止了堡垒的射击，和日本士兵的交欢，在各前线已相当普遍化。在电话战中，他们对日军士兵进行了最痛切的恳谈，对其官长进行激烈的争辩，有的曾长达三小时之久。他们写的信，只要落在日军士兵手里，就可以得到感谢的回信。在一九四二年冀中五一反"扫荡"中，反战同盟与八路军一起生活，行军突围，忍饥茹辛，处之安然。有的更在最危急情况下，用手中武器射击敌人，救护八路军伤病员，有如兄弟。在著名的宋庄战斗中，一位盟员和八路军士兵站在最前线，听到日军在无计可施的时候，下令召集班长会议，他当即从八路军战士身上拿下几颗手榴弹，完全投到敌人举行会议的地方，这是多么动人的、可敬的英勇行动呵！没有日本劳动人民的自觉，没有共产党、八路军国际主义精神的伟大感召，这种崇高的行动是不可想象的。而反战同盟的每一个同志也都亲身体验了共产党、八路军和边区人民对他们的真诚的国际友爱，在极困难的条件下保证他们衣食的充裕，给予工作与学习的各种便利。特别是在战时，以种种办法保证他们的安全，把他们看成为亲爱的反法西斯战友，而不是外人。曾有一个盟员，在冀中五一反"扫荡"中，负重伤被八路军救护之后，寄居群众家中，被当作本家一员，看护备至，虽以后该家被敌抢劫一空，仍经常以鸡蛋等优良营养品给他，二年如一日。这种比母爱还崇高的国际友爱，使他受到无以言喻的感动。这些事实粉碎了日本法西斯军阀的一切武断宣传，以及对共产党、八路军的无耻污蔑。因而，反战同盟与中国共产党、八路军、边区人民的亲密友谊，一天天更加巩固和增长了，反战同盟在敌军士兵中的威望也一天天更加巩固和增长了，"八路军里我的朋友大大的"，成为公开的谈论了。这个力量严重地威胁着日本法西斯强盗，这使敌人在去年春季对北岳区"扫荡"时，把破坏反战同盟列为"作战目标"之一。去秋三个月反"扫荡"中，我们更看到不少破坏反战同盟的传单，卑鄙的敌人还曾派遣特务，企图打入同盟而瓦解之。

但是，像其他事情一样，日本法西斯军阀的如意算盘又打错了，不是反战同盟的瓦解，而是向前发展成为日本人民更高级、更广泛的组织——解放联盟了。

谁也知道，意大利法西斯早已垮台，希特勒正迅速地走向最后崩溃，日本法西斯军阀是更加孤立无援了。同盟国的越岛进攻战的节节胜利，又将把太平洋上的惊涛骇浪卷向日本本土。更重要的是在日本国内人民厌战、反战、反法西斯军部的情绪的普遍增长，且正日益有力地发展着，以至形成日前本报所载《日本工人对东条的反抗》中所说的东京芝津军火工厂、川崎制造厂的怠工，名古屋爱知工厂的罢工工潮等；其次，则是前线士兵自动投诚与逃亡的激增（自动投降者占去年俘虏总数百分之四十八，等于一九四〇年的七倍，本年三月在苏中车桥镇芦家滩战斗中二十多人自动投降），这是国际国内的客观形势。在主观力量方面，日本人民不仅有了伟大的领袖冈野进同志，而且已经有了一大批优秀的干部，如各地反战同盟的干部、日本工农学校的教员以及各地涌现的大批的很会做宣传工作及某些反特务斗争的干部。

因此，反战同盟发展的解消，成立解放联盟的时机已经成熟了。

日本人民解放联盟的纲领——立即结束战争，打倒军部，改善人民生活，树立人民政府，建设和平自由的新日本。不仅代表日本绝大多数人民的最感痛切的要求，同时又表示要建设光辉的新日本。这种广泛的、响亮的政治要求，必将推动日本士兵、海外日侨和国内人民都组织到广泛的反战、反法西斯军部的日本人民阵线中来，为实现这一纲领而英勇斗争。解放联盟成立的伟大历史意义就在这里，就在于它标志着日本人民解放斗争的新阶段已经开始了。

面临最后死亡的日本法西斯军阀，为了准备做最后挣扎，正在榨取日本人民的最后一寸布、最后一个青壮年，日本人民和士兵正受着新的灾难。日本法西斯军部在华北的代理人冈村宁次，为了补救他兵员不足的严重困难，最近要从日本居留民中征调九万人入伍。无疑地，这对华北日侨是一种新的震撼的恐怖。正在这个时候，联盟及其晋察冀地区协议会成立了，苦难中的日本人民和士兵听到这个消息该是多么欢欣鼓舞呵。

早在八年前，毛泽东同志与美记者斯诺谈话时就曾指出：中国抗日战争的胜利条件有三个：第一，是中国抗日统一战线的完成；第二，是国际抗日统一战线完成；三是日本国内人民及被压迫民族的革命运动的奋起。现在头两个条件都有了，第三个条件，由于解放联盟的成立而加速了他的到来。我们应本着过去一贯地帮助反战同盟的精神，进一步地帮助解放联盟的工作，这是我们神圣的光荣任务。把联盟的纲领在日本士兵、居留民中做广泛的、深入的宣传，号召他们加入联盟，为实现这个纲领而斗争，不仅是联盟每个盟员的责任，也是边区党政军民每个反法西斯战士的责任。这也不仅是日本人民解放事业的要求，也是中华民族解放事业的要求。

正是樱花时节，我们衷心地庆祝联盟晋察冀地区协议会的成立，祝"现在聚集在这里的这些火星，在不久的将来就要烧成巨大的火焰，烧到日本去，……日本法西斯军部及其帮凶者们一定要被我们这火焰烧死的"（冈野进）。

（《晋察冀日报》1944 年 4 月 19 日）

新四军车桥战役中被俘日本官兵发表感想

新四军战斗意志旺盛，对待老百姓和日本俘虏真好，他们从前上了日本军阀的当，现在不愿再回去。

【新华社华中十五日电】新四军在车桥战役中俘虏的日本弟兄，现查明者已有十四人，他们对车桥战役发表如下感想：

山本一三中尉：这次战斗失败，是我们犯了轻视新四军的毛病，新四军能大大地掌握民心，官兵平等，政治教育很彻底，我很佩服，我决心不回日本军队去，在这里研究共产主义。

清水鱼吉军曹：我感觉到日本军队不明了地形，而且轻视新四军，我深感新四军的战斗计划很周密良好。因为日本军队在夜战中不了解地形、部队分散，加上新四军猛烈攻击，所以日军死伤很大，日军的武运不通，以至于此。另外，我在日本军队中所想象的新四军和现在看见的新四军有很大不同，我佩服新四军，我也决不回日本军队去。

宫本一郎伍长：我们受着优待，大家没有冷着眼看我，我每天愉快地过着日子，决心留在这里，今后和你们拉着手，向共同的目标前进。

梅村政一伍长：我没有到新四军来以前，我以为八路军和新四军是和土匪一样的队伍。我到新四军来半个月了，感觉完全不同了。新四军是很优秀的军队，我决心不回去，决心丢掉神灵的迷信，为建设新国家而努力。

石田光太伍长：我们是受着日本军部命令而作战的，我在日本军队中已作战了五年多，但是时代变化了，兵心也有变化。像这次战斗中，日本军队的战斗意志是降落了，我现在清清楚楚地知道了，不管日本军的战斗意志也好，思想方面也好，我们是完全比新四军低下。日本军为什么会这样呢？因为他们不理解战争的目的是一个很大的原因，我再也不愿回日本军队去了。

封尾正上等兵：黄昏出来就已听到前进的命令，但是不明地形、不明战斗意义，所以很快地做了新四军的俘虏。新四军对俘虏优待，我非常感谢，今后我愿在新四军中共同工作，共同生活。

太田正年一等兵：这次战斗是我们指挥者无能的战斗，当我没有到新四军来的时候，我想像新四军是和土匪、马贼一样，现在我才晓得新四军是最整齐的军队。如果我回国去，我一定把这些事告诉我们的亲戚朋友、父母妻子。

水野横一一等兵：我佩服新四军作战巧妙，我惊叹新四军士兵攻击精神旺盛，力量雄厚。新四军没有把我们当作俘虏，而把我们当作国际友人看待，我是衷心感谢。

长绳真二一等兵：战争是没有意义的，我决心不回去。

水谷明一等兵：新四军的装备很完全，并不弱于我们（日本军）。新四军在白天虽是少数，但不可轻视的，夜间行动巧妙，不伤害人民的财产物资，这是我意料不到的。新四军没有把我们当俘虏看待，反而更亲密地对我们，我更感激得流泪。我同情新四军、共产党的宗旨，我如果回到部队去，一定将此思想向弟兄们广泛宣传，促使反战运动早日实现。

大仓矶市一等兵：当战斗开始的时候，我以为新四军兵力很少，没有问题，以为新四军是很坏的军队，可是我想的完全错了，新四军是一个什么事也能做得很□的部队，新四军对老百姓好，对日本弟兄也一样好。我开心，我佩服。我如果回到部队去，一定把这些事告诉不知道的人，我们父母妻子如果听到这话，一定很高兴，一定很感谢新四军。

桥本一郎一等兵：我们对新四军认识不够，新四军的兵力强，地形很清楚，而攻击精神的旺盛又在想象以上。同时，我们指挥官在指挥掌握方面都是无能的。新四军优待俘虏的观念干部以下都有，而新四军的组织很坚强，思想很纯洁，这点深深地印入我的脑中，今天以前，我对新四军认识是不够的。

石川芳男一等兵：当白天的时候，我以为新四军很少，夜间开始的时候跃出那么大的战斗力，真正令人惊骇。因为这样，所以我们的分队全体立刻失掉了行动的自由，新四军的计划确实是我想象不到的。新四军爱民第一，是一件惊人的事，对我们平等也是惊人的事。我佩服新四军对民众的态度，我如果回国，我一定把这些事告诉我的父母妻子。

王天生（台湾人）：新四军作战巧妙，官兵勇敢，对我们完全平等，和弟兄一般，又很爱老百姓，不向人民攫取物资，这是我对新四军的观感。

(《晋察冀日报》1944 年 4 月 19 日)

三个日本兵想回去　别的日本弟兄一致反对

【新华社华中十五日电】在车桥战役中被俘日本兄弟经过我新四军的亲切优待与教育后，他们对共产党和新四军已有更进一步的了解。日前有三个日本兵想回去，于是他们就自己开了一个会，来讨论这件事，结果是其他日本弟兄都一致反对。这个会开在三月二十九日，出席者山本一三中尉等十一人，山本一三任主席，会议记录上这样记载着：

主席宣布今天讨论题目是希望回去呢？还是留在新四军？请各位发表意见：

"要求回去的意见"：

石川芳男：我在皇军方面受着战死者的待遇，欺骗生我的父母，他们把我的名字送到日本军人最名誉的靖国神社去，而现在我却活着。想起以上许多事实，就和自己的正义相违背了，每天在生活中都感到失掉道德的立场，故希望早日回去，不希望留在亲爱的新四军里。每天都有许多挂念和悬想，特别是良心上感到痛苦，我还活着却受战死者的待遇。这种事情，在日本是最大的罪恶，假使我回去，我绝对不说对留在新四军中的日本人不利的话。俘虏来的时候，你们说可以回去的，假使开始就不准回去，那么我现在也不说回去了。

大仓矶市：我和石川同样意见，如果当初不宣布希望回去的可以回去，我是绝对不说要回去的。不管我们能不能回去，家中的人总希望我们早日回去。同时，我想自己家中老年人做事很不行，我想回去担负家中的工作，是很好的，有妻子的人和青年人一样生活是不行的。

王天生：我因为是一个工作人员，回去总不会和普通的兵一样受罪，我在台湾家乡有父母妻子，没有我生活非常困难，所以我想回去。新四军对我们的优待以及新四军的组织完善、理想高尚、事业伟大，我是绝不忘记的。我回到台湾去以后，一定向很多人宣传共产主义和革命运动，对新四军或日本的革命我一定尽力协助，但是现在因为自己家庭的事，若可以回去，我就希望回去。做了新四军的俘虏，生命和自由都得到了保障，我是决然不能忘掉新四军的。不过我想在这里可以为革命运动努力，但是回到台湾就不能同样进行革命事业工作吗？我决心不破坏大家，但我觉得有照顾父母妻子生活的义务。

"留在新四军的意见"：

山本一三：我是真正的日本男子，我绝对不回去，希望回去的倒不如自己杀掉好些，一个日本男子是不能做与良心违背的事情。一个日本人一度做了俘虏，是不能回去的。希望回去的人有他自己的决心，有他自己的主张，有他自己的所谓正义。可是在我们中间，不管哪一个人，回去一定要在师团长之下受苦刑的。我是和诸位一样，实在也想回去，然而回去是耻辱的，回去是没有面目来见父母兄弟，还有军队的刑法。在新四军生活、在新四军工作有什么不好？新四军决然不是利用我们，以后为祖国服务的时间也很多，现在回去，碰到死刑死掉了真是白白送死。站在自己的立场上，很好地想想吧！如果被共产党军队以外的军队捉去当俘虏，那怎么样呢？我们听新四军说过日本弟兄希望回去的可以回去的话，你们说这句话是骗你们，但是什么叫作欺骗。劝你不回去那是当然的事，你们反过来看看日本军队捉到新四军的时候，是什么待遇呢？你们很好地想想吧，你们回去以后，要受到陆军刑法哪一条的处罚呢？所谓良心、所谓耻辱、所谓正义，请各位想那种受刑罚时的惨痛，大家一定后悔了。我同样是由日本军队中来到这里的，但我反对任何一个人回去。

清水、宫本、梅村、石田、长绳、寺尾等完全同意山本的意见，反对任何一个人回去。他们说:"你们这样回去就算武士道的精神吗?但是我们以现在的立场出发,我们不束缚人家的自由,我们希望新四军的上级判决、检查这件事。"

会议的结论是:全场没有一个人赞成石川等回去,并一致反对他们回去。

(《晋察冀日报》1944年4月19日)

中条山被俘友军士兵脱险逃来平北
我政府予以优待设法安置

平北讯：中条山被俘友军战士顾而□，最近从龙烟铁矿中逃出，于日前到达平北抗日根据地。他是河南人，民国二十六年到许昌参加中央军十六军二十八师当兵，前年五月在晋南中条山被敌人俘虏，送到太原敌人设立的所谓"工程队"去受残酷的奴役。据他说，工程队地址的周围有三道铁丝网、一道电网，时常有偷跑的人被电死在那里。里边的管理人员完全是被俘的中央军连以上的干部，经过敌人长期训练和收买，已成为忠实的汉奸，对待送到里边去的苦工（大部为抗日军民）非常凶恶和残忍，张口就骂，举手就打，曾有一次因为问话未答清楚，三棒就打死一个人。每天一人两碗小米饭，不但米非常坏，并且一点菜也没有，成天一点水也不让喝。因此，在里边扣押的人都渐渐瘦弱下去，很多都生了病，每天都有死的，特别是夏天，一天就死一百多人。这些死人都被扔在一个大坑里，日久天长，那坑里已填满了白骨。后来他被送到红石山龙烟铁矿去做苦工，一起是四百多人，分三下住，饭虽然管饱，但小米里掺了很多沙子，成天累得要命，得不到洗漱，谁也吃不下去。每天说给三块多工钱，可是到那里三个月也没见到分文。做工分昼夜两班，除睡觉吃饭之外，没有一点闲空夫。害病的很多，不断地死人，死了之后，用麻绳一捆，就从山上顺山坡扔下来。他到那里一个多月，一次脸也没洗过，在这样冷的冬天，还穿着夹裤，满身都是红土，面色苍白，嗓音嘶哑，真是人间地狱的生活。后来知道附近有八路军的活动，于是同伴们就接二连三地往外跑，他们一起一百多人现在还剩三十多人了。他逃出虎口后，就到了我龙延怀八区，我区公所当即热烈招待，并送给他棉衣和一些日用品，同时并设法安置□解决他的困难。在我抗日政府种种招待之下，他深深感到民族友爱的温暖，他曾经表示，今后一定要坚决抗日，立志报国复仇。

(《晋察冀日报》1944年4月20日)

抱阳堡垒变成了土灰

胡泽民　杨浩

江城、大栅营、抱阳都是敌人据点，从南、北、西三面围着满城，恰成一个三角形。三月二十日，子弟兵一口气拿下了江城堡垒。过了两天，二十二日，把人民最痛恨的大栅营特务班，就在堡垒眼前，全部十九个人，就一下子捉过来。老百姓真是拍巴掌跳脚，乐得不得了。又过了两天，二十四日，子弟兵只打了几枪，没费多大力气，又把抱阳堡垒拿下来。

抱阳堡垒住着十一个伪军，听到江城和大栅营的消息之后，每个人心里都是七上八下的。一方面伪营长给他们命令说："近来八路军活动非常厉害，不要出来，免受损失。"一方面又想吃好的、喝好的，从老百姓身上发些财。伪班长刘文章，就是不断打劫老百姓，有一天抢去老百姓背的粮，次日又抢了两口猪。子弟兵用喊话警告他，他说得蛮好听："我再不敢了，改过就是！"可是第二天又到石井集上把几个老百姓抢劫了。

老百姓一致地说："抱阳山下的堡垒不□掉，我们连路都没法走啦，别说过日子了！"

在满城线外作战的子弟兵为了解除老乡们的痛苦，就下定决心拿下抱阳堡垒来。

指挥员作战计划想得非常周到，首先派战斗英雄邢树林和另外三个同志当作突击组。他们勇敢而又巧妙地走过吊桥，闯进了堡垒，伪排长还在睡觉，其余伪军都在院里伸懒腰。第一个跳进突击组员眼睛里的是伪排长的驳壳枪，他马上跳过去夺在手中。伪军一看，劲头不对，三个人□过来同他抢夺，他手指一动，打了一枪，枪声惊醒了伪排长，也把堡垒外预先布置好了的子弟兵招呼进来。邢树林突然抓住了伪军哨兵："不要动！"把枪夺过来，接着跑到三层楼上，扛下一挺乌光闪亮的轻机枪。

进入了堡垒里的子弟兵，迅速俘虏了伪排长以下十一名伪军，得了一挺机关枪、九支步枪、一条驳壳枪、一四八〇发子弹、一八〇颗手榴弹、九把刺刀，还有别的军用品一大堆。

打扫战场快完时候，尉公堡垒过来一个伪军班长，是来取联络的。走到跟前，他看见势头不对，转身就想跑。子弟兵来不及追他，用了两颗手榴弹去追他，手榴弹喊他两声，他就规规矩矩地倒在地上，连气也不出了。

不到一点钟工夫，解决了抱阳堡垒全部伪军，缴获了全部武器，而且在熊熊火光里，把堡垒变成一堆灰烬。雪天夜里，子弟兵们乘□胜利威风，又到另外两个堡垒去喊话，用抱阳的事实警告他们应该赶快回头。第二天，二十五日，有几十个日本兵垂头丧气地走到□□了的堡垒跟前，像吊丧一样，端详了一阵，最后叹了一口气说："没有办法，八路军大大的，危险危险的！"

（《晋察冀日报》1944 年 4 月 28 日）